José Revueltas
Obras Completas

3

José Revueltas

Los días
terrenales

Ediciones Era

Edición original: 1949 (Editorial Stylo)
Primera edición en Biblioteca Era: 1973
Segunda reimpresión: 1977
Primera edición en Obras completas de José Revueltas: 1979
Décima reimpresión: 2004
ISBN: 968-411-016-2 Obras completas
ISBN: 968-411-020.0 Tomo 3
DR © 1973, Ediciones Era, S. A. de C. V.
Calle del Trabajo 31, 14269 México, D. F.
Impreso y hecho en México
Printed and made in Mexico

www.edicionesera.com

Yo hubiera querido denominar a toda mi obra *Los días terrenales*. A excepción tal vez de los cuentos, toda mi novelística se podría agrupar bajo el denominativo común de *Los días terrenales*, con sus diferentes nombres: *El luto humano, Los muros de agua*, etcétera. Y tal vez a la postre eso vaya a ser lo que resulte, en cuanto la obra esté terminada o la dé yo por cancelada y decida ya no volver a escribir novela o me muera y ya no pueda escribirla. Es prematuro hablar de eso, pero mi inclinación sería ésa y esto le recomendaría a la persona que de casualidad esté recopilando mi obra, que la recopile bajo el nombre de *Los días terrenales*.

(*José Revueltas: entre lúcidos y atormentados*, entrevista por Margarita García Flores, *Diorama de la Cultura, Excélsior*, 16 de abril de 1972.)

A Rosaura y Andrea

A María Teresa

"...hay una cierta lógica, una línea que cada uno debe dar a su destino. Yo soporto solamente la desesperanza del espíritu..."

JEAN ROSTAND

I

En el principio había sido el Caos, mas de pronto aquel
lacerante sortilegio se disipó y la vida se hizo. La atroz
vida humana.

—Han de ser por ahí de las cuatro —repuso la voz de
uno de los caciques—; nos queda tiempo de sobra...

En el principio había sido el Caos, antes del Hombre,
hasta que las voces se escucharon.

La respuesta del cacique no fue inmediata sino que hizo
un gran espacio de silencio, como oráculo misterioso y grave
para decirle a Ventura —de quien Gregorio reconoció la
voz al escuchar la pregunta— las horas que eran en esos
momentos de la madrugada.

La voz del Tuerto Ventura aprobó:

—Por ahí de las cuatro. Nos queda tiempo de sobra; pero
hay que darse prisa.

Entonces, como si lanzase pequeñas chispas invisibles desde alguna remota hoguera —el mismo breve y menudo
estallar de los troncos lejanos al abrazo de un fuego igualmente lejano—, la noche produjo en uno y otro sitio, en
uno y otro rincón de las tinieblas, un extraño rumor de
misteriosas crepitaciones, herida aquí y allá por un viento
de puñales, primero dulce y espaciadamente y después en
un allegro cruel, impetuoso y joven.

Gregorio entrecerró los ojos pero ya no pudo experimentar nuevamente aquella otra sensación del principio, en el
tiempo del Caos, cuando se recostara en el tronco de la cei-
ba desde la cual intentaba comprender cuanto ocurría: el
amargo y seductor hechizo había desaparecido, el sortilegio
se había disipado y ahora todo era en extremo diferente. De

ninguna manera aquel inmenso vacío y aquella sensación sólida de que la noche era tremendamente nocturna al grado de no existir sino ella, y que lo asaltó unida a quién sabe qué anhelo lleno de inquietud. Noche, tinieblas, rotundo vacío. Todo igual. Lo negro y lo impermeable, sí, pero distinto sin aquella ansiedad de hacía unos minutos puesto que esa negación del color, esa insólita ausencia de cosas vivas, de la noche, de pronto se había vuelto humana, de pronto abrigaba cosas monstruosamente humanas que habían roto para siempre la presencia de algo sin nombre, profundo, esencial y grave que estuvo a punto de aprehender y que hoy escapaba sin remedio.

Sin embargo, el rumor que arrebataba a la noche todo lo inéditamente nocturno y todo lo en absoluto falto de color, no era otra cosa que un cierto murmullo provocado por los hombres al arrojar, sobre los helechos marchitos que abandonaba el río en su más próximo recodo, pequeñas piedras y trozos de barro seco, a fin de que los peces escondidos se animasen a huir hacia la corriente.

Este asombroso hecho contradictorio de no estar sola la soledad sino turbia y misteriosamente habitada, era lo que había disipado el sortilegio, la indefinible sensación llena de angustia que ahora Gregorio intentaba reproducir en vano.

Las calladas sombras de los pescadores se movían junto a la orilla con lentitud y tranquilidad pero como si tratasen, aparte algún motivo supersticioso, de no dar rienda suelta a su codicia ya que le tenían de antemano asegurada su satisfacción. No eran como otros pescadores que cifran su fortuna a veces tan sólo en el azar; sus movimientos eran graves y contenidos y con la lentitud que, a pesar de todo, o quizá a causa de serlo tanto, no puede ocultar un anhelo confiado, jubiloso, estremecidamente secreto y que parece anticiparse al goce de la posesión. De ahí que en su cauteloso inclinar el cuerpo hacia la ribera, en su mágico percibir sobre la oscura y se diría sólida superficie del río el inaprehensible círculo concéntrico de alguna azorada vida subacuática, en su penetrar con la mirada como un cuchillo negro hasta el fondo mismo de las aguas, en todos sus ademanes y actitudes, se notara un cálculo firme, una determinación sólida y agresiva y un conocimiento de las cosas, desde el más lejano pasado hasta el más remoto porvenir, llenos de inclemente sabiduría a la vez que de impiedad.

Único entre las otras sombras a causa de su manquedad del brazo izquierdo, el Tuerto Ventura se desprendió de un grupo hasta aproximarse a Gregorio.

—¡Ah, qué compañero...! —dijo desde lejos y sin que pudiera saberse si se expresaba con sarcasmo, ya que su tono, inalterable siempre, sólo adquiría matiz por medio de las vivas e intencionadas gesticulaciones del rostro, hoy oculto en las tinieblas.

—¡Ah, qué compañero! —repitió súbitamente junto a él—. ¡Tú sí que ni te miras en la oscuridá, de tan silencito...!

Gregorio pudo percibir sin repugnancia, pues ya tenía costumbre de ello, el aliento agrio, de maíz en proceso de fermentación, que Ventura exhalaba. Sus palabras lo hicieron sonreír: el silencio y la quietud, el estar "tan silencito", lo hacían un ser invisible, una extraña suma corpórea de lo visual y lo auditivo, un ser que "ni se mira" de tanto no escucharse, esto es, que no existe. "Quizá —se dijo— se trate, sin Ventura mismo proponérselo, de una bonita definición de la Muerte." Lo que ha dejado de oírse. Todo lo que ya no se oye.

—La poza no quedó bien envenenada —dijo Ventura a guisa de inútil explicación—. No quedó bien; le falta un poco. ¿No te habrán quedado algunos trocitos de barbasco...?

Si demandaba el veneno en esa humilde y sinuosa forma interrogativa tan peculiar, lo hacía, sin duda, con el ánimo de que aquello fuese interpretado como un testimonio de consideración, casi una reverencia.

Indiferente y melancólico, Gregorio tendió al Tuerto Ventura dos trozos de la liana venenosa y luego advirtió cómo éste se alejaba, para escuchar otra vez, allá lejos, su voz.

—Te miro triste, compañero Gregorio. ¿Qué te pasa?

11

—gritó esa voz, quizá irónica, burlona o sincera, no podría decirse, pues era una voz sin rostro—. Te miro triste.

Te *miro*. Nuevamente como un incesto de los sentidos. Nuevamente la maldita, enrevesada y certera forma de expresarse. Mirar en las tinieblas tan sólo a través del silencio o de la falta de silencio de las gentes. "Desde luego —pensó Gregorio—, él no necesita los ojos para mirarme; me mira con otros sentidos. Le bastaba con saber que callo, le basta con no escucharme y con eso me ve."

—No te preocupes, compañero Ventura. De veras no estoy triste —repuso sólo por oír sus palabras y el sonido de ellas.

Abajo, hacia la dulce curva que formaba la orilla del río, Ventura comenzó a machacar el barbasco sobre un tronco, produciendo un ruido lacerante. Así "soltaría" la aborrecible liana su poder de muerte; así se empaparía de su propio zumo amargo y criminal.

Al terminar Ventura cesó todo ruido, pues los hombres esperaban en silencio, religiosamente inmóviles, la obra apenas lenta del veneno.

Gregorio volvió a entrecerrar los ojos a tiempo que un aire tibio le agitaba la camisa y le humedecía el pecho. Quiso abandonarse en medio de aquellas sombras propicias a sus inquietudes, al ansioso deseo de establecerse a sí mismo y medir, hacia lo hondo, su propia existencia, pero la flotante realidad que lo envolvía, los hombres quietos y atentos, la prieta y lentísima tumba del río con su amargo callar, todo ese reino exacto del acecho y de la espera, tenía mucho más poder y lo sujetaba violentamente sin permitirle escapatoria.

A poca distancia, fuertes y gigantescos, lo que hacía de aquello algo aún más conmovedor, los juncos del ribazo se quejaban con un gemido rasante y doloroso. Era como el llanto de las viejas embarcaciones que atadas a los muelles languidecen de melancolía con sus crujientes armaduras.

El transcurrir de cada instante se percibía bárbaro e inverosímil y la noche iba soltando el futuro del tiempo en redondas pausas de ansiedad, en negras lagunas de anhelo y ambición que cual una sola cadena ataban a los hombres entre sí con idéntico respirar e idéntico latido.

De pronto la superficie del río comenzó a bullir, desde el fondo, con breves y múltiples erupciones acuáticas.

La voz del Tuerto Ventura se escuchó, llena de victorioso júbilo:

—¡Ya prendió el veneno! ¡Al vado! ¡A la compuerta! ¡Listas las atarrayas!

Aquella erupción angustiosa parecía llover sobre la superficie del río miles de salpicaduras, rápidas e indistintas, iguales a un granizo muy esférico pero que cayese en tiempos diferentes, y bajo las aguas se adivinaba el desesperado atropellarse, el frenético buscar respiración y el insensato correr sin freno de los peces enloquecidos que al invadírseles su atmósfera con la asfixia del veneno huían corriente abajo sin comprender, atónitos, casi humanos en su brutal empeño en no morir.

—¡Al vado! ¡Al vado! —se escuchaba, única, la voz de Ventura.

Gregorio se despojó de su camisa y corrió junto con los hombres que bajaban al vado a tiempo que sentía en la epidermis, como una herida, el contacto de la violenta, de la hambrienta alegría animal de todos ellos.

Imposible detenerlos. Durante todo el día, de una madrugada a otra, habían trabajado para ese momento y ahora se precipitaban sin sentido, en desorden, el alma impune, hacia el maná. Era el maná del río. Algo absurdo que, sin embargo, nadie podría impedir. Febriles y al mismo tiempo casi religiosos en esa forma impulsiva y seca de su fiebre, en esa forma intolerante de su ansiedad, corrían hacia el vado. río abajo, certera la mirada a través de la noche, orientándose entre los vericuetos y entre las hierbas húmedas de la ribera que crujían apenas con un sollozo bajo la planta de los pies.

Gregorio casi experimentaba dolor físico, aturdido, abandonado, también ya un poco enfermo de ese virus, en medio de aquellas gentes cuya naturaleza, inexorable y primitiva, se imponía sobre el espíritu tan invasoramente como la selva virgen. "Hace un minuto —pensó con angustia—, hace un segundo todo era silencio. Es cierto que un espantoso silencio de seres vivos, pero aun este silencio ya no existe; y no por nada, ni siquiera porque la noche no haya cesado todavía." Porque, en efecto, la noche parecía proponerse no alterar su extensa y profunda dimensión, su dimensión de curvo abrigo prenatal, de negro vientre sobre el hemisferio, aunque ahora su tremenda piel de serpiente unánime, como a influjo de un destino trastocado que se suponía iba a ser nocturnamente quieto y de pronto no lo era, impulsada por el rumor de los pasos y el arrojarse de aquellos trescientos hombres sobre el río, quizá más negra por causa de esto, movía, torva y viva, sus lentas y seguras escamas. "Y no existe ese silencio —se repitió Gregorio—, ni siquiera porque la noche ya no terminará sino hasta el fin de la vida."

Quiso preguntarse si estos pensamientos no obstante eran valederos y si no estaba bajo la influencia de una hipertrofia de la sensibilidad que lo inducía a ver las cosas con ojos sobrenaturales. Quiso preguntarse, pero el contacto violento y abrumador como una argolla, de aquella masa, no lo dejaba. Habían envenenado el río. Eso era todo, pero Gregorio, dentro de sí, adivinaba en este hecho la existencia de algo más, bárbaro y estúpido. Sin embargo, la masa, casi lúbrica en su afán de poseer, no lo dejaba. No lo dejaba razonar, como si la claridad de pensamiento, los caminos normales de la lógica, sucumbieran ante lo subyugador e inaudito de aquella inconsciencia bestial y única, pero que tal vez no radicase tan sólo en ellos ni en sus cuerpos desnudos, ni en sus ojos, cargados de una relampagueante, secreta y casi desinteresada codicia. Algo. Algo que aún no era posible formularse pero que después, cuando estuviera lejos de ellos, llegaría a su mente con una claridad tremenda y tal vez para siempre desconsoladora.

—¡Unos de un lado y otros de otro! —ordenó la voz enorme de Ventura.

14

Aquél era el sitio. Las mujeres, que no se habían advertido durante todo el trayecto desde las pozas hasta el vado, ahora descendían de pronto por ambas márgenes, sin ruido, con abstracta voracidad, con apresuramiento de hormigas furiosas, para encender en un segundo grandes hogueras que súbitamente nacían en la noche como turbulentas manos de fuego.

Era extraordinario no haber notado a las mujeres. No haber advertido esos cuerpos que, sin embargo, habrían corrido con igual furia y anhelo que los demás, sólo que menos que en silencio, sin respiración, sombras de sombras junto a cada uno de sus tristes y despóticos machos. Una imagen viva de negra, hermética, amorosa e inamorosa sumisión y voluptuoso sufrimiento.

A la luz de las hogueras pudo verse el sólido y recio dique de varejones hecho para interceptar la corriente del río en su nivel más bajo, y una compuerta, a la mitad, que al levantarse en el momento oportuno permitiría el escape de agua necesario para la tumultuosa salida de miles de peces —los juiles cuya digna expresión, a causa de los ásperos bigotes, es tan singularmente asiática como la de algún gordo, viejo y pálido mandarín— que en su horrorizado intento por salvarse de los efectos del barbasco en las aguas altas caerían así en las toscas atarrayas de los pescadores.

Otra vez, como a un tenso conjuro, como a una orden no pronunciada, se hizo un silencio idéntico a cuando los hombres, allá arriba, se inmovilizaron dura y blandamente, fríos y cálidos, capaces de detener el curso de su corazón por obra de la sola voluntad. Era un silencio alerta, de multitud mala, hostil e impune que, no obstante, ejercía su derecho sobre el río por ser dueña legítima de él.

Tras el fuego, inmóviles como diosas, las mujeres miraban obcecadamente, mas no hacia afuera sino hacia adentro de ellas mismas, con los ojos ya artificiales a fuerza de quietud, en tanto sus cuerpos, sólo desnudos de la cintura para arriba, mostraban los oscuros senos que parecían moverse con rítmica elocuencia al ondular de las llamas.

Entretanto los hombres ya se habían colocado a la mitad del río, en torno de la compuerta, y sus cuerpos desnudos de obsidiana lanzaban oscuros destellos. Una primera línea de diez hacía ángulo con el dique como base, y otros ángulos, atrás del primero, prolongaban la sucesión como una escuadra precisa en orden de combate.

Reinaba un ánimo de seguridad y de alegría previa y solapada, y los ojos, todos puestos en el sitio por donde saldrían los juiles, brillaban con un aire concupiscente.

Estaba a punto de llegar el solemne, activo y afanoso minuto en que la compuerta fuese levantada, pero Ventura, con su gran y penetrante ojo de cíclope quizá descubrió algo fuera de orden o simetría porque hizo un ademán rotundo.

—¡El flaco que está a la orilla derecha, en la primera fila! —gritó en lengua popoluca a tiempo que señalaba hacia la compuerta. Hubo un movimiento hacia él, mas de pronto Ventura detuvo su ademán en el aire y una sonrisa divertida y gozosa se dibujó en su gran ojo.

—No me había fijado —agregó al reconocer al hombre como a uno de los hijos del cacique de Santa Rita Laurel— que tú eres Santiago Tépatl, el de Jerónimo.

Jerónimo Tépatl intervino dulcemente:

—Sí que's mijo, como lo miras.

Ventura lo consideró atentamente con el ojo burlón:

—Ha crecido mucho, pero está todavía muy flaco... —dijo con suavidad—. Quítalo de ahí y que se ponga en su puesto un hombre fuerte.

Ventura fue obedecido sin replicar y otra vez, silenciosa e inexorablemente, las cosas tomaron su curso.

A la luz de las hogueras el rostro del Tuerto Ventura era visible en toda su inesperada y extraordinaria magnitud. Hombres con ese rostro habían gobernado al país desde tiempos inmemoriales, desde los tiempos de Tenoch. Sus rasgos mostraban algo impersonal y al mismo tiempo muy propio y consciente. Primero como si fuesen heredados de todos los caudillos y caciques anteriores, pero un poco más de las piedras y los árboles, como tal vez, de cerca, debió ser en los rostros de Acamapichtli o Maxtla, de Morelos o de Juárez, que eran rostros no humanos del todo, no vivos del todo, no del todo nacidos de mujer; como de cuero, como de tierra, como de Historia. Después, con la grosera exactitud de algo tangiblemente orgánico, capaces de pasiones, vicios y vergüenzas, dentro de un rostro material y fisiológico sujeto a los fenómenos de la naturaleza, a las secreciones de toda clase y a las eventualidades del frío o del calor, del amor o del odio, del miedo o del sufrimiento, de la vida o de la muerte.

La luz del fuego daba a Ventura su verdadero tono y se comprendían entonces su potencia y seducción. La osada nariz de buitre, la frente talentosa, los labios entreabiertos en una sonrisa apenas matizada de sutil desprecio, hacían de su figura, que en contraste era regordeta y baja, algo no obstante épico. En esta forma no era difícil imaginar cuando en sus misteriosas escapatorias de quince y veinte días se dedicaba al robo de reses en territorios de Oaxaca y Chiapas, y verlo entonces como un rayo ecuestre, de un sitio a otro, la rienda de su caballo sujeta entre las mandíbulas mientras el brazo viudo haría restallar en el aire la soga; ni difícil tampoco evocar su imagen juvenil del año de novecientos siete, cuando militó en las guerrillas de Hilario C. Salas, y debió ser, junto al precursor revolucionario, una especie de centella sombría, una especie de negra ráfaga implacable.

Era imposible para Gregorio apartar la vista de aquel hombre que representaba un pedazo tan vivo del pueblo: burlón, taimado, sensual y cruel. Muy pegado a la tierra, muy existente, muy sólido, no podía estar más lejos de lo que se concibe como una figura mítica o legendaria, pero tal vez la circunstancia de no haber muerto a pesar de tantos azares, o el hecho, cuando menos aparente, de que buscara en todo tiempo la ocasión de morir, hacía que las gentes, con algo así como una amorosa superstición, le otorgaran cierta potestad de taumaturgo, de sacerdote, de jefe, de patriarca.

Con la viveza de un reptil herido, Ventura sintió de pronto sobre sí el prolongado peso de la mirada de Gregorio y tuvo un movimiento de presurosa aprensión al girar su rostro en un esguince que podría suponerse de astucia, pero que no era sino de defensa, e inesperadamente, de miedo. El ojo solitario se hundió con intensidad sobre Gregorio, como un clavo de piedra. Durante algunos segundos aquel ojo permaneció inmóvil y atónito, muy asombrado, sin darse cuenta de las cosas, y aquello fue entonces como si el espíritu de Ventura se hubiera abierto de par en par, en una revelación amarga y profunda, inconcebible y verdadera. Una pantalla de indiferencia, sin embargo, casi como la aterradora opacidad que precede a la muerte, pareció velar en seguida la superficie del ojo de Ventura y éste se volvió otra vez hacia los hombres que aguardaban frente a la compuerta.

El dique de varejones se dilataba, hinchándose bajo la presión del río, pero era necesario esperar hasta el último instante, hasta el instante en que, de no obrarse con rapidez, las aguas arrollarían aquella barrera, para obtener lo que en realidad se puede llamar una buena pesca, suficiente para dejar contentos a todos los pueblos ahí representados. A todos los ansiosos pueblos de Comején, Santa Rita, Ixhuapan, Chinameca, Oluta, Acayucan, Ojapa, que habían ido a pescar al triste río envenenado.

Las aguas subían con sorda lentitud y comenzaban a filtrarse entre los varejones con un rumor tenaz y gradualmente colérico, cual si alguien, al otro lado, empujara con el hombro. Algún titán severo y melancólico.

—¡Suelta! —ordenó de súbito Ventura, el acometivo rostro iluminado por un destello de luz indómita, y el brazo, trémulo de alegría, blandiendo en los aires la negra hoja del machete.

A estas palabras, después de que uno de los hombres hubo corrido la compuerta, siguió una exclamación simultánea llena de dicha salvaje.

La primera fila de hombres retrocedió por la fuerza del

furibundo golpe del agua, mas se repuso al instante y todos comenzaron entonces, con actividad de demonios, a recoger en sus atarrayas docenas de agonizantes juiles cuyos blancos cuerpos se sacudían con indecible angustia.

En muy poco tiempo, como si hubiera caído un súbito aguacero de lingotes de plata, las riberas del río se cubrieron de peces, mientras los hombres, como gambusinos trastornados por la fiebre de oro, se inclinaban una y otra vez sobre las aguas, incansables, famélicos, la mirada repartida con inconcebible prontitud en mil sitios a la vez.

Desde una pequeña eminencia, desnudo como todos los demás, Ventura dirigía las maniobras con categóricos ademanes de su brazo derecho, ya para indicar prisa a los aturdidos o ya para prevenir los errores de quienes no tenían experiencia, y estos movimientos hacían que el muñón de su mutilado brazo izquierdo, al reflejarlos, se transformase en un absurdo pedazo de carne autónoma y viva como un pequeño animal independiente, casi se diría con conciencia propia y a la vez malévolo, siniestro y lleno de actividad.

Al reparar en este hecho, Gregorio comenzó a comprender aquella parte del misterio de Ventura que aún no se le había mostrado, la parte de misterio que no fue posible descubrir siquiera en el aplastante segundo anterior, cuando el ojo solitario de aquel hombre pareció bañarlo por dentro como con un líquido corrosivo. Aquel muñón era una especie de contrasentido, pero al mismo tiempo como si el contrasentido, la negación, fuesen lo único verdadero.

Porque Ventura parecía obedecer, en efecto, desde su misma esencia, desde los cimientos de su alma, a un congénito y espeso sentido de la negación. De ahí ese vivo trozo de carne, inteligente también, pequeño e infranatural, en que el antebrazo se interrumpía, y aquel ojo ciego y sucio.

Quizá tan sólo por eso los campesinos lo siguieran con su fe honda y sumisa y no desde luego por todo lo ajeno y exterior a él, su valor inverosímil, la tradición de sus hazañas —que por su parte, llegado el momento, los campesinos serían capaces de repetir también—, sino por lo que le era propio e indisputable, sus mutilaciones, el ojo muerto, el muñón vivo, que lo igualaban a las rotas efigies de los viejos ídolos, de los viejos dioses aún ordenadores y vigilantes desde la sombra del tiempo. Era un dios. Tenía voz de dios. Bastaba mirarlo ahí, desnudo entre aquellos centenares de hombres desnudos, y su solo cuerpo ya le daba una vestidura con respecto a los demás, una vestidura de cuerpo desnudo cuya propia piel envolviese una piedra secular —la verdadera desnudez que nunca se mostraba, el cuerpo verdadero— que de mano en mano había pasado a través de infinitas generaciones, desde siglos remotísimos, hasta llegar a la presente y última de todas. Un dios mutilado, un dios derrotado, que no podía ofrecer otra cosa que la piedra secular de la muerte. Por eso todos lo amaban y todos estaban dispuestos a hundirse con él cuando desapareciera en el abismo. "Todos, y quizá también yo", pensó Gregorio.

En ese momento Ventura dispuso clausurar la compuerta en tanto volvían a acumularse las aguas al otro lado del dique, pues la corriente era ya muy reducida. Miró en forma inexplicablemente comprensiva hacia Gregorio, y luego, con una rápida ojeada, a todos los demás.

—¡A ver! —dijo en voz alta—. ¡Que vengan todos los pueblos y se acomoden ahí, debajo de aquel nacaste! —y señalaba el árbol.

Entonces los caciques, que eran "los pueblos", obedecieron con lentitud colocándose bajo el nacaste, graves y reposados, orgullosamente conscientes de la propia dignidad, las palmas de las manos vueltas hacia atrás y los brazos, sin rigidez alguna, colgados a cada lado del cuerpo. Conocedores de la función que iban a desempeñar, esto otorgaba a sus rostros una severa y litúrgica rigidez, seca, sobrehumana e inexorable, y así desnudos como estaban, aquello adquiría una mayor solemnidad y un cierto tono aún más austero.

Nuevamente Ventura dirigió a Gregorio una mirada de simpática inteligencia, cual si calculase el efecto de lo que iba a decir y de antemano gozara aquella satisfacción.

—Hemos de dividirnos entre todos —dijo a tiempo que

miraba sus pies por encima del grueso vientre— todo lo que sale del río, porque el río pertenece a todos.

Un murmullo de justicia aprobó estas palabras e involuntariamente las miradas se clavaron sobre los montones de peces que yacían en la ribera.

Al contemplar aquello, una de las mujeres no pudo contener su júbilo:

—¡Lo contenta que se va a poner nuestra Señora de Catemaco! —exclamó.

—¡Lo contenta que se va a poner, sí, gracias a Dios! —corearon varias voces.

Porque el río pertenece a todos. Porque el río pertenece a nuestra Señora de Catemaco.

Gregorio casi había olvidado que el producto íntegro de aquella pesca, al venderse en el mercado de Acayucan, se destinaría a los gastos de peregrinación al santuario de Catemaco y a la compra de ofrendas y exvotos con que los indios agradecerían sus milagros a la hermosa Virgen del Carmen, cuyo templo se erigía en las riberas de la laguna de aquel nombre. Ésa era la razón de su codicia y de que, a pesar de las disposiciones en contrario de la Liga Regional Campesina, los pueblos de las márgenes del Ozuluapan accediesen a embarbascar el río, su río, del que la Revolución, junto con la tierra, les había dado el usufructo. Codicia cristiana. Ardiente deseo de tener contento a Dios Nuestro Señor.

Gregorio permanecía inmóvil, como si aquella inmovilidad hubiera sorprendido, partiéndola en dos, una acción no concluida del todo, que se quedaba entonces en el aire como se antoja que ocurre con el movimiento de los maniquíes. Un maniquí viviente, con las ideas asombradas ante todo lo que veía. Igual que dentro de una pintura: igual que los grandes maestros, desde hace siglos, han dejado dentro de las telas a sus personajes, a los mendigos de Amsterdam, a los almidonados concejales y regidores holandeses, a las infantas españolas, con la misma sorpresa y el mismo estupor retratados en el semblante e idénticos deseos de moverse y romper sus cadenas.

Merced a quién sabe qué asociación inesperada, que se refería sin duda a sus tiempos de estudiante en San Carlos, Gregorio pensó en el conde de Orgaz, en la suavidad de su rostro, en la blandura de su cuerpo vencido, y en cómo, de ser él mismo una figura de su *Entierro*, sentiría la angustia de salir cuanto antes de esa admiración sin límites, de ese peligroso estar con el alma —turbia o diáfana, bondadosa o malvada— a flor de labios. Lo extraordinario que sería, de todos modos, pertenecer a ese cortejo y mirarse ahí dentro, desde este lado del tiempo, con el rostro y los ojos del siglo veinte. Aunque también se podría ser un Legionario de San Mauricio o un ángel de los que están en la Asunción, si hubiesen estado desnudos. O desnudo el *Entierro*, con su San Agustín, su San Esteban, y los amigos del conde y demás caballeros y clérigos, sin casullas y sin gorgueras, sin hábitos y sin jubones, los talles y los brazos aún más religiosamente finos desde su intencionado alargarse, desnudos como aquí en las orillas del Ozuluapan.

Gregorio pensó en la figura, de izquierda a derecha, del segundo monje que se encuentra en el cuadro de El Greco, Ese capuchino que con la palma vuelta hacia un cielo donde tanto sucede y donde la suprema anacronía del Más Allá resume todas las dimensiones del Tiempo, señala hacia el difunto con una expresión singularísima, en la que su resignada e inteligente tristeza no es obstáculo para que al mismo tiempo lance un reproche hacia nadie, impersonal y lleno de admiración discretamente dolorosa, en la que parece cifrar la más tranquila y elocuente conciencia de lo perecedero y transitorio de la vida.

"Tal vez resulte infantil —se dijo Gregorio mientras por sus labios vagaba una sonrisa en consonancia con sus pensamientos—, tal vez resulte una idea ridícula, pero en realidad me gustaría tener los rasgos, o que alguien los tuviera, acaso una mujer, de ese segundo monje, el que está a la izquierda, junto a Antonio de Covarrubias, y al que rodean, en la misma forma que a mí en estos momentos, gentes

22

que no piensan sino en su propio destino y en su propia salvación." Sin que pudiera explicárselo, lo que acababa de decirse le causó malestar, una especie de vergüenza incómoda y desazonante. Sin embargo, se le ocurrió que aquello no lo había pensado en función de convertirse él mismo en ese monje del *Entierro*, sino tan sólo por cuanto a la semejanza de situaciones, aquí, en medio de seres cuyos espíritus le parecían tan lejos unos de los otros, sin vestidura alguna, tal como eran su maldad y su bondad. Seres a los que nunca se les podría comprender del todo, de igual manera junto al conde de Orgaz que en las orillas del río Ozuluapan, aunque aquí estaban sus cuerpos, nocturnos y alargados, con el mismo impulso de sobrenatural crecimiento hacia lo más alto de la noche, hacia el imposible cielo. El mismo impulso de crecer. "Nunca deis crédito —decía su maestro de pintura en la Academia de San Carlos con una voz suave de barítono, queda pero templada y armoniosa—, jamás os dejéis seducir por el canto de sirena de quien os diga que Doménico Theotocópulos era astigmático, lo cual explicaría la sorprendente distorsión de sus figuras. No. Las figuras de El Greco se alargan hacia el cielo para representar la elevación del espíritu humano hacia Dios. De ahí su pureza y su gracia y la honda renuncia a las cosas mortales que se adivina en sus expresiones." Astigmatismo de Dios. Distorsión del hombre hacia la Nada.

El fuego de las hogueras distendía hacia Dios los cuerpos desnudos de los pescadores que parecía como si invocasen hacia ellos toda la sombra terrestre, en tanto los caciques miraban devotamente hacia Ventura en espera de sus palabras. Éste levantó su machete a guisa de índice para señalar con la afilada punta:

—Aquí están todos los pueblos. Aquí están Soteapan, Santa Rita, Comején, Jáltipan, Acayucan, Chinameca, Ixhuapan —se señaló a sí mismo, pues él era de este último lugar—, y hasta Oluta y Ojapa.

Cada uno de los caciques inclinaba la cabeza con dulzura al escuchar el nombre de su pueblo.

—Muy bien —prosiguió—, están todos y todos buenos y sanos. El reparto será justo y equitativo. Contaremos los juiles y a cada pueblo se le dará la cantidad que le corresponda.

La punta del machete señaló a Gregorio:

—El compañero Gregorio —dijo para finalizar—, el compañero Gregorio, que no sabe cometer injusticias, se encargará del reparto.

Ventura hizo una pausa larga y enigmática. La luz de las hogueras se reflejaba en su ojo imprimiéndole un movimiento giratorio extrañamente completo y monstruoso, de ciento ochenta grados, aunque el ojo en realidad estaba inmóvil y duro.

—Después de que se vuelva a cargar el río, repartiremos más.

Otra pausa hasta que el ojo pareció deshelarse en una sonrisa.

—En esta tierra, gracias a Dios, todo es de todos —concluyó.

Ahora comprendía Gregorio aquellas miradas comprensivas e inteligentes que le dirigió Ventura, quien habría calculado desde entonces señalarlo con el honor de ser quien hiciera el reparto. Sin esperar otra orden se inclinó sobre el montón de pescados, pero una voz le hizo levantar la vista.

—Ventura, te has olvidado de las Organizaciones —dijo la voz.

Era la de una mujer gruesa, hermosa de rostro, con el pelo negro y los pezones como un gris botón de ceniza. La propia mujer de Ventura.

Éste no pudo reprimir una carcajada que los demás rubricaron con una risa breve y condescendiente por tratarse de un sarcasmo que contra sí mismo se permitía Ventura.

—Jovita tiene razón —dijo sin dejar de reír su olvido.

Su ojo único barrió en redondo a todos los presentes, examinándolos uno por uno.

—¿Quiénes son —preguntó— los representantes del Centro Rosa Luxemburgo y de la Juventud Comunista?

24

Una mujer de edad, con el vientre arrugado y las mejillas temblorosas, casi una anciana, y un muchacho ágil, de fisonomía despierta, se incorporaron rápidamente al grupo de los caciques, bajo el corpulento nacaste.

La mujer parecía ajena al mundo, los párpados medio cerrados, pero al verla pellizcar la piel rugosa del dorso de su mano sujetándola entre el pulgar y el índice cual un garfio colérico, lo cual haría para sentirse viva, eran evidentes su fuerza zoológica y su rotunda decisión de existir; existir en cualquier circunstancia.

Ventura consideró atentamente a los dos nuevos personajes.

—Está bueno —dijo volviéndose a Gregorio—; dales su parte para las Organizaciones.

El Centro Femenil Rosa Luxemburgo. Aquello era de un sorprendente anacronismo. Las integrantes del Centro —Gregorio se asombró mucho, en un principio, recién llegado a la región, sin explicarse por qué eran miembros sólo las mujeres más viejas cuando no las francamente ancianas— ignoraban, sin duda, hasta la existencia de la patria de Rosa Luxemburgo. En medio de la selva, entre los hombres desnudos y las mujeres casi animales, resultaba fantástico oír el nombre de la socialista alemana. Rosa Luxemburgo. Nuestra Señora de Catemaco. Ambas debían ser, en efecto, figuras solamente celestiales.

—¿Por qué las compañeras del Centro Rosa Luxemburgo —había preguntado Gregorio una vez a Ventura— no quieren formar una sección juvenil con todas las muchachas del pueblo?

Fue una mañana, en la choza de Ventura. Éste se balanceaba en una hamaca en tanto, no lejos, Jovita molía el nixtamal. Guardó silencio largo rato mientras sus labios sonreían levemente.

—Pregúntaselo a Jovita —dijo.

La mujer, desde su metate hizo un movimiento hacia Gregorio.

—Lo mismo nos preguntó el compañero Revueltas cuando vino por aquí, ya va para dos años —explicó—. ¿Y sabes qué le respondí? Que era asunto nuestro, de las propias mujeres. Las jóvenes —a la sazón Jovita tendría treinta años—, las jóvenes tenemos nuestro deber de Dios, que es casarnos, acostarnos con nuestros maridos, parir y criar a nuestros hijos. Las ancianitas ya no pueden hacer nada de eso; la única obligación que les queda es luchar por los derechos de la mujer en el Centro Rosa Luxemburgo.

Ventura, con un destello irónico en la mirada, hacía esfuerzos, inclinado sobre la hamaca, por librarse de alguna molestia que tendría entre las uñas de los pies.

—Mujer —dijo de pronto, enfadado e impaciente—, ven a quitarme la nigua, yo no puedo.

Jovita se aproximó presurosa.

—¿Onde? —dijo llevándose a los ojos el pie desnudo de Ventura. Intentó hacerlo con las manos—. Aquí está la indina, pero no quiere —y ante la resistencia que ofrecía la nigua, comenzó a roer con los dientes, igual que un perro, hasta que pudo extraer el insecto que se había alojado entre la uña y la carne del dedo mayor del pie de su marido. Como un perro.

El río comenzaba a "cargarse" de nuevo al otro lado del dique y su presión se sentía ya sobre los varejones como una masa rítmica y terca. Ahora la corriente era más compacta y aquí y allá flotaban trozos de madera podrida, ramas sin hojas y uno que otro juile muerto, la lívida panza vuelta hacia arriba en medio del agua sucia que principiaba a ser maloliente y cuyo color, a causa del barbasco, se había vuelto de un rojo apagado y sombrío.

Alguien trajo un hachón junto a Gregorio para que se alumbrara en su tarea y esto le hizo pensar nuevamente en el segundo monje de El Greco, en el *Entierro del conde de Orgaz*. Reconstruyó en su mente la figura, y aparecieron ante su recuerdo los ojos aquéllos, velados por la tristeza, la mirada dolida de una ardiente profundidad, la frente noble y generosa y las manos casi incorpóreas, con sus largos y acariciantes dedos de mujer. Gregorio hubiese querido mi-

26

rarse a sí propio, a la luz de la humeante llama, inclinado sobre los peces y en medio de aquellos hombres atentos y silenciosos para pintar el espectáculo; pero sólo le era posible mirar sus manos, absurdas y casi sin sentido, casi no pertenecientes a nadie. La insistencia mística de El Greco en pintar las manos de tal modo translúcidas y expresivas que llegasen al dolor. Las manos. La terrible y reveladora mano del cardenal Guevara. Las dos manos de La Magdalena, una terrenal y viva sobre el pecho y la otra, en las fronteras de la muerte, caída como una hoja de amor puro, aún desfalleciente de la ingravidez que le dejó su pasión por Jesús; la mano de Santo Domingo, piadosa pero probablemente cruel; las opuestas y enemigas manos de San Jerónimo, una vez como doctor y otra como ermitaño, primero lacónicas y casuísticas y después humanas hasta el desgarramiento; las manos sin fin de San Juan Evangelista y las suaves e indoloras de Cristo cuando lleva su cruz. Las manos distinguen al hombre, porque las manos son el trabajo y la creación y la fecundidad. De ahí la proporción siniestra de Ventura con su mano única, con su ojo único, que eran los que lo hacían negativo y poderoso.

Gregorio quiso pensar en su pasado, en su bien muerto pasado. En sus largas horas de estudio, inclinado sobre las monografías; en el ensayo que para fin de curso preparó sobre el pintor de Toledo y que ahora andaría rodando por ahí; en las alegres veladas, en las discusiones, en las borracheras. Era imposible. Sonrió para sí mismo mientras formaba los montones de pescado bajo la omnividente vigilancia de los pueblos. "Uno, dos, tres, cien, doscientos." Aquella tarea. La repartición de los peces. La multiplicación de los peces.

Tal vez nunca llegaría a comprender la naturaleza real de todo aquello, el misterio que encerraba. Esos campesinos comunistas, que tenían carnet del Partido —algunos lo llevaban colgado al cuello a guisa de escapulario— y que eran dueños de la tierra desde antes de la Revolución, cuando se apoderaron de ella por la fuerza en tiempos de Hilario C.

27

Salas, le habían pedido como una gracia inmensa, al saber que pintaba, les retocase una vieja y hermosa imagen, probablemente del siglo XVI o XVII, de San José y la Virgen.

Fue una tarde, en los alrededores de Acayucan. La luz era espléndida, y a favor de los indirectos reflejos del crepúsculo el volumen de las nubes muy diáfano y contrastado. Una luz de sueño, casi inmaterial, llena de magia y seducción incomparables. Gregorio sabía que aquello era cosa de segundos, que un instante más y todo desaparecería. Segundos de anhelante tentación y angustia, donde los ojos se embriagan y después todo pasa sin misericordia, como la frustrada posibilidad de un gran amor en una estación de ferrocarril donde un tren, que marcha en sentido inverso, se lleva la mirada intensa y audaz, verdadera y valiente, de esa mujer desconocida que pudo ser la gloria, la pasión y la luminosidad eternas.

Quiso tan sólo fijar los colores, únicamente atarlos antes de que lo traicionaran. Gris, malva, sepia, azul, rojo, negro, naranja, rosa, otra vez azul, un malva desconocido, blanco, otra vez todos, gris, sepia, rojo... Tres indígenas observaban tras él con aire de profundos conocedores, una mirada a la tela, otra mirada al crepúsculo. Movían la cabeza con intención afirmativa. Al crepúsculo y luego a los colores de Gregorio. Su satisfacción era evidente:

—Se me figura —dijo uno de ellos— que el compañero Gregorio puede prestarnos un servicio muy grande —Gregorio alzó los ojos—. ¿Quieres dárnosle una manita de color a la Santísima Virgen y al Señor San José, que se nos están despintando? —dijo finalmente el campesino. Gregorio aceptó con gusto.

"En esta tierra, gracias a Dios, todo es de todos." El río pertenece a todos. Nuestra Señora de Catemaco pertenece a todos. San José y la Virgen también.

Silenciosamente Ventura se había acomodado junto a Gregorio, otra vez con aliento de maíz en fermentación. Los montones de pescado engrosaban, destinados a cada uno de los pueblos, y uno de los caciques, sin paciencia para aguardar, tendió ambas manos hacia el suyo.

—¡Habrá más todavía —lo atajó Ventura—, no comas ansia! Deja que se vuelva a llenar el río.

El cacique cedió suavemente, y entonces Ventura, que estaba en cuclillas, se puso a dibujar sobre la tierra figuras sin sentido que después hizo desaparecer con la palma.

Levantó la mirada hacia Gregorio.

—Ora lo verás —dijo en un susurro, y en seguida se puso a entonar un huapango de la región.

Se salieron a bailar
la rosa con el clavel...
La rosa tiraba flores
y el clavel las recogía...

"Ora lo verás", se repitió Gregorio al advertir nuevamente cómo las expresiones de Ventura trastocaban el uso de los sentidos. Ver por oír. Oír por ver.

...La rosa tiraba flores
y el clavel las recogía...

Algo singular era que, en tanto la voz en su subir y bajar se detenía en lo más increíblemente alto del diapasón, la mano única de Ventura se tapaba una y otra vez los labios en un impulso inexplicablemente pudoroso y de extraña timidez. Cantaba a gritos bárbaros, la voz aguda y femenina, mientras en el ojo le bailaba una móvil sonrisa estriada de nerviecillos ensangrentados.

Poco a poco, cual si se desprendiera de la oscuridad misma, comenzó a escucharse una musiquita de vidrio, al mismo tiempo cóncava, hacia dentro, con sonidos de agua, y entonces aparecieron junto a Ventura tres muchachos indígenas cada uno con una minúscula guitarra entre las manos, tañendo desesperada y jubilosamente.

Ventura, con un ademán brusco, entre amistoso y desconsiderado, arrebató a uno de ellos el instrumento: —La jarana —dijo, y se puso a hacer ruido como un demonio, rasgueando las cuerdas con la mano disponible, mientras el muñón sujetaba con furia el cuerpo de la minúscula guitarra. Insensiblemente los muchachos dejaron de cantar hasta que sólo se escuchó aquel ruido monótono, estridente y rabioso, de Ventura.

Se salieron a bailar
la rosa con el clavel. . .

Todos escuchaban intranquilos hasta que de pronto Ventura cesó de tocar, inmovilizándose como una iguana perseguida, atento a cosas que él sólo oía. Las miradas se clavaron en su cuerpo, que se irguió con lentitud y con sagaces movimientos desconfiados, cautelosos y llenos de capacidad defensiva.

Muy en silencio, casi con amorosa suavidad, apartó a uno de los caciques que le impedía mirar hacia el vado.

Su ojo monstruoso taladró la noche.

—¡A ver tú! —dijo al más próximo de quienes lo rodeaban—. ¡Baja y corre la compuerta!

Atrás de los varejones del dique el agua se revolvía con una pesantez sórdida y gruesa, y los helechos y las ramas, hoscamente entrelazados en la superficie, tenían un vaivén torpe, interrumpido por una fuerza negra y misteriosa.

—¡Suéltala, pendejo! ¡Sin miedo! —gritó Ventura, los labios con un rictus de cólera tremenda.

Los hombres miraron con la respiración en suspenso mientras las mujeres parecían no alterarse, atrás de las rojas hogueras, los ojos como piedras, inmóviles.

Dentro del río el hombre del vado dio un salto esquivando el cuerpo de algún peligro que habría visto al otro lado del dique.

—¡Una estaca! —demandó, quién sabe si con su voz natural u otra, temblorosa de angustia—. ¡Es el caimán! ¡Es el caimán!

Entonces Ventura mismo, con increíble rapidez, llegó de

un salto hasta la compuerta, y después de empujar al hombre con su cuerpo, corrió la trampa con un movimiento vigoroso.

Del otro lado del dique las aguas permanecieron sin alterarse, con una espesa mansedumbre de aceite lento y hostil, hinchándose con el respirar de sus pulmones sucios y obstruidos, y a través de la compuerta se dejó ver tan sólo una maraña confusa de troncos, lianas, helechos y raíces, que obstaculizaban el paso de la corriente.

El ojo de Ventura desprendió de su pupila un rayo seco y abrasador, en tanto los labios conservaban aquel rictus odioso y primitivo.

—¡Qué caimán ni qué la chingada! —gritó con esa ronca voz que sale turbia y empavorecida de las entrañas.

Luego comenzó a descargar machetazos sin tregua sobre la maraña que obstruía la corriente, poseído de un furor y de una rabia sin medida.

Todos estaban impresionados, y aunque aquello no era ninguna cosa más allá de lo común, algo les hacía abrigar un miedo inexpresable, supersticioso, lleno de angustia. Miraban con tristeza hacia los montones de pescado.

Súbitamente Jerónimo Tépatl, el cacique de Santa Rita Laurel, lanzó un grito agudo, como si lo hubiera mordido una serpiente.

—¡No sigas, tata Ventura, párate! —dijo en un chillido trémulo, y se adivinaba su emoción profunda en el hecho de haber usado el tratamiento de tata, abolido por la Liga Campesina desde que los indígenas se consideraban sin amos.

—¡No sigas! —insistió—. ¡Mira tu machete!

A la luz de las hogueras el machete de Ventura podía verse manchado de sangre.

Como una tromba bajaron los hombres al vado. Aquello sería un anuncio de Dios, un castigo. Un río al que le brotaba sangre. El castigo de Dios.

Nadie sabía qué hacer. Todas las miradas se concentraban sobre el machete de Ventura. Éste lo arrojó lejos de sí y con su torpe mano temblorosa prosiguió en su empeño de librar de obstáculos la compuerta.

—¡Es un cristiano! —murmuró quedísimamente una voz a espaldas de Ventura, pero se le oyó en todo el monte, igual que si hubiera hablado a gritos.

—¡Un cristiano, sí! —dijo a su vez Ventura con la misma queda voz.

Durante largo tiempo, sin hacer otra cosa, ninguno apartó los ojos de aquel torso verde y aquella pierna deforme y sangrienta, apenas visibles entre las lianas dentro de las cuales estaban prisioneros; pero después algunos comenzaron a libertar al muerto hasta que fue posible tenderlo en la ribera. Así, el cadáver de pronto les pareció solemne, a pesar de su espantoso vientre de ahogado y de los horrendos machetazos que le dio Ventura. No se le podía ver el rostro, cubierto por una gruesa capa de hediondo fango del río.

—¡Jovita! —ordenó Ventura a su mujer—. A ver si le limpias esa cara, siquiera que se vea decente.

Luego se volvió hacia los hombres y señaló los montones de juiles.

—Vayan dos de ustedes al pueblo —dijo— y se traen el cura para que nos riegue ese pescado de agua bendita, no sea que se malogre por haber estado en la misma agua que el difunto...

32

II

"Las tres cuarenta y cinco de la mañana", se dijo Fidel con una torpe sensación de incomodidad mirando la carátula del viejo y pobre reloj. Las palabras de Julia se escuchaban a cada momento más monótonas y ausentes. —¡Eso es echarle agua al molino! —cortó Fidel de pronto con una voz alta y fea al oír la parte del informe que le parecía "políticamente intolerable", sin permitir que Julia terminase la lectura de una carta de Gregorio fechada con una semana de anterioridad y mientras sus ojos, escandalizados como los de algún clérigo presto a fulminar cualquier heterodoxia, daban la impresión de ser crueles a causa de un halo amarillento en torno de la pupila.

En su interior, sin embargo, Fidel estaba satisfecho de haber encontrado una nueva ocasión para demostrar, aun ante Julia, no obstante tratarse de su mujer, el celo intolerante devoto, sádico de ser preciso, de cuya observancia con respecto a las "cuestiones de principio" tanto se enorgullecía. Experimentó así un gran placer ante el asustado estremecimiento de Julia, quien al oír aquella voz áspera e inamorosa no pudo impedir que la carta temblase en sus manos con nerviosidad.

Fidel se volvió de lado durante unos segundos para que sus facciones no traicionaran ese placer de sentirse moralmente superior, no sólo a Gregorio, sino principalmente a Julia, pero que era un placer que lo avergonzaría en caso de ser descubierto por alguien.

—¡Qué estupidez! ¿Por qué tiemblas? ¡No es otra cosa que eso: echarle agua al molino y nada más! —repitió luego mientras con la mano empuñada erguía el pulgar, de acuerdo con una costumbre suya de esos casos, para poner de relieve todo lo que de tremenda acusación encerraban sus palabras, colérico contra la misma Julia como si a ella y no a las opiniones de Gregorio estuviera dirigido el reproche. "¡Cuídate —parecía decir a Julia con ese puño al que tan elocuente volvía la erección del dedo—, cuídate de no *echarle agua al molino* tú también!" Era la locución favorita, aunque nunca la usara íntegra ya que para completar su significado habría que agregarle un "de la burguesía": *echarle agua al molino de la burguesía*, que empleaba para combatir opiniones opuestas a las suyas o actitudes que a su juicio eran contrarias a las normas que deben observarse. Imagen precisa, pues si bien excluía a quien estaba dirigida de un delito más grave, o si se quiere de un delito para el que no podría haber perdón de ninguna manera, le adjudicaba, no obstante, sin sacarlo del círculo de la ortodoxia, aquella falta, aquel desliz que pudieran suponerlo tan sólo sospechoso de una "desviación", si por otra parte necesariamente involuntaria ya que en todo caso se trataría de un correligionario, no por eso menos punible y peligrosa.

"Es sórdido y por dentro vacío y helado", pensó Julia con una inesperada audacia, pero sin que su inteligencia tuviese fuerzas para despojar del sentido tan ilógicamente irrefutable e imponente que tenía a la expresión de Fidel, que por el empleo esotérico que éste le daba era ya algo imposible al análisis, algo autónomo con respecto a cualquier contenido racional y verdadero. Echar agua al molino. Al molino de la burguesía. O, según el caso, al molino de los trotsquistas, al de los fascistas, al de los mencheviques. Esotérica y usada tan como procedimiento eclesiástico, que el solo miedo supersticioso a estar comprendido dentro de ella era lo que la hacía fuerte, eficaz y oscuramente llena de poder.

Como un cura. Fidel era como un cura. Un cura rojo auxiliado por la utilería de cien mil frases como aquélla. "Pero —se le ocurrió a Julia con pavor— un cura al que

34

no se puede dañar u odiar porque tal vez sea un hombre sincero, honrado y de un gran corazón; o peor aún: un hombre útil a la causa."

Dejó caer sobre las piernas el brazo en cuya mano sostenía la carta de Gregorio y en su semblante se dibujaron una tristeza y un cansancio absolutos.

—Al menos tómate un jarro de café —dijo con voz neutra y blanca—; es mucho lo que has trabajado...

Las mandíbulas de Fidel se unieron firmemente y cerca de sus orejas se produjo un subir y bajar de huesos muy exacto. Le halagaba en forma extraordinaria aquella última frase de Julia por todo lo que a sus ojos tenía de ternura y al mismo tiempo de sumisa admiración discretamente conmiserativa, sentimientos de los que él se sentía tan necesitado en esos instantes después de la desconsiderada actividad que, a despecho de las atroces circunstancias, desarrollara con bárbaro frenesí, sin interrumpirse durante las últimas veinticuatro horas. Pues en efecto, fuera de los minutos que distrajo su atención al atender a la pequeña Bandera y el mirar ahí en su cuna durante breves instantes aquel pequeñísimo rostro cada vez más translúcido y feo, no había descansado desde la mañana anterior, inclinado sobre la máquina de escribir, entre cartas, resoluciones políticas e instrucciones organizativas, lleno de orgullo y estimación de sí mismo por el inhumano temple de acero que con ello demostraba tener. Por esto le era imposible, a riesgo de frustrar ante sus propios ojos la grandeza de tal sacrificio, ceder ante el requerimiento de Julia, cuya voz, sin embargo, al hacérselo en un tono tan pálido y triste, había translucido la fatiga, la indiferencia y cierto inexpresable rencor que Fidel no pudo advertir a causa de que un excesivo engreimiento le vedaba la claridad de mente precisa no sólo para aquello, sino para darse cuenta de que en ese minuto comenzaba entre Julia y él un nuevo género de relaciones no previsto, profundo y oscuro, y cuyo impulso podía seguir las direcciones más desconcertantes.

—No puedo —dijo entonces con una actitud humilde y

dolida, en absoluto la de un cura que desea estimular con el ejemplo la piedad de sus fieles—, perdona. Sería perder un tiempo precioso. Necesito reunir para hoy todos los datos, pues quiero hacer un informe muy pormenorizado y justo.

Julia hubiese querido oprimirse las sienes y lanzar un grito de terror. Aquel hombre usaba los términos de un modo escalofriante. Lo que concebía como *justo*. Desde luego una narración objetiva, sí, y veraz, de los hechos, una enumeración correcta y fiel, pero sometiéndolos a una inexpugnable prefiguración de la verdad, arriba o abajo, a derecha o izquierda, de cuyos límites tales hechos adquirían un valor ajeno al de sí mismos y eran, según la hábilmente amañada relación que se les diese en un sentido u otro, buenos o malos, útiles o inútiles, importante o sin importancia, dignos del mejor elogio o, por último, como debía ser inexorablemente en el peor de los casos, sin otra función que la de "llevar agua al molino". A quién sabe qué molino. Al espantoso molino inventado, celosa y monstruosamente inventado y resguardado por Fidel.

Una agitación honda y trémula vibró a través del cuerpo de Julia. Sus ojos castaños se oscurecieron sombríamente. Con toda su alma desearía desenmascarar todo aquello tan imposible de ser desenmascarado. Todo. Ese horrible fariseo del demonio.

—El tomarte un jarrito no te hará perder nada de tiempo —lo invitó por segunda vez con una fría y secreta cólera—. De todos modos te servirá para que estés despierto.

Fidel tuvo un sobresalto indefinido que le nació desde dentro igual que la súbita ruptura de un resorte. La primera invitación había sido hecha por Julia segundos antes y entre ambas medió un espacio sin sonoridad, tenso y frío, que parecía no tener relación de tiempo con aquellos segundos anteriores como si para dicho espacio no existiera medida de ninguna especie, o a lo sumo cierta unidad increíble de años luz del espíritu en que nacían y desaparecían absurdos e ininteligibles universos interiores. La naturaleza casi sobrecogedora de tal vacío callado y sordo, como no es común

36

sino cuando sobreviene una secreta batalla entre dos almas afines o que creían haberlo sido hasta entonces y que por ello sólo se atreven a confesar su separación apenas a través de los más enrevesados circunloquios, se hizo notar en virtud únicamente de ese nuevo requerimiento de Julia y de la agresiva indiferencia y el cansancio lleno de desesperación que se adivinaban en la forma en cómo había sido pronunciado.

"De todos modos te servirá para que estés despierto", se repitió Fidel con incredulidad aquella frase de significado tan opuesto y premonitorio, cual si al repensarla quisiera rumiar todo lo más fina y clarividentemente que su imprevista desazón de ese instante lo determinara el transfondo revelador, la denuncia, el insólito descubrimiento que había en ella bajo el disimulo de las palabras.

Miró a Julia como si la hubiese vuelto a ver después de mil años y, antes de que pudiera impedirlo en alguna forma, lo que sin embargo era imposible, su voz se tornó trémulamente amorosa de un negro amor aprensivo y dulce.

—¡Bueno! —dijo—. Creo que tienes razón. Prepárame un jarro bien caliente.

Sus ojos se posaron sobre los senos de Julia con un agudo y opaco deseo, entre filial y sexual. Julia. No volverla a poseer. Perderla para siempre. Había en este alucinante proceso interior, que lo indujo a aceptar el jarro de café después de haberlo rechazado antes, una especie de miedo impreciso pero con angustia a que Julia llegase a no pertenecerle, llegase espantosamente a ser de otro hombre. Un miedo que crecía y se transmutaba en el momento mismo de sentirse, penetrándose de nociones de vez en vez más dolorosas, y que de pronto, mediante un horrible salto en el vacío, ya no era el temor a una posibilidad futura de que la mujer se entregase a otro, sino el pánico a adquirir la certeza de un hecho que, con sólo intuirlo, se daba ya como precedente, como ya ocurrido e inevitable y se unía entonces a una estúpida, agitada y deprimente sensación de inferioridad cuyos turbios esfuerzos para compensarse encontraban salida apenas en una cascabeleante excitación que consistía en imaginar el deleite solapado, oculto, no dicho, lleno de disfraces, pero tanto más real cuanto podía referirse, en comparación, a los momentos de deleite propio, que habría experimentado ese otro hombre con la mujer que ahora, de súbito, ya no era suya, al extremo de no ser ya sino una señal, una forma abstracta de cierta dolencia sin nombre, pese a su estar ahí tan próxima.

Fidel apretó los dientes con rabia. El amor. Tal vez esto, este sexto sentido del deseo que adivina en las más tribiales circunstancias la probabilidad de perder lo deseado, fuese el amor, o si no, sus órdenes menores, sus dudas accesorias, sus anhelos y ansiedades no bien formulados todavía, balbucientes, primitivos, que aún no hieren la parte consciente del yo. Tal vez esto fuese el amor. "O al menos —pensó— la forma de mi amor." Estos pensamientos y el conjunto de sensaciones a ellos ligadas le resultaban irritantes hasta causarle vértigos. Pero lo indecible era el hecho de considerar que después de haberla asimilado en absoluto a su ser, al grado de suprimirla como meta de sus deseos gracias a la diaria seguridad de una posesión indiscutible, fuese Julia sin embargo el origen de aquella inquietud, de aquel bullir ansioso y de aquella torpe e incontrolable excitación. Inclinó la cabeza mientras sentía sobre sus espaldas un absurdo calosfrío.

—Termina de leerme la carta de Gregorio —dijo entonces, asombrado de que estas palabras fueran posibles cuando en lugar de ellas podría haber dicho otra cosa, su verdad de ese momento, o haber confesado, tal como eran de brutales y desnudos, y tal como en Julia podrían ser también en condiciones semejantes, esa resurrección escatológica, ese milagro sucio y ese redescubrimiento del deseo. Decir otra cosa. Alguna frase de consuelo hacia Julia por la desgracia que la afligía, alguna alusión cualquiera a que no estaba sola o a que, de todos modos, ésa no era sino una desgracia en común que deberían sobrellevar juntos tan sencillamente como marido y mujer, tan gravemente como duros esposos fundidos dentro de una sola y entrañable armonía; tan desesperada y arrebatadoramente como amantes sin límites, sin fin ni en la vida ni en la muerte. Pero no. El horrible callar. Esa espantosa sentencia diabólica a la que uno mismo se condena y que consiste en sustraer al conocimiento y a la comprensión de los más próximos seres, o incluso y sobre todo a las del ser más íntima y esencialmente próximo, las ideas, las palabras, los estados de ánimo y en veces hasta nada más el gesto o la actitud cariñosa que, de expresarse con franqueza, con valentía, con honradez, en lugar de mantenerlos refundidos en la subterránea prisión donde están las cosas que no se dicen nunca y que se guardan ahí por los siglos como un ancla del remordimiento, tal vez fueran, dichos con ánimo de perfección, la sustancia que nuevamente soldase ese hilo tan sutil e inconfesadamente roto que de súbito produjo entre dos corazones que aún se amaban el segundo anterior, un vacío desconocido e irrespirable, inverosímil hasta la locura y cargado de empecinada soledad.

—¿Me oíste? —insistió Fidel, brusco, imperioso, rápidamente y con la alarma vivaz de los enajenados cuyas palabras no pueden corresponder, por más esfuerzos que hagan, al pensamiento real que las motiva—. Quiero conocer íntegramente las opiniones de Gregorio. De cualquier manera son interesantes.

Después de un año y medio a partir de cuando se conocieron y en cuyo lapso jamás se había repetido hasta ahora, Julia examinó el rostro de Fidel con una mirada impersonal, fría, sin datos, sin referencias, sin recuerdos, idéntica a la de aquella primera vez. Ahora ya podía sentir en verdad que estaba separada de Fidel para toda la vida. Era como el inesperado y tonificante regreso a ese tiempo no histórico, no comenzado aún, a esa edad previa en que Fidel era para Julia un desconocido absoluto, o en que, a semejanza de algún cuerpo celeste cuyo origen no importa sino a los hombres de ciencia y cuya realidad sólo tiene validez para los rústicos labradores en cuya heredad habrá de desplomarse, Fidel estaba en ese segundo del tiempo y el espacio en que iba a transponer apenas la frontera entre su propia y hasta entonces ignorada atmósfera y la atmósfera terrestre, es decir, la atmósfera de Julia, la heredad amorosa, biográfica y de sentimientos —inquietudes, esperanzas, dolor, goce y cien mil cosas más— de que Julia era dueña. Hoy un extraño. Un ser sin vínculo alguno con ella por obra de este minuto mágico en que la primer mirada del principio, al repetirse, había cerrado el paréntesis amoroso sin desgarramiento alguno.

Los labios de Fidel bebieron del humeante jarro que Julia le ofreciera y poco a poco su frente se cubrió de sudor mientras las pupilas parecían seguir con asombro la trayectoria de las burbujas sobre la superficie del café. Nada más vivo que aquella mirada de Julia, igual que un relámpago de hielo. Más vivo ni odioso. "¡La desgraciada puta!", pensó sin cuidarse de la injusticia bochornosa que ese pensamiento encerraba. "¡La puta infeliz!" De otro hombre. Será de otro. Se apoderó de él un impulso frenético. Al mirarla ahí a su lado, el rostro infantil y triste, las dos negras bandas de cabello recogidas en la nuca, las agudas rodillas al descubierto debajo de la falda corriente, Fidel se dio cuenta de que no sabría si golpearla hasta quitarle el sentido, poseerla hasta el exterminio o ambas cosas a la vez en una avalancha salvaje de lujuria sin freno. Bajo el transparente tejido que cubría sus sienes se notó el precipitado latir de la sangre. Advertiría Julia este latir, sin duda. Entonces Fidel se contuvo con una voluntad hermética y sólo hasta después de un violento esfuerzo, pero sin que pudiese dominar un cierto tono ronco y sobrehumano en la voz: —No te interrumpas —logró decir—, termina.

La carta de Gregorio tembló nuevamente en las manos de Julia. Aquella voz, Dios mío. Aquella voz de Fidel quizá fuese a resucitar todo, aunque demasiado tarde. Un miedo, un presentimiento agudo la hirieron como si se tratara de un cuchillo interior, inventado por las entrañas. Un miedo a que si Fidel se volvía otra vez humano durante un solo minuto, si tiraba de ella con una simple frase, con un gesto, no hacia este presente de ambos, ya neutral y sin afectos, sino apenas hacia el inmediato pasado, al más próximo, al de cuando la niña comenzó a enfermarse y él estuvo casi a punto de sufrir, casi a punto de ser algo más que una máquina, ella lo volvería a amar, volvería a encadenarse a ese espíritu que tanto la apiadaba y que en el fondo era tan solitario y tan lóbrego. "No te interrumpas; termina." Él no quería eso, desde luego. Julia, no obstante, miró hacia la carta con ánimo resuelto para proseguir la lectura. Era preciso no dejarse derrotar si es que en su corazón ya se había consumado aquel desligamiento.

La habitación se hizo más silenciosa en tanto Julia leía las palabras de Gregorio.

Por encima de la máquina de escribir los retratos de Lenin y de Flores Magón confundían sus contornos con la parte superior de la pared, hasta donde no alcanzaba la luz de la vela, y entonces las frentes de ambos personajes, la una de límites esféricos y pronunciados y la otra menos personal y característica pero más elegante, parecían echarse hacia atrás con un irónico vaivén, risueño en Lenin y en Magón como con un dejo de nostalgia.

"No veo probabilidades —decía la carta de Gregorio—, ni lo juzgo políticamente necesario ni correcto, el organizar agitación alguna en contra del gobierno del coronel Tejeda. He podido comprobar que cuenta con el apoyo de las masas y que sus enemigos son precisamente los antiguos hacendados, el clero y el gobierno de la Federación."

Una nube de pastosa, de biliosa contrariedad pareció humedecer de un amarillo feo y macilento el rostro de Fidel, quien desde que contrajo el paludismo —que por otra parte ya no se atendía sino en una forma muy irregular y desorganizada—, cuando en otro tiempo estuvo en la ciudad de Jalapa, estaba propenso a que ese color le fuese interpretado por sus adversarios menos como un accidente, que ya era parte orgánica de su ser físico, que como supuestas reacciones neuróticas de cobardía y falta de control sobre sus nervios.

Aquellas opiniones de Gregorio le eran particularmente desagradables por su osada herejía. Si el Partido había resuelto considerar a *todo* el Gobierno como integrado por traidores a la Revolución, resultaba insolente que alguien, dentro del propio Partido, se atreviese a calificar a uno de los miembros del Gobierno como elemento progresista y revolucionario. Movió sus labios con el propósito de expresar alguna sentencia categórica que condenase a Gregorio, pero no obstante el disgusto que le produjera el haber escuchado sus puntos de vista, que juzgaba como los de un "pequeño-burgués con desviaciones hacia la derecha", su atención dejó muy pronto de hacer esfuerzos por concentrarse en el contenido directo de las cosas que en apariencia la ocupaban y se deslizó por otras pendientes a la búsqueda e interpretación de los signos ocultos que la requerían atrás de cada hecho, con tanta mayor urgencia cuanto más grave era el peligro que mudasen de carácter el destello de una cierta mirada, un cierto ritmo muy específico en la respiración, o el matiz de este o aquel vocablo de Julia, debajo de cuyas señales externas se advertirían los pasadizos secretos de un abrumador sistema general de catacumbas del alma lleno de las más verdaderas e inquietantes revelaciones. De esta suerte, mientras escuchaba su voz y examinaba su rostro y cómo sus párpados parecían entrecerrarse a tiempo que leía, Fidel fue aislándola, sustrayéndola a la realidad inmediata. Comenzó así un agresivo proceso de ordenación, crudamente cínico y desconsiderado, producto de una especie rabiosa y profunda de rencor del sexo, donde los más diversos y antónimos materiales construían el hipogrifo absurdo, la logomaquia ardiente de una Julia hecha por los retazos de otra que había existido y había dejado de existir en el Tiempo, pero que volvía a integrarse en los ámbitos del Deseo, más factiblemente monstruosos por no suceder sino en la impune extraterritorialidad de la imaginación.

De aquella Julia, entonces, cuyo rostro adoptaba, durante un segundo, una expresión severa, atenta, seria y concentra-

42

da, como en escucha de un grave suceso orgánico que sólo ella oía, al comenzar el acto sexual, y que después, los ojos cerrados, entregaba por completo su mente a la aprehensión concienzuda de cada uno de los detalles, unida a esta otra Julia de aquí, triste y lejana, formábase, no como podría suponerse, la imagen yuxtapuesta de otra mujer, sino la imagen de una sensación innombrable, odio, ternura, violencia, a la que esas dos diferentes mujeres daban una corporeidad agudísima hasta la desesperación.

"He intentado", proseguía Gregorio en alguna otra parte de su carta. "He intentado...", repitió Julia con sorda voz, obstinada en no apartar la vista del papel, "...inducir a los campesinos a organizarse en cooperativas con el propósito de que sean los comisariados ejidales los que conserven la semilla en su poder, y así se evite que caiga en manos de los acaparadores".

Otra opinión tonta. Como si Gregorio desconociera el principio *inmutable* de que en una sociedad dividida en clases las cooperativas están destinadas al fracaso. Pero, sobre todo, la voz de Julia. "Inducir a los campesinos..." Como si la voz de Julia no fuese un recuerdo de alcoba, de breves y quedas frases nupciales. Era doloroso imaginar la ruptura de aquella red cálida, de aquel tejido de acontecimientos, de costumbres, de goces y licencias privados, que al amparo del tibio vaho de la domesticidad, de la excitante intimidad donde estaba su refugio, se había ido construyendo a cada minuto de su vida en común con una suerte de paciencia investigadora y llena de estremecido júbilo ante cada descubrimiento. Ante esa voz no podía ser más doloroso. "A pesar de todo —terminó Julia de leer— mis propósitos han fracasado."

Fidel dirigió en su torno una mirada triste y abatida. Era doloroso. Conservar la semilla en poder de los campesinos. Un oscuro relámpago lo hizo pensar en Bandera, en la chamaquita de diez meses, en esa pequeña semilla corporal y humana. Muy doloroso. Pero le hizo pensar también en el húmedo quejarse de Julia, prisionera en las tinieblas de un lecho ya perdido, durante aquellas noches de ambos que habrían dejado de existir. No podía ser más doloroso.

Empero no haber en la habitación resquicio alguno a través del cual pudiera filtrarse el aire, la llama de la vela se estremeció, tal vez alcanzada por el filo de alguno de esos círculos concéntricos de oscuridad que se desprenden de las paredes de tiempo en tiempo, a lo largo de una noche de insomnio o vigilia, y que, sin que nadie pueda explicárselo, hacen chisporrotear el pabilo con un ruidito suave que es como la onomatopeya de un torpe beso.

Después de humedecérselos, Julia acarició con el pulgar y el índice la llama y la luz dio al cuarto una especie de brillo de oro viejo.

Ahora reinaba un gran silencio en la acepción exacta del término, donde único y solo, resucitado en el oído después de sus horas eternas de inadvertida preexistencia, se oía el tic-tac del reloj, cuyas manecillas veíanse crucificadas en las tres cincuenta de la mañana.

De pronto algo pareció quebrarse dentro de Fidel y en su rostro se dibujó un rictus muy revelador y sincero que no pudo dominar.

—¡Está equivocado! —dijo en voz queda y fatigada con respecto a Gregorio—. ¡Está equivocado en forma absoluta!

Un estremecimiento breve y frío, una sórdida esperanza gris sacudió a Julia al escuchar estas palabras. El sistema general de catacumbas. El laberinto. Los pasadizos secretos. Pues Fidel no expresaba con aquella frase lo que quería decir. De ninguna manera lo que quería decir. Era en su actitud, en el ademán triste y diríase patético que dibujó en el aire y en ese destello empobrecido y lastimero de sus ojos donde se adivinaba, tenebrosamente oculto, un mensaje cifrado, una híbrida cosmogonía de sentimientos e incitaciones de cuyos oscuros símbolos el idioma no podía dar sino una versión opuesta y lejana.

Las miradas de Fidel se clavaron sobre Julia en una forma intensa y sobrenatural. "Si la toco, si acaricio su frente, si me inclino sobre su pecho para sollozar, volverá a pertene-

44

cerme como jamás me ha pertenecido." Las tres cincuenta de la madrugada. Como jamás me ha pertenecido. Era a este impulso de furiosa pertenencia al que correspondían el rictus y la actitud con que Fidel acompañó sus palabras, pero, recíprocamente, fue el miedo a que tal suerte de clave fuese interpretada lo que disfrazó dicho impulso, sin embargo de que Julia parecía darse cuenta de todo.

Ambos aguardaron con el propósito que de uno y otro surgiera antes la palabra, la confesión que disiparía ese sordo no querer comprenderse, no querer reanudarse. En la azotehuela resonó de súbito, insistente, burlón, un chorro de agua casi pérfido, ingenioso en su impertinencia, que parecía dialogar extravagantemente en lengua náhuatl o china. Al oírlo, el espíritu de Julia se escapó de un salto hasta detenerse en el futuro tiempo impreciso donde todas las cosas habrían ocurrido ya. Cuatro o cinco años de distancia en relación a este presente la separaron hacia el futuro, envolviéndola en una atmósfera sin contorno ni proporciones donde Fidel era soberanamente un acto volitivo del recuerdo, sometido a leyes de existencia sólo en tanto ella lo quería así y en virtud de un movimiento tan simple como el ademán con que una persona da vuelta al interruptor de la luz. "En aquel entonces —decía Julia desde el Porvenir—, en aquel entonces, fue cuando supe que el cariño entre nosotros había concluido." ¿Era una triunfadora sonrisa la que vagaba por sus labios en este instante? "Ahora puedo sonreír, pues todo ha pasado ya para siempre; puedo sonreír sin rencor ni remordimientos, pero en aquel minuto me sentí la mujer más triste y sola de la tierra. Sin embargo, la única realidad verdadera que podía yo percibir en medio de todo aquello, quién sabe por qué —Julia escuchó con un pequeño horror a tiempo que continuaba sus palabras de dentro de un lustro—, la única realidad era ese ruido del agua, en la azotehuela, que no he podido arrancar de mis recuerdos y que aún hoy es una enfermedad que me acompañará hasta la locura y la muerte." No. No sonreía. Sus labios se plegaban en una casi impúdica mueca de terrible sufrimiento.

45

Fidel volvió a mirar hacia el reloj, donde las manecillas marcaban asombrosamente las tres cincuenta y uno. "Es lógico —se dijo al relacionar ambos hechos pues él también había reparado en el rumor del agua—, habrán comenzado a llenar los tinacos; es la hora en que lo acostumbran." Entonces, cual si reafirmaran lo indudable de esas tres cincuenta y uno de la madrugada, comenzaron a oírse también, desde la calle, los silbatos de los trenes eléctricos que salían del depósito de San Antonio Abad. "La hora en que lo acostumbran", se dijo nuevamente Fidel.

—¿Es todo lo que trae la carta? —preguntó luego—. ¿No agrega nada más?

Su rostro expresaba un extraordinario estupor. Evidentemente él mismo creía haber dicho alguna otra cosa. "¿No agrega nada más?"

Julia lo miró desde el mundo futuro donde se encontraba. "No hizo el menor esfuerzo para obligarme a regresar, aunque, de eso estoy segura, había comprendido en absoluto que yo dejaba de pertenecerle. Pudo referirse, con una palabra cualquiera, a lo que pasaba entre nosotros, pero en lugar de eso volvió a insistir en la maldita carta. Ya no me causa pena contar esto. Obedecí y miré la carta de Gregorio, más abajo de la firma, por si tenía alguna posdata."

—Agrega otras cosas, sí —dijo con un suspiro—, pero son asuntos personales. Pide algunos libros o folletos o quién sabe qué. . .

"Se le ocurren de mí", pensó Fidel con los dientes apretados, "las ideas más ruines y bajas". Luego entrelazó en derredor de su rodilla derecha, mientras el talón del pie correspondiente se apoyaba en la otra, los dedos largos, sucios de tabaco, de sus dos manos desagradables y transparentes, y así se mantuvo, inmóvil y taimado, con la mirada fija sobre Julia. Era el mismo de siempre. Condenadamente el mismo de siempre.

Julia tomó el jarro vacío que Fidel había dejado al borde del escritorio y lo llevó junto al brasero. Sus dedos acariciaron la superficie lisa y agradable del recipiente a tiempo que lo hacían girar para que aparecieran, una a una, de pronto evocadoras y tiernas, las palabras de una leyenda inscrita con caracteres infantiles, graciosamente ingenuos, sobre el cuello. En primer lugar una palomita, gorda y reposada, sostenidos en el pico los arabescos que formaban en ese extremo los pliegues de un listón. Julia había comprado ese jarrito en Toluca, cuando en compañía de Fidel y veinte muchachos más de la Juventud Comunista se organizó un paseo de campo al Nevado cierto hermoso domingo de abril. La mitad más intrépida y jovial de los excursionistas había preferido ascender al muerto volcán no por la carretera, amplia, cómoda y de un declive harto moderado, sino por la parte más escarpada y más llena de trabajos, que está cubierta de rocas y pasos difíciles, si no del todo peligrosos cuando menos rudos y fatigantes al ascenso. Bautista Zamora —quien en estos minutos, al amparo de la noche, debía andar fijando propaganda junto con Rosendo— acaudillaba a ese grupo. Justamente Julia podía recordar hoy las frases de Bautista, cuando, medio en broma medio en serio, se despidió de los otros camaradas con su tono de voz cálido de costumbre, al pie de los primeros mantos de una nieve granulosa y redonda semejante a la estructura de algún tejido orgánico visto a través del microscopio. ¿Qué quería decir Bautista con aquello? ¿Por qué le daba unas probabilidades tan profundas, tan entrañables y llenas de esperanza? La sonrisa de sus ojos era intensa y cariñosa mientras los labios permanecían sin movimiento, como si sólo mediante la honda y sincera mirada traicionase su ternura interior y su capacidad para ver detrás de todas las cosas un signo, un detalle secreto de alegre y rotunda vitalidad, visible nada más para él. "Nos volveremos a ver en la cumbre —había dicho—, en lo más alto, en la victoria", y en seguida sus mejillas se pusieron rojas, igual que las de un novicio que sin poderlo remediar se avergonzara un poco de las proporciones de su fe, no fueran a juzgarla una fe vanidosa, engreída y satisfecha de sí misma. En la cumbre. En la victoria. Se habían alejado cantando y más tarde sus voces se escucharon, francas y espléndidas bajo el extraordinario cielo de aquel abril, luminoso como nunca.

La palomita desapareció en el hueco de la mano al hacer girar Julia el recipiente y ahora podían leerse las primeras palabras de la leyenda: "La Amistad de Tu Cariño..." Ahí, en la palabra cariño, detuvo la mirada. No podría reconstruir, sin embargo, todos los detalles de ese paseo al Nevado de Toluca. El recuerdo le llegaba a la mente en fragmentos que eran igual que oleadas, cada una de diverso color, de diverso aroma y diverso gusto, de emociones distintas entre sí, aunque unidas a un hecho físico, el perfume hondo y exacto de los pinos o la transparencia azul, vibrante, tal vez un tanto metálica, de la laguna aprisionada en el cráter del volcán, o la imagen de algún rostro, como ese de Bautista; pero a través de tales emociones, la idea de que se había sentido enormemente feliz, una idea, una memoria íntegra y tangible, representada por un bienestar plácido y risueño y un sentir por dentro cierta languidez y ternura que establecían entre ella y el mundo exterior las más recias, jubilosas y concretas relaciones de apego profundo. "Lo que se llama —pensó— la alegría de vivir." Hizo girar el jarrito en sus manos hasta que pudo leer la parte final de la leyenda: "...Me Ha Robado la Atención." Sus labios se entreabieron en una sonrisa vaga y dulce que embelleció su rostro con un destello de plácida bondad, a semejanza de lo que ocurre cuando se avivan con un soplo los rescoldos del fuego que está a punto de apagarse. "La Amistad de Tu Cariño Me ha Robado la Atención." La maravillosa alegría de vivir. Sin embargo, ahora, tras ella, terco y mudo, estaba Fidel, sin moverse, su gran sombra quebrándose en el punto donde la pared y el techo, como la roca de Sísifo al doblegarle las espaldas, escorzaban la mitad de su cuerpo en una aplastante e invasora proyección. No era posible omitir, abstraer de la realidad ni esa sombra ni el ser humano de quien dicha sombra se proyectaba. Si Fidel había sido durante unos segundos, en

48

virtud del mecanismo por medio del cual el espíritu de Julia escapara hacia un informe y anhelado tiempo por venir dentro de algunos años, y tan sólo gracias a ese mecanismo, apenas un sujeto representable a voluntad en el recuerdo, ya que para cuando ese recuerdo fuese realidad como originado en hechos pretéritos Fidel habría perdido sus atributos de existencia tales como el afecto de Julia o la inclinación de ésta hacia él, hoy, en cambio, y por obra del extremo opuesto de aquel mismo impulso anímico que trasladaba el espíritu de Julia no al Porvenir sino al Pasado, Fidel era otra vez una entidad imprescindible, impuesta por la tiranía de los acontecimientos reales, no dependiente en absoluto de la voluntad, y ante la que no había otra alternativa que el sometimiento. Y lo extraño era no advertir ninguna disociación, ninguna disparidad entre el Fidel del pasado y este Fidel del presente, sino que ambas imágenes nutriéranse la una con la otra mediante un intercambio cuya sustancia estaba constituida por una mezcla confusa, imposible de discriminar, de rencor, resentimiento, nostalgia, amargura, deseo, cariño, cólera y, simultáneamente, la vaga aspiración a que todo aquello no fuera cierto y que, por el contrario, fuese nada más la sombra de una abrumadora pesadilla a cuyo término sobrevendría un alegre y placentero despertar.

"La Amistad de Tu Cariño Me ha Robado la Atención." No, aquello no había sido la dicha de vivir, sino acaso tan sólo el deseo nada más de experimentar esa dicha, y hoy, Dios mío, Julia se daba cuenta por qué. Aun esa mañana de la excursión al Nevado, cuando durante algunos instantes en que estuvieron solos Fidel lo supo de sus propios labios, ella no hubiera podido decir si él se conmovió o si vibraron de ese gozo peculiar, varonil y satisfecho que se refleja como un relámpago de agradecimiento en la mirada de los hombres cuando saben tal noticia, sus fibras íntimas, las fibras de su yo, siquiera el puramente elemental, animal, de macho fecundo. Las mejillas de Julia se habían arrebolado de un tinte candoroso, mas Fidel, por su parte, no dio señal alguna acerca de sus sentimientos. Tal vez únicamente el tono de la voz se alteró un tanto, sin que fuera posible decir en qué estribaba con exactitud esa alteración. ¿No habría sido el mismo tono lleno de angustiosa fatiga, de anhelo impronunciable, con el que hoy objetó la carta de Gregorio: "Está equivocado, está equivocado en forma absoluta"? Julia recordaba sus palabras: "Si es niño —dijo en esa ocasión Fidel— llevará el nombre de *Octubre,* Octubre Serrano." Fue todo, y sin que Julia pudiera comprenderlo, estas palabras no le parecieron tener relación con su hijo sino tan sólo y en una forma sustantiva, divorciada en absoluto de su estado de gravidez, con el hecho histórico a que aludían: la Revolución Socialista de Octubre. "La Amistad de Tu Cariño Me ha Robado la Atención." La mirada fija sobre las dos palomas que sostenían aquella leyenda en el pico, y olvidándose por completo a medida en que las más hirientes conjeturas le quemaban la imaginación, de que sus propósitos eran servirse café, Julia acomodó el jarro en el trastero próximo con un movimiento mecánico, irreal a fuerza de esa sapiente lentitud, firme y segura, no orientada por los sentidos, que constituye la condición milagrosa de los sonámbulos cuando caminan por un arriesgado pretil o descienden una escalera. *Octubre.* No había sido hombrecito sino una pobre niña que nació antes de tiempo, a los siete meses. Fue el propio Fidel quien se lo hizo notar el mismo día en que comenzaron los dolores del parto. "No puede ser —dijo, y hasta ahora Julia descubría el timbre opaco y lleno de reticentes sospechas con que Fidel pronunció esta frase—, no puede ser porque todavía no van nueve meses desde que me lo comunicaste." En aquel entonces Julia no advirtió si esa actitud encerraba alguna reserva, y en lugar de atribuir la frialdad, el despego y la indiferencia de Fidel a un probable ánimo dudoso, prefirió pasarlos por alto, sin buscarles ninguna explicación.

Hoy las cosas cobraban su sentido verdadero, ahí, en esa habitación triste y desordenada. No era únicamente el que ella y Fidel se hubiesen dejado de amar, sino que el instante de ese desamor hubiera sobrevenido para ambos en una forma tan característica como recíproco descubrimiento de una supuesta ruptura, y el que sobre este descubrimiento se hubieran construido ya —de la misma manera en que podrían seguirse construyendo—, libremente y sin cortapisas, las hipótesis más variadas y audaces. "¿Es que quiere volverme loca?", pensó Julia. "¿Por qué entonces no me lo dice? ¿Por qué se evade, por qué finge, por qué me tortura?" Que se lo reprochara de una vez. Que le lanzara el insulto en pleno rostro. Que le dijera que nunca había creído ser el padre de Bandera, todo a causa de aquel desgraciado asunto de Santos Pérez, allá en Jalapa. Porque sólo suponiéndole este brutal pensamiento era como podía explicarse su conducta de las últimas veinticuatro horas, desde que la niña comenzó a ponerse a cada momento más grave. Sólo así.

Se volvió con una expresión de extravío, que sin embargo, el propio Fidel contuvo con un gesto.

—Toma nota —ordenó éste con inhumana frialdad— de lo que tengo que hacer mañana. Primero: carta a Gregorio ordenándole su regreso. Segundo...

Julia no pudo contenerse y lo interrumpió con una asombradísima exclamación de incredulidad.

—¿Es que ni siquiera piensas ir al entierro? —logró balbucir trémulamente.

Fidel iba a responderle pero en esos precisos instantes, al escuchar ruido de pasos en el patio, hizo un enérgico ademán de silencio que no era posible saber si estaba destinado a sí mismo o a Julia. Ésta miró con desgarradora aprensión hacia donde yacía el cuerpo de Bandera. —¡Cálmate! —dijo Fidel—. Alguien anda por ahí cerca, no vaya a tratarse de los gendarmes —su rostro se había puesto blanco y sus labios eran una línea ceniciente. No era difícil que se tratase de un cateo, a pesar de que muy contadas personas, y ésas de una confianza a toda prueba, conocían ese sitio, a la vez casa-habitación y oficina clandestina del Partido. Se mantuvieron quietos por largos instantes. La proximidad del peligro tuvo la virtud de crear, cubriéndolos bajo la misma atmósfera, un clima que parecía restablecer entre los

51

dos una especie de cálido reentendimiento de sus espíritus. Julia sintió una gran pena, una dolencia aguda por lo que pudiera ocurrir con Fidel. —¿Apago la luz? —le dijo en un silbido lleno de ternura espesamente maternal y desesperada. Por toda respuesta Fidel estrechó una de sus manos.

Afuera, en el patio, los pasos vacilaban, torpes, deteniéndose una y otra vez, inseguros del sitio a donde se dirigían. La luz de la vela, junto al cuerpo de Bandera, se hizo temblona y parpadeante y entonces pareció como si una turbia mariposa aleteara en derredor de la niñita. —¿Quieres que apague? —volvió a preguntar Julia, apenas con voz. Fidel no repuso palabra alguna, concentrado con todas las fuerzas de su alma en lo que ocurriera. La negra mariposa de sombra volvió a revolotear sobre la niña.

De pronto se escucharon unos golpes, discretos y familiares, sobre la puerta: primero tres, a los que separaban brevísimos intervalos, y luego otro más, conforme a la contraseña.

Fidel aflojó la mano de Julia, tranquilizado. —Pregunta tú quien es —dijo a tiempo que se le distendían los músculos del rostro.

Alguien contestó al requerimiento de Julia, al otro lado de la puerta, con una suerte de voz inarticulada y pastosa. Julia se aproximó para abrir, y en la actitud con que lo hizo se advertía de pronto esa indulgencia vergonzante con la que se trata de exculpar, frente a un censor rígido en extremo, las pequeñas faltas de una persona bondadosa y noble, pero débil de carácter, a la cual, sin embargo —o a causa de esas mismas debilidades— se le tiene un cariño afectuoso y lleno de conmiseración.

—Es el pobre de Ciudad Juárez —volvióse apenas hacia Fidel, y en seguida, para que no se dijera que dejaba al recién venido sin reproche, pero a tiempo que descorría la tranca de la puerta con una prisa llena de ansiedad y temor de que el otro se quedase en el patio: —No sé por qué se presenta —agregó— cuando se le ha recomendado tanto que no venga a dormir a deshoras de la noche.

Después de haber entrado, Ciudad Juárez permaneció en mitad del cuarto, de pie, balanceándose a un lado y otro, mientras sonreía con vergüenza y humildad y mostraba, a guisa de disculpa y argumento de absolución, en la mano derecha, una botella de tequila a medio consumir y en la izquierda un marchito ramo de zempaxúchitl, la flor mexicana de los muertos.

Era un antiguo obrero metalúrgico de la Fundición de Peñoles, en Chihuahua, nacido en Ciudad Juárez —de ahí su sobrenombre—, cuyo aspecto enfermizo y débil complexión parecían acentuarse con la elevada estatura. Había venido a la capital como delegado a un congreso, pero después, por un cúmulo de circunstancias, ya no le fue posible regresar a su punto de origen y desde entonces vivía con Julia y Fidel en aquella casa. Sus miradas lastimeras y humildemente sonrientes se clavaron primero en uno y luego en otra con ardiente anhelo.

—Yo... camaradas... —balbuceó, los ojos quebrados por las lágrimas—, espero que... me perdonen... No es comportamiento, lo reconozco... camaradas...

Fidel le volvió bruscamente las espaldas y entonces Ciudad Juárez ya no supo definitivamente qué hacer, a cada momento más confundido y humillado. Una gruesa sombra de dolor oscureció sus facciones, pero aún conservaba en los labios, ahora ya nada más una mueca del más profundo desaliento, la sonrisa lamentable de un principio. —Es muy noche —dijo maquinalmente, pero como si en esa frase se resumiera una gran cantidad de cosas sumamente expresivas que hubiese querido decir. En seguida, con mucho tiento, puso la botella en el suelo, junto a la pared, y sin abandonar el ramo de zempaxúchitl se aproximó a Julia y le acarició la cabeza con extraordinarias suavidad y ternura.

—¿Por qué no me esperaron ni Bautista ni Rosendo? —exclamó—. ¿Por qué se fueron sin mí?

Aludía a la circunstancia de que para esa noche él tenía la obligación, en compañía de aquéllos, de fijar una cierta cantidad de propaganda en las calles, sin embargo de que su pregunta era ociosa, ya que Bautista y Rosendo habían salido desde las doce, y de esto él estaba perfectamente enterado. "Lo que ocurre —pensó Julia— es que dice esas cosas porque no encuentra cómo hablarme de Bandera. Tiene miedo de pronunciar alguna frase de consuelo."

Lo miró a los ojos con un impulso elocuente y significativo. Aquello era cierto, y comprendiéndolo así, Julia prorrumpió en llanto por primera vez desde la muerte de Bandera, sin poderse contener.

Ciudad Juárez tomó una mano de Julia y le hizo empuñar el ramo del amarillo zempaxúchitl. Miró luego hacia donde estaba el cuerpo de Bandera.

—¡Pónselos junto! —dijo con suavidad—. Los traje para la pobrecita. ¿Si no para quién?

El sollozo de la mujer se escuchaba claro y distinto en el interior de la habitación. Fidel giró hacia ella los ojos velados por un sufrimiento hondo, terrible y verdadero. Pero la mujer, que ya se inclinaba ante el cuerpecito de la niña muerta, no pudo alcanzar a ver la luz dolorosa de esos ojos.

—¿Por qué no me esperaron ni Bautista ni Rosendo? —volvió a preguntar Ciudad Juárez, sin fijarse en sus propias palabras.

III

Bautista y Rosendo caminaban a ciegas a lo largo de la vía del ferrocarril, con la propaganda bajo el brazo. A sus espaldas, sobre sus cabezas, en torno de sus cuerpos, unida a la piel como la malla de un bailarín, los rodeaba la negra ciudad sin límites, ahora tan absurdamente desconocida sin la dimensión ni la consistencia familiares, cardinales, que durante el día permiten establecerla.

Sin cielo alguno, sin estrella polar alguna que le diese a su navegar intangible de ciudad que viaja a bordo del planeta la brújula de su propio sitio, la señal natalicia de su geografía, y sin que respirara dentro del espeso líquido sin luz de la madrugada su existencia misma se había vuelto dudosa, vaga, apenas la existencia de una ciudad submarina bajo las tinieblas.

En esta forma Bautista y Rosendo, si bien seguros por cuanto a no ser descubiertos por la policía, se sentían no obstante víctimas de una indefinida turbación orgánica, fisiológica, cual si la oscuridad fuese un tejido hostil, una suerte de protoplasma adverso que rodeara al espíritu sin permitirle nacer, sin dejarlo romper una placenta enemiga y sorda, a la manera como sucede en el recuerdo, ligeramente atroz, de cuando, desde el vientre materno, quizá se experimentaron unas cosas extrañas que eran el deseo de sentir y, al mismo tiempo, la angustiosa imposibilidad de ese deseo.

De súbito Bautista se detuvo casi con una sensación de alegría. —¡Espérate! —dijo a Rosendo como si con esto fuera a convertir en más propicio, más fértil y exacto el silencio que necesitaba para escuchar las campanadas del lejano reloj—. ¡Déjame contar!

Ambos escucharon muy quietos, concediéndole inesperadamente una importancia extraordinaria al sonido del reloj.

—Cuatro —musitó luego Bautista—. Son las cuatro. Esperaremos entonces una hora.

Aquello era nuevo y hermoso. Era libertarse de la oscuridad y encontrar nuevamente el camino. Sin embargo, lo que el reloj había marcado en realidad no fueron sino tres series de cuatro campanadas cada una, que indicaban las tres cuarenta y cinco tan sólo.

Pero la ciudad, al conjuro mágico de estos sonidos improvisaba un ámbito que no se le conocía, se trazaba unas fronteras invisibles como si hubiese hecho descender un puente levadizo entre el no Ser y el Ser, entre su no existencia anterior de tinieblas y eso localizadamente vivo que al dejarse escuchar desde uno de sus espacios terrenales concretos la hacía adquirir un territorio inesperado, nada más del oído, sólo posible en noches tan categóricas y herméticas como ésta.

Pensó Bautista que algo ocurre en el Valle de México que lo permite así. A la diafanidad, a la transparencia visual de sus mañanas luminosas, corresponden, en las horas más negras de la noche, una diafanidad, una transparencia acústicas; un dejarse oír las campanadas de algún reloj, los silbatos de las locomotoras, el ladrido de los perros, el rumor del viento sobre los árboles, y hasta a veces los pasos inquietantes y desconocidos de alguien que se encamina quién sabe con qué rumbo ni con qué destino, que trazan sus contornos no en una forma arbitraria sino como por el concierto de la inteligencia, formando prodigiosas líneas euclidianas del ruido —algún dodecaedro de voces o el cúbico rumor de los trabajadores nocturnos—, de pureza y perfección cabales y llenas de ordenada sabiduría.

Era una forma de trasposición extraña, se le ocurrió a Bautista, mágica. Igual que en las translúcidas mañanas del otoño no parece haber distancia alguna que separe los volúmenes de los árboles, de las montañas, de las llanuras que

56

se ven en el valle, sin que por eso se mezclen ni confundan, o, más exactamente, parece no tener esa distancia el sentido rectilíneo de una profundidad que siguiera su trayectoria de un primer a un último término horizontales, sino el de una profundidad diferente y opuesta, conducida por una especie de sentido deliberado que se empeña en una ordenación de las cosas de abajo hacia arriba, al modo de los bajorrelieves egipcios, y entonces pueden verse los pinos, cada uno de ellos solo, diríase aparte y sin nexo con el bosque, en las faldas del Popocatépetl y el Iztaccíhuatl, o puede seguirse desde muy lejos la ruta de un caminante en las Lomas de Padierna; así, en la misma forma, en esta madrugada sin estrellas, dentro de la solitaria y profunda oscuridad, Bautista y Rosendo percibían la orquestación de una ciudad inédita, desconocida, el resumen de cuyas distancias, al aproximar una con otra las más separadas partes de su cuerpo, parecía darles el contorno no ya de la ciudad moderna y cosmopolita, sino el de un México primitivo, ignorado y profundo, tal vez la Tenochtitlan prehispánica, posfigurada y vuelta a nacer en el oído casi en virtud de cierta metempsicosis hacia atrás, hacia siglos lejanos.

Se sentaron al pie del talud de La Curva, el sitio donde la vía del Ferrocarril de Cintura se quiebra, al límite de la ciudad, para entroncar más adelante, en el Canal del Norte, con las líneas que salen de la Garita de Peralvillo.

Había sido asombroso el escuchar, a tal distancia, las campanadas del reloj, pues se trataba del reloj de la Penitenciaría, al extremo este. "Ésta es mi ciudad", se dijo Bautista con emoción. Había un sentimiento amoroso y asombrado, pues la geografía nocturna de la ciudad de México trastoca, subvierte los puntos cardinales, y al mezclar el pan y el vino del tiempo y el espacio se transustancia en una unidad extraña que hace posible la convivencia de sucesos ocurridos hace cuatro siglos con cosas existentes hoy; piedras que ya existían en el año de Ce Ácatl con campanas y fábricas y estaciones y ferrocarriles. Escuchó con atención de ciego, tenazmente, igual que un avaro, con una especie

57

de sed. Voces que venían desde Tlatelolco, donde Zumárraga edificó el Colegio de los Indios Nobles, se escuchaban a más de dos o tres kilómetros, en la plaza donde los acróbatas de Moctezuma hacían el juego de El Volador; lamentos y silbatos provenientes de Popotla y Atzcapotzalco, por donde el tirano Maxtla paseara a cuestas de los señores sus vasallos el rigor de su crueldad y el hosco silencio de su melancolía, escuchábanse en Mixcalco y en La Candelaria, en otro tiempo calpullis y chinampas cruzadas por espejeantes canales. No importaba que los ruidos de Tlatelolco y Nonoalco fuesen el aletear, como rojo pájaro ciego, de la respiración fatigada de alguna locomotora, o el ardiente ir trasmutando la materia de los alimentadores de los altos hornos de La Consolidada; ni que ese largo sollozo de Atzcapotzalco se transformara en la sirena de la Refinería: eran también el rumor de los antiguos tianguis, el canto de los sacerdotes en los sacrificos y el patético batir de remotos teponaxtles.

Bautista produjo un pequeño rumor de papel, suave, crujiente, al mismo tiempo sedoso y de hojas secas, al buscar bajo el peto de su pantalón los cigarrillos, aunque también ése, extrañamente, podría ser otra clase de ruido, con ansiedad, apresurado y agorero, como el del condenado a fusilamiento que cinco minutos antes de la ejecución se dispone a fumar, uno tras otro, todos los cigarrillos posibles. Rosendo sintió una especie de miedo y de dolor al darse cuenta, pero en el momento en que la flama del fósforo iluminó el rostro de Bautista, desde abajo, marcando sus pómulos con gruesas líneas y haciéndole en derredor de la frente un halo de tinieblas, Rosendo se tranquilizó al mirar otra vez aquellas cejas anchas y aquellos ojos profundos, violentos y sin embargo matizados de amable inteligencia, que afirmaban la seguridad de que a ese hombre no le ocurriría nada, aun en los mayores peligros.

Bautista aspiró el humo como si recogiera la noche con los pulmones y se empapara de ella por dentro. Sus labios sonrieron con burla y cariño, pero, se antojaba, simultáneamente con cierta nostalgia por algo que acaso no tuviera nombre y que sería quizá o la infancia o el amor o una inconfesada ternura. Tantas cosas. Hasta simple tristeza, aunque parecía imposible sentir tristeza en esos momentos, a pesar de todo lo ocurrido.

A pesar de lo ocurrido con la pequeña Bandera, esa mañana a las diez, y ante lo cual, de todos modos, el sentimiento más adecuado no podía ser la tristeza, quién sabe por qué.

Había sido inconcebible que alguien, menos aún una niña tan pequeña, hubiera podido morir a tal hora, cuando hacía tanta luz, cuando el radiante y luminoso sol de esa mañana derramaba en el patio de la vecindad colores tan contrarios a la muerte, azules y rosas en los tendederos, verdes floridos en los tiestos y en las macetas, transparente cobalto en el agua de las pilas, y cuando las voces y gritos de los chiquillos resultaban tan sorprendentes ahí, separados de la soledad y el sufrimiento apenas por un muro.

Al saber la muerte de la niña la portera fue a llamar a la vivienda de Fidel y Julia "para ver qué se ofrecía" y, como dijo con una expresión doliente pero gustosa en el fondo y mientras, con disimulo, intentaba mirar hacia el interior, "ver si no querían que les ayudara a vestir al angelito".

Dentro hubo una pequeña conmoción, aprensiva y llena de contrariedad. La portera no estaba al tanto de la verdadera clase de actividades a que se dedicaban aquellos inquilinos tan serios y silenciosos. Se le había dicho que Fidel era encuadernador de libros, y como, en efecto, las personas que ahí entraban salían después con grandes paquetes, ella ya no tuvo ninguna razón para dudarlo si alguna vez lo puso en tela de juicio.

Rosendo fue quien abrió al llamado de la portera. Ésta hablaba cubriéndose la boca con una punta del delantal, algo muy común para ella ante sucesos a un tiempo conmovedores y dignos de curiosidad, como si, defendida por el embozo, sus palabras adquiriesen un cierto delicado pudor, una cierta intención de pleitesía casi amorosa ante la desgracia ajena. —¡Mándala al carajo! —ordenó Fidel desde el fondo del cuarto, en voz muy apagada para que no escuchara la mujer.

Rosendo dudó un instante en tanto los ojos de la portera brillaban con una chispa de placer y regocijo diabólicos.

—Muchas gracias —mintió Rosendo entonces—, pero Julia, *mi hermana* —mintió por segunda vez—, se siente muy mal y no quiere ver a nadie. Se lo agradecemos mucho, de todos modos.

Bautista, por su parte, había llegado cuando la niña ya estaba muerta y sus emociones sólo se expresaron en su rostro con un estupor infinito, incomprensible en una gente al parecer tan equilibrada, sin que se atreviese a pronunciar palabra o a formular pregunta alguna.

Julia lo miró a los ojos bárbaramente, con la actitud de un animal, de un perro al que se ha golpeado, e hizo entonces, sin que ese movimiento tuviese relación alguna con nada de cuanto ocurría, una inclinación afirmativa de cabeza, dos, tres veces, cuatro, horrible. —Hoy a las diez —dijo como en respuesta a una pregunta que con toda su alma hubiera querido que le dirigiera, pero que Bautista no formuló.

Éste dejó caer la mano sobre el hombro de la mujer oprimiéndolo con dureza. Luego se sentó, siempre sin hablar, las mandíbulas apretadas con rabia y el entrecejo fruncido coléricamente.

Transcurrieron largos minutos silenciosos en que sólo se escuchaba el ruido de la máquina donde escribía Fidel. Al terminar la hoja sacó el escrito con mucho cuidado, con la delicadeza de un artista que no quiere estropear su obra, y luego, al darse cuenta de que el papel carbón estaba adherido entre dos páginas, comenzó a desprenderlo cautelosamente, sin mirar a los demás, magnífico y austero, como el sacerdote de una pavorosa religión escalofriante. Volvióse después hacia los demás y los miró uno por uno con un asombro triste y desconsolado pero al que parecía contradecir una apenas perceptible sonrisa, que podría ser de orgullo, primero a Bautista y en seguida a Julia y a Rosendo, para finalizar en Ciudad Juárez, que dormía encogido en un rincón después de haber pasado la noche en vela junto a la niña.

Aquel cuarto —la "oficina ilegal" como se le llamaba en el argot conspirativo— era estrecho, pobre, mal ventilado y frío, y así, de pronto todos cayeron en la cuenta del apresurado olor a muerte que ya se desprendía de Bandera.

Nadie se hubiese atrevido a confesarlo, pero la atención de todos —su atención secreta, sumergida, la que ninguno podría manejar a voluntad— giraba en torno a ese olor, estaba unida a él con un cordón umbilical desasosegante, que los hacía una especie de cómplices de algún crimen o enfermedad común, de los que, sabiéndose culpables, se esforzaran por encubrirse los unos a los otros con el mayor empeño.

Los ojos de Fidel parecían los de un alucinado. Sin duda durante algunos instantes estuvo completamente ciego, mirando sólo dentro de sí mismo quién sabe qué sucesión de sentimientos terribles. En realidad lo que antes pareció sonrisa no era sino el temblor convulso de sus labios, grises y con grietas, a los que inútilmente trató de humedecer con su lengua sin saliva. Se detuvo largo tiempo otra vez sobre Bautista, como si hubiese olvidado por completo las palabras que debiera dirigirle. —¿A qué horas —exclamó por fin— te entregarán la propaganda? —sin embargo, todos comprendieron que, evidentemente, esta pregunta no tenía otro propósito que el de sobreponerse al olor de Bandera e indicar que no se le debería conceder la menor importancia cuando la vida estaba tan llena de cosas que eran mucho más serias y trascendentales que esa inevitable descomposición orgánica.

Antes de replicar nada Bautista se puso en pie y fue a colocarse junto a la cuna donde estaba Bandera. Su mirada se clavó con insistencia absurda sobre la pequeña frente del cadáver, de un amarillo blancuzco y tan transparente que se antojaba podría mostrar el interior del cráneo con sólo un esfuerzo de la vista.

—¡Tú estás bien enterado —repuso Bautista—, no sé para qué lo preguntas! Precisamente ahora vengo de la imprenta. Ambrosio González y Gómez Lorenzo me dijeron que la propaganda estará lista entre seis y siete.

Rosendo sentía gran admiración frente a todo aquello. Las palabras "ahora vengo de la imprenta" le hacían ver en Bautista un ser extraordinario, a todas luces superior, pues conocer el sitio donde estaba la imprenta del Partido era un privilegio que apenas se concedía a los militantes más insospechables y de los que se podría tener una seguridad absoluta. Pero luego, también, estaba cierta incomodidad culpable por haberse enterado de los nombres de aquellos camaradas que dirigían la "imprenta ilegal". Entonces escuchó un curioso término nuevo, que no había oído sino hasta ese momento.

Fidel golpeó con el puño sobre el escritorio, en un acceso de súbita cólera, mientras erguía el dedo pulgar señalando al cielo.

—¡Cuida tus palabras, camarada Bautista! —exclamó amenazadoramente—. ¡Estás *deconspirando*! ¿Por qué tienes que decir que vienes de la imprenta y quiénes son los que trabajan ahí? ¿No sabes que si hubiera un agente provocador entre nosotros le bastaría con hacer que te siguieran los pasos para que la policía diera con la imprenta?

Bautista sintió en la actitud de Fidel al decir esto, pero sobre todo al oírlo pronunciar con tanto énfasis el horrible barbarismo, el santo celo, a un tiempo iracundo y feliz, de un Doctor de la Ley que se apresura a denunciar una atroz herejía, una inadmisible infracción a los textos sagrados.

—¡Pendejadas! —repuso con el rostro enrojecido y sin apartar la mirada de la niña muerta—. ¡Tú sabes que entre los que estamos aquí no hay ningún agente provocador!

Le habían indignado las innecesarias y estúpidas palabras de Fidel, pero, sobre todo, aquel *deconspirando* de cuyo uso Fidel parecía valerse como un timbre de superioridad, diríase "técnica", al modo como los médicos o los especialistas de no importa qué actividad, a causa de cierta inevitable pedantería del oficio, se deleitan ante los profanos con el recurso de dar a las cosas más simples y habituales los nombres mas abstrusos. Aquello era sumamente irritante, sin embargo de que Bautista comprendía que toda esa charla no significaba otra cosa que el empeño por ignorar, o dar como ignorada la muerte de Bandera, aunque no por eso tal empeño dejase de ser infructuoso ya que en el fondo nadie —ni Fidel mismo— podía quitarse ese pensamiento de encima, a pesar de todos los esfuerzos que se hicieran.

Tomó entre sus manos los rígidos dedos de la niñita muerta, que eran como las patas de una araña de alambre, pero no pudo lograr que se extendieran, flacos y tiesos hasta lo increíble como estaban. "De pura desnutrición", se dijo al pensar en la muerte de la niña con un sentimiento amargo y profundamente desolado, mientras oía que Fidel le replicaba.

—¡Claro que no hay provocadores entre nosotros! Pero de lo que se trata es de no olvidarse jamás de las reglas del trabajo conspirativo. En todo caso siempre hay que proceder como si estuviera uno rodeado de provocadores, aunque éstos no existan.

Bautista se estremeció. Horrible. Proceder siempre como si se estuviera rodeado de provocadores. No sólo el delirio de persecución organizado como un sistema consciente y como una norma, sino la más infinita soledad del alma como régimen único de convivencia. Con el poder en sus manos, Fidel sería una pesadilla inenarrable.

Rosendo se sintió aún más incómodo e intranquilo, como si aquellas palabras encerraran una sospecha en su contra, ya que apenas tenía un año escaso de pertenecer a la organización y quizá no se le considerase aún digno de participar de secretos como aquél, tan grave, acerca de los nombres de las personas que trabajaban en la imprenta clandestina.

—¡Bah! —dijo Bautista mientras se encogía de hombros—. ¡No tiene la menor importancia!

Luego se volvió hacia todos los presentes con una expresión llena de angustia y de sufrimiento que, por no haberla sospechado en él, ni habérsela supuesto, los hizo temblar como si temieran que de súbito pronunciase las palabras prohibidas acerca de Bandera, y que nadie, excepto Julia, quería escuchar.

Lo miraron asustados. Estaba densamente pálido, como a punto de desmayarse. Algo confuso y atormentador le pesaba sobre el pecho. "De hambre —se dijo otra vez—, murió de hambre", y en seguida, sin que este pensamiento tuviese una relación concreta con el anterior "a las diez de la mañana", agregó, movido de ese impulso mecánico que funde en la mente los hechos que están distantes unos de otros y les otorga una analogía tonta pero dolorosa, pues si Bandera había muerto a las diez de la mañana, esto no agregaba ninguna nueva noción a la certeza de que hubiera sido por hambre.

—¡Volveré luego! —dijo entonces con una voz delgada y trémula—. Voy a ver si consigo algunos centavos para lo de la niña. . .

"Lo de la niña." Era un circunloquio pudoroso, un modo elusivo de no llamar a las cosas por su nombre, con el temor de que esto fuera a causarles más dolor o fuera a debilitarlos en su necesidad de ser fuertes y de no tener consideración alguna para sufrimientos de índole personal, ajenos a la causa.

Julia cruzó con Bautista una rápida mirada llena de entrañables comunicaciones, y en cuanto éste hubo salido fue a sentarse en el suelo, junto a Ciudad Juárez, encogida sobre sí misma, como envolviéndose el cuerpo en su propia soledad. Lo que hubiera querido decir. Las hondas y desgarradoras palabras. El llanto que hubiera querido derramar. Ahí en el rincón era igual a esos tristes huizaches, que sin hojas, sin vestidura, se nutren con quién sabe qué de lo más pobre y último que les puede dar una tierra bárbara y estéril, donde sólo ellos, entre todas las criaturas de su reino, son los únicos capaces de vivir.

Un desasosiego inverosímil, que parecía localizarse físicamente en la parte inferior de la garganta, la ansiedad de una respiración a la que interrumpe el obstáculo de algún tejido enfermo, se apoderó de Rosendo, quien comprendió entonces que, de mirar hacia Julia o hacia Bandera, no podría contenerse pues aquello no era otra cosa que el llanto.

Para dominarse fijó los ojos sobre la pared, donde se podía advertir un antiguo cartelón ruso de propaganda que en otro tiempo Fidel trajera consigo después de un viaje a la Unión Soviética. El cartel representaba un grupo de trabajadores, tras de una ametralladora Maxim, durante el asalto en 1917 al Palacio de Invierno, en Petrogrado.

Era una imagen llena de energía y denuedo, que en cierto modo podría considerarse superior al trabajo del artista, cuya probable mediocridad, como sucede ante hechos muy vivos, poderosos y fecundos, se iluminaba con una especie de genio, proveniente, en primer lugar, del propio acontecimiento histórico. Porque si bien cada uno de los rostros de aquellos trabajadores era una fisonomía específica y concreta, muy pronto se descubría que su belleza radicaba en la circunstancia más honda y general, sin embargo, no de orden estético, de que cada uno de ellos era al mismo tiempo el rostro de una clase, de la clase obrera, para la cual aquello tendría siempre una significación profunda, aun cuando para otros esa belleza no causara emoción alguna sino sólo a condición de que se comprendiese el destino de la clase y de su época.

Uno de los obreros, el rostro encendido, hacía ondear en lo alto de su fusil una enorme bandera roja sobre la cual estaba inscrita, con letras blancas, en ruso y en francés, una leyenda revolucionaria.

Sin que aquella inscripción le dijese nada, Rosendo la repitió veinte veces. *"XIVème Anniversaire de la Révolution Socialiste D'Octobre. A la victoire sous le drapeau de Marx, Engels, Lénine et Staline!"* Al fondo de aquel grupo de trabajadores la impetuosa multitud se arremolinaba junto a los muros del Palacio de Invierno, y, recortada contra el cielo lechoso y claro de las noches blancas de Petrogrado, se veía la estatua de Pedro el Grande, como el testimonio retrospectivo de un viejo mundo llamado a desaparecer.

Aquello debía significar para Rosendo un mensaje lleno de esperanza, de fe en el porvenir, de seguridad en el triunfo, pero, por el contrario, no le produjo impresión alguna en esos momentos.

Fidel lo miró de soslayo y pudo advertir que sus ojos estaban húmedos de lágrimas. Se aproximó entonces y le dio un suave puñetazo de afecto en el mentón. —¿Qué es eso? —le dijo con una sonrisa—. Nosotros no debemos tener tiempo para lamentarnos de nada. Nuestra tarea es luchar sin tregua. Ésa es nuestra única verdad.

El tono de estas palabras había sido cariñoso, igual que el de un mentor que rompe la frialdad de su trato, lejos del aula, ante un alumno bueno pero tímido, al que es necesario darle la impresión de que bajo la apariencia de ese maestro riguroso e implacable del salón de clases se disimula, sin embargo, una persona capaz de comprender sus problemas y dar a éstos el obsequio de su indulgencia.

Julia levantó la cabeza para mirar hacia Fidel con un asombro indescriptible. De pronto se le revelaba en su actitud algo muy diverso y opuesto a lo que tal actitud parecía indicar. Era inaudito. No otro hombre diferente al que ella conocía, sino peor, espantoso y apenas en el breve lapso de un segundo. "¿Por qué le hablará a Rosendo en esa forma?", se preguntó alarmada. Pues no era el contenido, de todos modos formal y burocrático, de las frases lo que importaba, sino que el tono afectuoso y la sonrisa destinados a dar la impresión de que Fidel era capaz de conmoverse ante una "debilidad" humana sin que por ello violase la rigidez de sus principios, con que las frases fueron acompañadas, al no corresponder, antes al contrario, contrastar en forma tan notable con su contenido, ponían al descubierto una sutil artimaña de voraz proselitismo mediante la cual

Fidel intentaba el sometimiento absoluto y desconsiderado de un espíritu del que deseaba adueñarse y obtener la admiración.

Después de que hubo hablado con Rosendo, Fidel regresó a su punto, tras del escritorio, y nuevamente se puso a teclear sobre la máquina de escribir redactando el proyecto de informe que sobre las actividades políticas y de organización debía rendir, dos días más tarde, ante el Comité Central.

Rosendo lo siguió con los ojos y de pronto experimentó una honda y profunda emoción. Aquél era un camarada maravilloso y ejemplar. Mientras hubiese seres como tal hombre todo podía considerarse bueno, fidedigno y puro. Ahora hasta este mismo cuarto, sucio, pobre, se había convertido en el símbolo del ideal, en la representación del desinterés y el sacrificio con los que era necesario recorrer el áspero y tormentoso camino de la lucha revolucionaria. El alma de Rosendo se sintió transportada por una dicha potente, juvenil, plena de fuerzas venturosas y fecundas. El propio cartelón soviético, que segundos antes no le había transmitido mensaje alguno, hoy era una verdad cálida, hecha vida y sangre en centenares de miles de hombres y mujeres que en todas partes de la tierra se congregaban, unidos por la misma llama de la idea común. *"¡A la victoria, bajo la bandera de Marx, Engels, Lenin y Stalin!"* ¿Qué importaba la vida si era para arder como una antorcha que iluminara las tinieblas? La propia niña muerta, la hija de Julia y de Fidel, ¿no representaba también un desesperado símbolo de espantosa generosidad y entrega sin límites? "No debemos tener tiempo para lamentarnos por nada. Nuestra tarea es luchar sin tregua. Ésa es nuestra única verdad." Sí, evidentemente. ¿Qué debe importar la consunción y acabamiento de los propios hijos, si a cambio de ello se lucha por un mundo donde no existan el hambre, ni el dolor ni la muerte para ningún niño de la tierra?

Porque ahora Rosendo comprendía cabalmente lo que significaba haber sido testigo presencial de ese innombrable sacrificio.

Había llegado a la "oficina ilegal" poco después de las siete de la mañana, cuando la pequeña Bandera, aunque distante en realidad tres horas de su muerte, sin embargo, ya daba señales de estar irremisiblemente perdida.

—Tiene dos días de no poder cerrar los ojitos —le dijo Julia con un tono de voz gris y melancólico.

Rosendo ofreció los últimos treinta centavos que traía en la bolsa, con los cuales se compraron un cuarto de leche, medio kilo de carbón y cuatro piezas de pan para que también comieran Fidel y Julia, quienes no habían probado alimento durante algunos días, pues como la casilla postal de la organización estaba ocupada por la policía, no habían podido recoger el dinero que llegaba de provincias.

Rosendo se inclinó sobre la cuna de Bandera. ¿Miraría algo la niña con esos ojos a los que la anemia y la espantosa consunción no dejaban ya cerrar los párpados? Eran unos ojos de tinte azuloso, casi blanquecinos, y se movían apenas con un imperceptible vibrar incesante, igual que el cuerpo de un molusco que se contrae fuera del agua mientras agoniza. —Ya ni siquiera llora —explicó Julia.

La niña no pudo conservar la leche en el estómago, sino que la expulsó en inconcebibles espasmos, ensuciándose las hondas y duras arruguitas de su rostro de anciana con la pasta de color verde en que, rápidamente descompuesto, se convirtiera el líquido.

—Vale más que *acabe* cuanto antes —dijo Julia con un sollozo en la garganta. Rosendo la miró con ansiosa y desesperada avidez, como si quisiera descubrir alguna otra cosa tras de aquellas palabras. Pero no. Había dicho exactamente eso: "que *acabe* cuanto antes".

Para disimular quién sabe qué extraña aversión que le nació de pronto, Rosendo no quiso mirar más a Julia, pero fabulosa, espantosamente, al volver la vista hacia el rostro de Bandera, pudo darse cuenta que aquellas facciones de la niña se adelantaban paso a paso en el tiempo, en una horrible trasposición de la edad, a parecerse a las facciones de

68

la madre, como si en venganza de la próxima muerte y querieno ganarle terreno la Naturaleza obligase a la niña a consumar, en el lapso de unas cuantas horas, esa etapa de años, ese largo proceso en que afluyen a la conformación del ser humano, entrelazados en una malla secreta que no se ha podido advertir en la puericia, los atavismos, las herencias, los rasgos que ya ningún pariente recuerda, de aquel bisabuelo antiquísimo u otro familiar de quien sólo existe un vagoroso retrato. "Que acabe cuanto antes." Lo había dicho Julia. Nada menos que Julia.

Las manos de Rosendo temblaban y una dolorosa incomodidad, casi de rencor, lo estremecía por dentro. Hubiese querido que esa mujer llorara, pero lo alucinante era verla ahí junto a la hija, ausente y muda, apenas los ojos quebrados por una luz pálida y doliente.

Julia puso su mano sobre la cabeza de la niña, pero lo frío y extraño de esa materia que poco a poco iba dejando de ser de este mundo hizo que la retirara en seguida, pero como a pesar de todo se arrepintiera luego de ese ademán, se volvió hacia Rosendo en solicitud de indulgencia, de disculpa. A falta de otro gesto u otra forma expresiva sus labios sonrieron con tristeza. —¿No crees —le dijo— que la niña se está pareciendo a mí?

Rosendo tuvo un estremecimiento de angustia. Entonces también Julia se había dado cuenta del fantástico proceso.

—Sí —repuso en forma incomprensiblemente involuntaria—, es que le falta poco tiempo para morir.

Escuchaba Julia estas palabras desde muy lejos, desde otro país o desde otra esfera. No pudo percibir, de la misma manera en que Rosendo tampoco, que el ruido de la máquina de Fidel había cesado y éste se encontraba a sus espaldas mirando por encima de sus hombros el cuerpo de Bandera.

—¡Qué raro es todo esto! —dijo Fidel muy quedamente—. No puede ser más raro.

Julia lo miró atónita. El maxilar de Fidel, suelto y sin voluntad que lo gobernase, colgaba de manera extraña como por obra de algún peso interior, pero mucho más como un índice de su sufrimiento, y entonces los labios permanecían entreabiertos, independientes de las demás partes del rostro, cual si expresaran por sí mismos un atroz género de inesperada soledad. "Es que todavía me quiere", se dijo Julia, y hubiese deseado estrecharlo entre sus brazos para que juntos desataran todo el dolor y la pesadumbre de la vida.

"Le diré que la amo con todas mis fuerzas", pensó Fidel, "y que la muerte de Bandera nos unirá para siempre porque es un sacrificio enaltecedor que hemos consumado con nuestras propias entrañas". Algo parecido a esto. Le dirigió una mirada de elocuente transparencia comunicativa, profunda y verdadera, y entonces Julia aguardó las palabras cual si su cuerpo se hubiese abierto cálidamente para recibir aquella renovada semilla de fecundación.

—Es inevitable —dijo de repente una de esas deidades adversas de cuya existencia turbia dentro de su alma Fidel tenía nociones tan exactas, pero que siempre lo asombraban, no porque viniesen a decir lo contrario de lo que él quería expresar ni lo contrario de lo que su pensamiento formulaba, sino porque cada vez se hacían más poderosas, irresistibles y necesarias para su espíritu, a la manera como en la naturaleza enferma del toxicómano se precisa aumentar de vez en vez la dosis del alcaloide—, es inevitable la muerte de Bandera —dijo con una voz fría y tranquila, como quien rinde un informe burocrático—. Así que los hechos deben juzgarse con objetividad, tales como son, sin sentimentalismo alguno —hizo una pausa severa y rigurosa, con la cual terminó por disiparse en definitiva aquella sombra de dolor que tenía en el rostro.

—Aunque no has dormido en toda la noche —dirigióse en concreto a Julia, pues sus palabras anteriores habían sido dichas en forma impersonal—, si es que no quieres descansar, podrías entonces ayudarme.

"Es como un abominable santo", pensó ella, "un santo capaz de cometer los más atroces pecados de santidad".

Rosendo lo había visto. Rosendo había contemplado el

bárbaro desprendimiento y había escuchado las ardientes palabras. "No debemos tener tiempo para lamentarnos de nada. Nuestra tarea es luchar sin tregua. Ésa es nuestra única verdad." Sin sentimentalismo alguno.

Rosendo pensaba en todo ello con una suerte de fortaleza heroica —temeraria e ingenua—, de catecúmeno reciente. Se sentía orgulloso realizando hoy una tarea del Partido. ¿Por qué, entonces, sentir tristeza, cuando aquello había sido un testimonio de fe tan grande, una tan descomunal afirmación de amor a la causa? ¿Por qué, entonces, esta suave melancolía a través del rostro de Bautista mientras la lumbre de su cigarrillo le encendía las facciones al aspirar el humo en mitad de las tinieblas de La Curva?

Ahora la ciudad parecía haber vuelto a perder sus límites a causa del silencio, después de las campanadas del reloj.

—¡Fuma! —exclamó de súbito Bautista con una voz casi autoritaria, al mismo tiempo que tendía a Rosendo el cigarrillo, aunque en seguida esa voz se hizo suave y muy lenta—. Con la mano así —indicó mostrando la palma dispuesta como embudo, para que no se vea la lumbre.

A sus espaldas, al otro lado de La Curva, se extendía uno de los tiraderos de la ciudad, lleno de trapos, de algodones sucios, de botes viejos y de hojas de lata, encima de cuya inverosímil podredumbre y miseria vivían algunas espantosas gentes, algunos seres infinitamente no humanos, pero vivos y terribles.

Más allá del tiradero levantaba su geométrica estructura la zona fabril, el Rastro de la Ciudad, la United Shoe y docenas de tenerías, fábricas de vidrio, de focos y de pastas alimenticias, pero cuya presencia no podía advertirse desde el punto donde Rosendo y Bautista se encontraban.

El silencio era pesado, lleno de extensión y de altura. "Ésta es la hora más negra, la más penetrante", pensó Rosendo, al mismo tiempo que admiraba junto a sí el existir sin cuerpo, tan sólo con voz de Bautista.

Aquel hombre era un pedazo de vida lleno de madurez y de vigor, y las tinieblas únicamente contribuían a hacerlo más existente, más claro, más dibujado y puro. Rosendo sentía esa pureza, esa rectitud del alma imponiéndosele sobre el espíritu, sin violencia alguna, nada más por sí misma, por cierto tranquilo y grave fuego de convicción, pues en Bautista podía encontrarse una fuerza general, secreta y simple que engrandecía las cosas con un nuevo sentido.

Rosendo hubiese querido comunicarle estas apreciaciones, pero como para ello era preciso barrer el obstáculo de un cierto rubor y vergüenza inexpresables y acaso también el miedo a la burla y a la forma en cómo se expresase un determinado juicio sobre sus palabras, prefirió referir tales apreciaciones a una tercera persona.

—He pensado mucho en lo de Bandera —dijo tímidamente—. Para mí ha sido una de las más bellas lecciones. Creo que Fidel es un camarada ejemplar. Un extraordinario camarada.

Bautista dejó escapar una breve risita irónica.

—Sin duda —exclamó—, un gran camarada, aunque en ocasiones sea muy desconcertante.

Se detuvo para esperar la reacción de Rosendo, pero éste no pareció haberse extrañado por sus palabras.

—Por ejemplo —prosiguió Bautista—, eso último que hizo con el dinero que llevé, después de todo lo que había hecho antes y que es más propio de un faquir que de un líder comunista, ya fue el colmo. Una verdadera estupidez. El periódico podía esperar de cualquier manera.

Rosendo no supo qué decir. Era muy difícil para él aventurarse en ese terreno, pero de pronto le pareció que nunca había visto tal tristeza y tal soledad como las de Bautista.

—El periódico podía esperar —insistió éste con tozudez, cual si con esto quisiera decir algo muy diáfano y contundente, pero aludiendo tan sólo al hecho de que los quince pesos que llevó para el entierro de Bandera hubieran sido destinados por Fidel para los gastos de envío a las provincias de *Espartaco*, el órgano de la Juventud Comunista.

"La que puede esperar es *ella*, porque está muerta", había sido la réplica atroz y lógica que diera Fidel a estas palabras de Bautista.

Guardaron silencio durante largos instantes. El cigarrillo se había consumido por completo, y entonces ambos se pusieron de pie para encaminarse hacia la zona de las fábricas.

"La que puede esperar es ella, porque está muerta", se repitió Bautista aquella frase terrible.

IV

Gregorio veía con un miedo muy diáfano, y simultáneamente con una especie de incierta cólera en proceso de formación que le causaba vergüenza de sí mismo (cuando sabía que esta cólera era necesariamente artificial y destinada tan sólo para ocultar ante los demás, y de ser posible ante él también, sus verdaderas emociones), cómo iban apareciendo poco a poco, a la luz de las hogueras y antorchas, el rostro y el cuerpo de ese fantástico conde de Orgaz, a medida de que Jovita los limpiaba con un trapo húmedo ante el atento, casi afectuoso, seguir sus movimientos de los pescadores. que no por ello perdían de vista a Ventura, quien en una curiosa actitud herméticamente sacerdotal e inescrutable distaba unos cuantos pasos de ahí.

Las mujeres se preparaban con voces confidenciales y unciosas a todo ese conjunto de ritos de masoquista religiosidad que se derivarían de la presencia del cadáver, mientras se agrupaban atrás de sus hombres, como un duelo de negros pájaros, envueltas en rebozos que era imposible decir de dónde los habrían obtenido.

Gregorio se daba cuenta de que todos sus puntos de vista morales habían naufragado dentro de esa atmósfera y que su propio espíritu comenzaba a no ser ya distinto del de esos seres, e iba a quedarse ciego también. Aquello era como un alud que barriera su conciencia, transformándola en su sentido más elemental, a semejanza de los pasajeros de un barco a punto de hundirse y cuyos instintos se desatan sin consideración alguna, libres, soberanos, animales. Con todo, aún no era claro el fenómeno que se producía en su corazón. ¿En qué podría consistir en verdad esta progresiva ceguera de su alma, este naufragio? ¿En qué parte concreta de los hechos o de la conducta de los individuos o de la atmósfera era posible encontrar el secreto del alucinante laberinto en que sus puntos de vista se perdían, en que sus concepciones e ideas se trastocaban? ¿Acaso en Ventura y en sus abrumadoras, inaprehensibles maquinaciones de zahorí, de brujo, de impávido tlacatecuhtli? ¿En dónde?

Todos los pescadores parecían aguardar, entre agradecidos y asustados, el instante en que se les descubriera el nombre del cadáver, que para ellos sería igual a ese instante de disimulado placer que experimentan de manera inesperada y gratuita quienes de pronto, gracias a una casualidad milagrosa, asisten a la indiscreta revelación de algún misterio o acontecimiento que no les pertenece y al que no los liga sino su anecdótica presencia de espectadores que están dispuestos, en honrada retribución, a conmoverse de manera correcta y adecuada al más leve indicio.

Mas lo fabuloso era que Gregorio no se sentía ajeno a este placer, a este concupiscente copular de emociones, donde la satisfacción se disfrazaba de piedad, la venganza de condolencia, el odio de temor de Dios.

Gregorio notaba algo de enloquecido en todos, una cierta melancolía soez, igual que la tristeza que asalta a los hombres en los lupanares al mirarse unos a otros con diferentes prostitutas en el mismo cuarto, cuando la luz se enciende, y que es una tristeza cuya única confesión se resuelve apenas en atormentadora procacidad, bárbara y cínica. A cada momento Ventura le parecía más inquietante a causa de su omnividencia, pues ninguna cosa se le ocultaba y sin duda adivinaría paso a paso, sin posible equívoco, cada uno de sus pensamientos. Siempre Ventura. Siempre su tenebroso humus de enigmas y profecías que era como la fuente nutricia de ese poder ante cuyo imperio Gregorio comenzaba a doblegarse sin remedio.

Había una especie de síntoma delator intraducible, idéntico al del juez que espera confundir al reo con la inesperada revelación de su delito, en el empeño de Ventura por

75

mostrarse ajeno a los sucesos, con el rostro hacia el cielo y la mano apoyada en la empuñadura del machete, pero de modo que al asociar Gregorio esta imagen con un curioso relampagueo irreflexivo que le sorprendió en el ojo, y al advertir cierta vigilancia regocijada, llena de disimulo, con la que ese ojo seguía los movimientos de Jovita, se dio cuenta de que Ventura estaba al tanto de la identidad del cadáver y que, entonces, trataría de impresionar a los presentes con un golpe de efecto a propósito de atribuirse, sin que lo dijera, tan sólo con la gravedad imponente de su apariencia taumatúrgica, facultades milagrosas en absoluto fuera de lo común, para quién sabe qué uso salvaje, quizá para acrecentar ese humus de su liturgia de donde se alimentaba el desamparo de aquellas gentes, que, a falta de otro pan de esperanza, sólo tenían una especie de nostálgico deseo de algún dios, fuese éste como fuese. Pues tal vez a partir del momento en que se dio cuenta de que había un cadáver al otro lado del dique, dentro de las aguas del río, para aquellos campesinos Ventura habría sido el único, el elegido entre todos por la Divinidad para traducir el cabalístico mensaje con el que la Muerte o los antepasados muertos indicaban a sus hijos la presencia de algo profundo y extraño, y que sólo era posible conocer por intermedio del hombre a quien el don de una conciencia doble otorgada por el Más Allá permitiese la percepción de la segunda realidad, de la desconocida realidad interior de las cosas.

Y así era en efecto, porque aquel fragmento de minuto en que Ventura interrumpió su canción, antes que nadie sospechara siquiera que habría un cadáver en el río, y en que, con la sobreinteligencia de los animales que perciben la proximidad de una serpiente, su actitud cautelosa y atenta se hizo casi podría decirse solemnemente abstraída, solemnemente adivinatoria —la misma actitud de grávido misterio que adoptan todos los jefes de tribu, la misma con que Moisés se habrá alejado de sus hombres para oír en el Sinaí los mandamientos de la Ley de Dios: "...y volvía Moisés a poner el velo sobre su rostro, hasta que entraba a hablar

76

con Él..."—, fue para todos como el segundo de un iluminado, el segundo de un ser en sobrenatural relación con el misterio, que tuvo la virtud de fortificar el lazo que unía a Ventura con esa grey siempre en trance de sentirse huérfana y sin dioses, pero a la que, cuando alguno de estos dioses le era devuelto en la figura de su transmigración terrestre de patriarca, de caudillo, de sacerdote, parecía reconfortársele otra vez con la seguridad de su destino.

Gregorio experimentaba un raro desconcierto, ya a punto de creer en la potestad de Ventura, a pesar de que su razón hacía esfuerzos por no sucumbir. De ser cierta —pensaba— una doble vista anímica en aquel tuerto, de ser cierta esa capacidad de captar la naturaleza múltiple de los hechos, pero sobre todo la dirección inesperada y el encadenamiento al parecer arbitrario e ilógico de tales hechos, habría sido, sorprendentemente, no el producto de un determinado afinamiento de la inteligencia, sino el proceso de una cierta sustitución biológica de aquellos sentidos, la invalidez de cuyos órganos los obligaba a trasmutarse, a aparecer bajo la forma de un nuevo instrumento de la percepción. Así, lo que la falta del brazo y el ojo sustraían a su conocimiento del mundo exterior mediante el tacto y la vista, tal vez se le diese a Ventura, en cambio, a través de instintos primitivos, de adivinaciones ancestrales —ese ver con el oído, ese "ni te miras en la oscuridad, de tan silencito", que de tal modo sorprendieron a Gregorio— y de sentimientos atávicos, que serían exactamente los mismos con que la especie se cuidó, en el hombre de las cavernas, de descubrir eso ya trascendente y religioso de que tras el relampaguear del rayo se encuentre la cólera de un dios, o en el tenebroso oscurecerse la tierra durante los eclipses se manifieste el anuncio de las peores calamidades y desgracias.

No obstante, por más que su razón tratara de esclarecer las cosas, todo aquello aún encerraba para Gregorio algo muy oscuro e informulable que, sin él saberlo o adivinándolo apenas —una sospecha en la que no quería pensar—, no era sino la forma de correspondencia entre los hechos exteriores y el proceso de evolución de su espíritu, el cual, en virtud de todo lo que para él representaba el cadáver, había regresado a su condición primitiva de espíritu supersticioso, temeroso e inválido, que necesitaba explicaciones de orden mágico, explicaciones fuera de todo principio racional, mientras que su entendimiento antes que burlarse de ellas, como hubiera sido en otras circunstancias, las temía cual se teme un comienzo de locura.

Ventura sonrió hacia Gregorio desde el sitio donde se encontraba. "Tú también ya lo sabes —pensó a propósito de quién era el muerto—. Pero lo que más te extraña es que yo lo haya sabido desde mucho antes", y sentía un enorme gozo, pues la inquietud de Gregorio no era sino el reconocimiento de que él, Ventura, fuese un ser superior que veía más allá de las cosas, "que veía lo que no se ve".

Ventura pensó en esto con orgullo.

"Cuando perdiste el ojo —recordaba que así fueron las proféticas palabras que dijo su propia madre en otros tiempos, antes de que él se lanzara a la Revolución—, tenías la edad de seis meses y ahora es imposible que puedas acordarte. Pero no te creas un infeliz por estar tuerto: *tú verás más que los que tienen dos ojos, tú verás las cosas que no se ven*."

Ventura estaba demasiado pequeño, en realidad, cuando perdió el ojo para acordarse del suceso, pero como ocurre siempre que las anécdotas de nuestra primera infancia se nos cuentan no sólo pormenorizadamente, sino apoyándose en la supervivencia de algunas impresiones lejanas y casi abstractas que aún prevalecen en nosotros, el relato de su madre, la precisión y características de cuyo escenario eran imposibles en el recuerdo, le había formado a medida que con el tiempo se fue divorciando de su condición de relato impersonal, relativo a esa tercera persona sin nada en común con él en que se veía al imaginarse niño, una especie de memoria onírica perfecta y de una vivencia mucho más real y tangible que la de cualquier otro recuerdo menos inconsciente y remoto.

78

"Has de haber sufrido mucho", le decía su madre, "pero no lloraste ni tantito así".

Cuando Ventura hacía un esfuerzo lograba imaginar el desarrollo de la acción en una tarde polvorienta y nebulosa cuyo dato principal, y sin duda el único cierto, era un sabor a tierra y materia seca en los labios.

Sin embargo de que este recuerdo tenía una disposición confusa y abigarrada, como cuando se trata de reconstruir un sueño excesivamente atormentador y el resultado se limita a la aparición, en la mente, de una hidra mitológica de cien cabezas cada una de las cuales representa a una de las indescifrables emociones soñadas, también, como en esa otra clase de sueños que son producto de la realidad inmediata del cojín que nos cayó en el pecho o el cigarrillo con que, dormidos, estuvimos a punto de incendiarnos —y que por eso pierden entonces su condición de sueños para confundirse con la realidad de que nacieron—, tenía a su vez unos contornos vivos, diáfanos y llenos de lacerante precisión.

En esta forma de aquella figura de mujer que musitaba quién sabe qué rezos tristes ante el Santo Señor de Chalma, después de que, con mucho cuidado, había puesto a calentar entre la lumbre del brasero la hoja de un viejo cuchillo de Amozoc, no podría decirse que fuese o la imagen de la madre de Ventura tal como de niño la contempló ese día, a los seis meses de edad, o la imagen que de adulto se formó a través del relato que le hiciera de los acontecimientos. Pero el cuchillo de Amozoc, en cambio, que Ventura conservaba —con aquella leyenda que le hizo grabar: "Verás las cosas que no se ven"— sí era un hecho real e indiscutible.

Un poco antes de que Ventura perdiese el ojo, su madre estaba en un rincón, arrodillada. De pronto lanzó un grito:

—¡Si se muere, Dios me ha de perdonar!

Gracias a un misterio de amor, a una casi alimenticia relación maternal y a una memoria antigua del origen —aunque no tuviese sitio en el recuerdo y fuese a su vez una referencia narrada—, aquel grito era un hecho viviente, una circunstancia concreta, más allá del sueño.

"El Santo Señor de Chalma y la Virgen Santísima no *quedrán* que salgan mal las cosas, me decía dentro de mí al mirar con mucha lástima tu ojito todo puerco de pus", narraba su madre a Ventura, años después.

No hubo ningún otro recurso, ya que de no extirparse el ojo enfermo sin duda también se perdería el sano.

Pero aquello fue, nada más, ruido y olor antes que dolencia, y si Ventura no conservaba memoria de sufrimiento alguno, cierto olfato muy específico cuyo nervioso desasosiego descubría los olores semejantes a ese de su infancia —sin embargo no idénticos, pues aquél era imposible de reproducir en su indescriptible naturaleza—, como el de la carne quemada o el del cabello que arde, y cierta disposición patológica a descomponer dentro de la bóveda craneana, agrandándolos, hipertrofiándolos, determinados ruidos como los que se producen al desgranar mazorcas o triturar con los dientes algún objeto duro, hacían que emergiera de su más honda subconciencia la imagen, precisa y rigurosa en la esfera de su sensibilidad, aunque fuese improbable y ya solamente una turbia alegoría en lo que se refiere a sus contornos físicos, del bárbaro acontecimiento.

Cuando ocurrió el hecho su madre fue entonces nada más una sombra violácea que al aproximarse a él cerraba todo su campo de visión, igual a un planeta del tamaño del cielo; una sombra caliente, a cada segundo más caliente, hasta que de súbito se convertía, al penetrar dentro de la cuenca del ojo el abrasador cuchillo, en un relámpago púrpura, en un destello sangriento, que a su vez era la mezcla de las más espantosas impresiones donde el ruido interno de la órbita del ojo, al raspar del cuchillo, se confundía con el olor de la córnea o con las luces hirientes de los filamentos nerviosos, que no cesaban de vibrar.

"Tú verás más que los que tienen dos ojos. Tú verás las cosas que no se ven."

Gregorio volvió furiosamente el rostro hacia Ventura en

espera de que por fin hablase y creyó descubrir en su solitaria pupila un destello de burla victoriosa.

Todos se habían agrupado en derredor del Tuerto con mucho sigilo y lentitud hasta quedarse ahí, estáticos, con la equívoca expresión servil y casi sonriente de quienes han asistido a un hondo, redentor milagro de viscosa expiación.

Gregorio apretó los dientes. El *Entierro del conde de Orgaz*. La misma mezcla secreta e impúdica de reprimido goce, de disimulada hipocresía, de miedo a la muerte y de tranquilidad por no tratarse de la muerte propia, y que también él experimentaba, pues desde un principio —a pesar de que trató de engañarse al respecto— sabía el nombre del cadáver.

Ventura caminó hacia el muerto con cierto aire solemne, se inclinó sobre él y volvióse luego hacia todos los indios para hablarles en su lengua popoluca.

—¡Yo ya estaba enterado —dijo—, pero quise esperarme a que lo miraran ustedes con sus ojos: el difunto no es otro que Macario Mendoza! —sonrió hacia Gregorio con la misma expresión de burla misteriosamente triunfante y agregó en castellano—: Pero puedes estar seguro, compañero Gregorio, que ninguno de nosotros lo mató...

La satisfacción de todos por la muerte del odiado jefe de las Guardias Blancas se palpaba en el aire.

Aquella ira que se negaba a nacer agitaba ya francamente el pecho de Gregorio, pero cierta inmotivada y asombrosa timidez le impedía manifestarla. Se aproximó al cadáver en un insospechable impulso sádico, para mirarlo a sus anchas. Dos de los caciques que estaban muy cerca del cuerpo y que lo veían tenazmente y con enojo, se alejaron para dejar espacio en torno al difunto. Gregorio observó aquel vientre abultado, blanco a fuerza de no tener sangre, aquellas arrugas posteriores a la muerte, aquella cara.

Macario Mendoza muerto era el mismo de siempre, mas también otro hombre. Gregorio pensaba que, de sumarse los rasgos de ese rostro, el total de esa suma permanecería inalterable con respecto al total de la suma que arrojó antes aquel otro rostro que Macario tuvo en vida, pero que cada rasgo en lo particular tenía una naturaleza extraña, diferente a su naturaleza primitiva, no sólo por el nuevo color adquirido, ese añejo blanco marfil de las aletas de la nariz o ese azul ligero de los párpados, sino porque cada uno de ellos enfatizaba alguna parte concreta de las que lo constituían, dándole una individualidad desconocida, inédita, igual a lo que ocurre con el rostro de los payasos, que vistos en abstracto carecen en absoluto de comicidad y son, sin embargo, los rostros de gente viva cuya expresión es la más próxima a la muerte.

En alguna parte Gregorio había leído que el rostro humano tiene un número harto limitado de expresiones y hasta que el rostro de ciertos animales es más expresivo que el del hombre. Aquello, que le parecía correcto por cuanto a los rostros vivos, no lo juzgaba en igual forma por lo que hacía al de los muertos. La muerte imprime una fisonomía nueva, cambiante y extraordinaria, al ser humano; pero aún más, hace de esta fisonomía algo único, tan característico y privativo de cada persona como lo son las huellas digitales. Esto lo sabía muy bien Gregorio desde sus años de academia, cuando dedicaba largas horas al estudio de cadáveres en el anfiteatro del Hospital General.

"Sí —pensó después de considerar las facciones de Macario Mendoza—, no cabe la menor duda." La fisonomía del hombre es un conjunto de cifras convencionales —se dijo con furia: estos pensamientos le parecían demasiado razonadores e "intelectuales"—, un conjunto de simulaciones a través de las cuales es muy difícil, cuando no imposible, descubrir la verdad interna de cada individuo, pues el rostro no es el "espejo del alma", sino el instrumento de que el hombre se vale para negar su alma, para disfrazarla, para dar de ella, voluntariamente o no, es decir, apenas tan no voluntariamente como en el caso en que la fisonomía se maneja por sí sola ante un acontecimiento inesperado, la versión que reclaman las circunstancias. No se explicaría la existencia del rostro humano, que no es otra cosa sino un instrumento de relación, sin la existencia de la sociedad —de las sociedades humanas de cualquier clase—, en la misma forma como sin la sociedad tampoco se explicaría la existencia del lenguaje articulado, aunque por lo que se refiere al rostro éste tenga muchísimo menos recursos que aquél. La fisonomía, el conjunto de las facciones, no es sino una convención social, uno de los utensilios de que el hombre dispone para convivir con sus semejantes —*semejantes,* es decir, seres que se le asemejan, entre otras cosas, por tener también un rostro—, y en este sentido no se puede esperar de él nada más allá de eso.

El amor, el odio, la piedad, la cólera, el desprecio, la inquietud, se expresan, sin contar otras formas, por medio del rostro, sean ciertos o no, eso no importa; pero la suma de estos sentimientos y todos aquellos que quieran agregársele, no es lo que constituye el alma, cuya compleja estructura, mutabilidad y versatilidad extraordinarias son inaprehensibles aun para el propio dueño.

"Pongamos que detrás de un rostro bello pueda ocultarse un monstruo de perversidad —Gregorio respiraba con fuerza y su frente se cubría poco a poco de sudor—, así como, al contrario, un rostro monstruoso (lo Bello y lo Feo, otras dos convenciones) disimule a un espíritu arcangélico; pero de pronto el ser perverso que tiene un rostro bello realiza un acto noble, desinteresado y grande, mientras el hombre bueno de rostro feo comete una acción vil y vergonzosa. En ambos casos el resultado ha sido justamente el que se esperaba en cada rostro; sin embargo, ni lo malo del bueno ni lo bueno del malo nos han dado una versión, siquiera aproximada, antes nada más circunstancial, inexacta, contraria y despistadora, de su verdadero espíritu."

La explicación era bien clara para Gregorio: sólo en el rostro de un cuerpo sin alma —se decía—, sólo en el hombre que ya no es un ser social, que ya no ama, que ya no sufre, que ya no lucha; en una palabra, que ya no está obligado a condicionar las manifestaciones de su espíritu a las circunstancias cambiantes de la vida, es posible descubrir el alma verdadera. Así, para dar una versión aproximada de las almas humanas, habría que aplicar a los vivos, mediante una especie de proceso de reducción al absurdo, la medida de los muertos. "No puede ser más cierto —reafirmó Gregorio—, es absolutamente indudable."

La dificultad en el anfiteatro consistía en que se trataba de cadáveres anónimos, los datos de cuya expresión por no tener referencia alguna con respecto a lo que en vida fueron no podían aplicarse al conocimiento de los seres vivos sino a ciegas, por medio de un procedimiento semejante al de las deducciones matemáticas y el cálculo de probabilidades, muy penoso. Aquel rasgo que en un muerto indicaba, por ejemplo, egoísmo, y que en cada uno era diferente, rasgo que, por lo demás, también en cada muerto indicaba algo completamente distinto según las condiciones peculiares del caso, sólo podía ser interpretado cuando la persona del conocimiento de cuyo espíritu se tratara, durante un segundo de verdadero descuido, lo repitiese, pero siempre y cuando tal repetición, específica de necesidad, fuera coincidente, no sólo con el rasgo peculiar que en un cadáver determinado representaba el egoísmo, sino con aquel otro rasgo neutro del rostro que al combinarse con el primero, si bien en un cadáver indicó egoísmo, en el rostro de un ser vivo indicaría, conforme al carácter de esta combinación, o sufrimiento o generosidad o amargura o un millar de otras cosas. El problema del arte.

—¡Bendito sea Dios que se murió! —oyó Gregorio que a sus espaldas musitaba quedamente Jerónimo Tépatl, el cacique de Santa Rita Laurel.

Gregorio volvió el rostro sin comprender en absoluto esas palabras. Tépatl, por su parte, repuso a la actitud atónita, un poco entontecida de Gregorio, con una mirada de abyecta complicidad. "Bendito sea Dios que se murió." Quiso reírse y entonces Gregorio volvió la mirada con ansia rabiosa al cadáver de Macario.

Ahora Gregorio sentía hacia el semblante del muerto una atracción enfermiza y le era imposible apartarse la idea de que aquel hombre tuvo en vida el propósito de matarlo. Sin embargo luchaba por no asociar esta idea a la presencia del difunto y por no sentir, junto con los demás, que también sentirían lo mismo, esa dulzura innoble, esa emboscada sensación de triunfo dentro del corazón, que tal vez Gregorio pudiera suprimir dentro de sí de atreverse a manifestarla abiertamente, lo cual, empero, le resultaba imposible. Sin que pudiera darse cuenta se sintió derrotado en la lucha que sostenía. Era una derrota turbiamente placentera, que se infligía a sí propio en lo moral, a semejanza de cuando, por una pretendida aristocracia, tratamos de no rebajarnos al nivel de nuestros cómplices en un delito cometido en común, pero de pronto ese mismo carácter común que nos hermana en el delito, al hacernos iguales a los demás delincuentes, parece absolvernos de la individualidad y la responsabilidad de nuestro pecado, y si bien ha sido infructuosa de nuestra parte la pretensión de ser superiores, esto se compensa con el consuelo de que no somos peores ni mejores que el resto, de tal modo que así nuestra culpa termina por disiparse casi sin dejar huella alguna de remordimiento, como en el caso de las personas que participan en un linchamiento o en la violación colectiva de una mujer —más inocentemente si se quiere: en una bacanal— y pueden sentarse a la mesa rodeados de su esposa e hijos, sin que la tranquilidad de su conciencia se altere en lo más mínimo.

"Él ya no podrá matarme", se dijo entonces Gregorio con claridad, sin la menor vergüenza y como si, no obstante su rostro demacrado y los ojos febriles, su espíritu se desternillara de alegría, de satisfecho regocijo. Pero no fue tanto el asombro que le causara este cinismo crudo y sin ambages en el que con tal frecuencia e impunidad incurre el pensamiento, cuanto que su mente se detuvo a examinar, tan sólo, el hecho sin importancia, pero que sin embargo alguna muy honda tendría, de haber usado un pronombre en sustitución de esas vivas, biográficas dos palabras que eran lo que componían eso que se llamaba Macario Mendoza. "*Él* ya no podrá matarme." ¿Por qué, por qué ese pronombre enigmático, por qué ese *él*, en lugar de Macario Mendoza?

Sintió que su corazón palpitaba ardientemente. "Ahora todos advertirán mi agitación —se dijo— y hasta acaso piensen que soy el asesino." Sintió una especie de desconsuelo.

"Él ya no podrá matarme", se dijo nuevamente, pero con tristeza, al comprobar que la palabra *él* no sólo sustituía un nombre, sino una vida, y que pronunciarla era como haber suprimido esa vida por sus propias manos.

Examinó otra vez con desmesurada atención las facciones del muerto, sólo que ahora ponía en este empeño casi una especie de animal frenesí.

Pudo advertir entonces que Macario tenía las mejillas fláccidas y a un tiempo, quién sabe por qué, enérgicas. Esto se explicaba quizás porque al contrario de lo que ocurre con otros muertos, en éste los pómulos habían engrosado en una forma por demás desagradable, cual si debajo tuviese una nuez, y así, era como si la muerte abandonara las mejillas a una especie de inercia orgánica que parecía no ser del todo una renunciación, sino también una protesta, también el nacimiento de nuevos organismos, también el advenimiento de un novísimo y adverso microcosmos donde, sorda y lúgubre, operábase una cariocinesis al revés, la cariocinesis que conduce al exterminio y vuelve a cerrar el atormentador ciclo de la destrucción incesante. Una nuez bajo los pómulos. "¡Y las orejas, Dios mío! —pensó estúpidamente—. ¿Por qué de pronto tan altas, por qué de pronto tan lejos, tan atrás, casi como si estuvieran en la base del cráneo?"

"Él ya no podrá matarme", repitió, "pero evidentemente tuvo intenciones de hacerlo, aunque (y aquí Gregorio se mentía ya sin escrúpulos) sólo hasta este momento me he podido convencer de ello". Porque aquella gruesa y adiposa sotabarba que le sobresalía del inclinado mentón al cadáver de Macario Mendoza, y las dos líneas verticales que le bajaban a ambos lados de la boca, eran un signo irrecusable acerca de la adusta crueldad, de la fría deliberación homicida y de los propósitos que ese hombre tuvo en relación con Gregorio.

"¿A quién me recuerda su cara? —pensó con angustia—. ¿Dónde he visto hace tiempo estos rasgos tan particulares?" Y en seguida se dijo, engañándose a sí propio otra vez, que, en efecto, jamás quiso creer en serio, mientras Macario Mendoza vivía, que éste deseara darle muerte y que sólo hasta el minuto presente, al descubrir, como si se tratara del negativo de una placa fotográfica, el carácter anímicamente verdadero de sus rasgos, había adquirido la certeza de aquello, la certeza de la abominable criminalidad que aquella alma encerraba y que pudo hacerlo su víctima. Se sintió entonces muy bondadoso y confiado, lleno de ternura hacia su propia inocencia y pureza, sin malicia con respecto a la maldad humana, al punto de sentir hacia sí mismo compasión.

Cierto, cierto de toda certeza —ya nadie podría arrebatarle esta idea—, que nunca creyó, ni siquiera cuando ocurrieron los sucesos que así fueron interpretados por la gente, que Macario tuviese intenciones de asesinarlo, y de ahí su vergüenza no sólo por atribuirle tales propósitos sin el apoyo de una previa convicción, sino porque, ya muerto y vencido, se había gozado de su muerte sin esperar tampoco a que aparecieran las razones para ello.

Detuvo por enésima vez su examen, casi poseído por entusiasta ardor, en las dos arrugas paralelas que caían sobre los labios de Macario y en el mentón y en la sotabarba, cuyo conjunto y la verdad de cuya criminal expresión ya no eran sino una fuente de tranquilidad que reafirmaba lo justo que, hoy sí, era sentir dentro de su corazón esa dulce placidez vengativa.

"No —se dijo, ya cual una obsesión—, ni aun en los segundos que precedieron al momento en que iba a intentar mi muerte pude descubrir la elocuencia de estos rasgos. Aquéllos parecían no ser los mismos. Eran otros, disimulados en su verdadera naturaleza por la razón de todavía pertenecer a un hombre viviente, a un hombre con alma viva que estaba obligado a esconder, a falsificar esa alma con la máscara del rostro." Pensó luego, a cada momento con mayor delectación en la idea, que en el fondo él, Gregorio, era un hombre bueno al que se podía engañar como a un niño a causa de su confianza sin límites en la buena fe de las gentes y en la bondad de todos los seres.

Las cosas aparecían con enorme claridad ante sus ojos y el recuerdo de aquel crimen fallido se transformaba, proyectándose en una nueva dimensión moral, con reconfortante limpidez y sin remordimientos.

En esa ocasión Gregorio iba de camino a Ixhuapan, a pie, cuando Macario Mendoza, a la altura de su propia casa, le salió al encuentro.

Era muy temprano y todo estaba envuelto en una niebla suave y móvil, que de pronto descubría aquí y allá obietos inesperados, una choza, una vieja carreta, un arbusto. En la atmósfera se respiraba una fragancia terrestre de zumo vegetal, de materias que parecían nacer de nuevo.

Mendoza avanzó hacia Gregorio muy tranquilamente. Bajo el ala del sombrero sus ojos parecían brillar con una sonrisa despreciativa.

—¡Hombre! —exclamó Macario después de darle los buenos días—. ¿Qué son esas cosas de no avisar a los amigos cuando sale de viaje? —el tono era como un cuchillo casi transparente de odio. (No lo percibió Gregorio entonces, pero a los dos lados de la boca aparecieron las repugnantes arrugas que hoy veía nuevamente sobre el rostro del cadáver.)

Gregorio replicó con desenvoltura, tratando de penetrar las segundas intenciones de su enemigo.

—¿Le llama usted viaje a tres leguas y media de camino? ¡Para eso no se le avisa a nadie!

La sonrisa despreciativa de los ojos de Macario se hizo más aguda.

—¿Y por qué no? ¿No mira que mi caballo está a su mandar?

Las dos líneas verticales junto a los labios se habían ahondado con rudeza y el mentón se retrajo hacia el pecho. Aquello fue como una prefiguración del actual rostro presente de Macario muerto. El odio y el crimen, sumergidos dentro de una especie de muerte anticipada y destinados a emerger con esa especie de colorante que era la muerte verdadera. El rostro, el alma, el rostro de Macario. "Pero además —pensaba Gregorio—, ¿dónde, en qué otro tiempo y otro sitio he podido yo verlo? ¿A quién se le parece?

La voz de Ventura interrumpió de súbito el curso de sus cavilaciones.

—¿Qué te pasa? —su tono era alegre—. Parece —agregó con festiva ironía— como si nunca hubieras mirado un difunto.

Gregorio guardó silencio por un momento. Volvió a pensar, ya casi de una manera autónoma, en dónde podría haber visto antes un rostro parecido a éste de Macario Mendoza. A punto de responderse sintió de pronto que las palabras de Ventura, igual que antes las de Jerónimo Tépatl, sólo que por un cauce distinto, alteraban de golpe el carácter de sus sentimientos, hacían cambiar su derrotero, retrotrayendo su espíritu, o al menos la parte de su espíritu que estaba llamada a responder así, a esa nueva zona de adaptación donde antes que expresar regocijo o alguna clase de placentero desagravio por la muerte de Mendoza habría que ceder el sitio a una severa actitud recriminatoria.

—No se trata de ningún juego —repuso a Ventura, pálido el rostro a la luz de las antorchas—. Tendrás que explicarme quiénes se ocultan atrás de este crimen...

Estas palabras, sin embargo, no eran lo suficientemente recriminatorias a pesar de su tono severo y su aire riguroso, aunque, por lo demás, fuesen el punto de apoyo que Gregorio necesitaba.

Paralelamente, en el brevísimo segundo que separó sus palabras de la respuesta de Ventura, se produjo en su cerebro un choque milagroso en que recordaba la analogía del semblante de Macario, como si el rayo que se gestaba de antemano entre las nubes de su memoria a la búsqueda de ese sitio preciso del recuerdo donde debía caer hubiese encontrado tal sitio por fin y lo iluminase ahora con la transparente claridad de su destello. Ahora ya sabía qué le recordaba el rostro de Macario Mendoza: las mismas cejas plegadas por una enérgica arruga en lo alto de la nariz, el mismo abultamiento bilioso y chocante bajo los ojos. "¡Claro está!", se dijo al descubrir en su mente un viejo cuadro que servía a los alumnos de San Carlos para sus ejercicios de copia y que representaba un comerciante veneciano del siglo xv.

El resultado fue que una gran, vehemente, sincera cólera había logrado adueñarse ya del alma de Gregorio. Pero ahí estaba Ventura, ahí estaba ese horrible dios de un solo ojo, ese invasor de espíritus que todo lo veía.

—Sé muy bien que no es un juego —Ventura no abandonaba su aire maligno y perspicaz—. ¿Pero a poco no es mejor para ti que hayan matado a este cabrón?

Adoptó en seguida un aire misterioso y confidencial:

—Si alguien que te quiere —hizo un ligero énfasis en sus palabras—, si alguien que te quiere no le madruga, tú no tardarías ni tantito en estar estacando la zalea. . .

Estas palabras desarmaban a Gregorio sin que él mismo supiera la causa.

—¿No te lo dijo ña Camila muy claro —terminó Ventura sin que creyese en la actitud de Gregorio—, no te lo dijo cuando te obligó a encerrar el caballo de Mendoza en el machero, para que mejor te fueras veredeando a Ixhuapan y no tomaras por el camino real onde te esperaba la emboscada? ¿Por qué no quieres creer entonces que el Macario te quedría dar tu *agua*? —Ventura prorrumpió en una carcajada.

La virtud de todo esto fue que el ánimo de Gregorio, que él confiaba en mantener enérgico y eficaz, se quebrantara. "Si alguien que te quiere no le madruga. . ." Alguien que te quiere. Aquello implicaba una involuntaria complicidad en el crimen por parte del propio Gregorio.

—De cualquier manera —dijo con enfado, con tedio, casi con repugnancia—, mi obligación es informar de todo esto al Comité Central. . .

Dirigió en su torno una mirada inexpresiva. Había imaginado desde el primer momento que el asesinato de Mendoza tenía relación con su propia vida y esto le daba la verdadera clave de sus emociones, a partir del momento en que el cuerpo fue extraído del río. La clave de sus emociones y de las mentiras absurdas con que quiso ocultarlas ante sus propios ojos. Aquello era estúpido.

Algunas mujeres habían formado una cruz de ramas e intentaban hundirla en tierra, a la altura de la cabeza de Macario. Jovita había cubierto el cadáver con un sarape y unos hombres preparaban unas angarillas de bejucos para cuando llegase la ocasión de trasladar el muerto, entretanto los demás apartaban dentro de sus ayates el lote de pescado que les había correspondido.

A fuerza de sencillez, de simplicidad tranquila, aquello era muy triste.

La cruz no se sostuvo y cayó golpeando secamente la cabeza del difunto. Las mujeres la volvieron a poner en pie y la afirmaron con unas trancas.

Gregorio se internó un trecho en el monte para sentarse al pie de un árbol, en la oscuridad, otra vez rodeado de las tinieblas, solitario en medio de una tempestad de dudas. En el principio había sido el Caos, pero después la luz se hizo. Mas Gregorio no sabía si las tinieblas donde se encontraba progresarían hacia la luz o hacia una irremediable noche eterna. "Si alguien que te quiere no le madruga." *Alguien que te quiere*. El hondo presentimiento de que las tinieblas apenas comenzaban sacudió trémulamente su corazón.

Entre las sombras, a través de las higueras y antorchas, hacia la orilla del río, destacábase, como un espantapájaros grotescamente fúnebre y amargo, la tosca cruz de ramas que era el último túmulo de Macario Mendoza.

"Si alguien que te quiere..."

Un olor muy característico que sintió junto a sí hizo a Gregorio estremecerse. Era nuevamente Ventura.

—Ora sí que de verdad te miro apesadumbrado —dijo en voz muy queda y a Gregorio le pareció que también en un tono conmovido, por lo que no respondió palabra.

Transcurrieron largos instantes de silencio hasta que de la cuenca del río comenzó a elevarse el coro de las preces y los alabados que entonaban las mujeres por el eterno descanso del alma del difunto. Pronto todo aquello se transformaría, de apagado murmullo, en un patético estremecimiento de religión, de amor sexual hacia la muerte, de fruición alcohólica, soledad y desesperanza.

—Dime, compañero Gregorio —dijo de súbito Ventura con sorprendente timidez—. ¿De veras tienes que informar al Comité Central de todo esto. . .?

Aspirábase en la atmósfera el tufo del pescado que un grupo de mujeres asaba, en los rescoldos de la lumbre, para servirles alimento a sus hombres.

Ante la pregunta, Gregorio se sintió sonreír con un aire resignado y filosófico.

—¡Naturalmente!— repuso con hueca entonación.

Pensó con fastidio en el Comité Central y en cómo sería recibido ahí su informe, igual que si se tratara del de un anarquista; peor aún, con el seguro riesgo de que lo interpretasen en el sentido de que se trataba de un "asunto personal" donde intervenía una mujer enamorada de Gregorio. En otras palabras, ni siquiera como un caso político aunque Macario era el jefe de los Guardias Blancas al servicio de los hacendados.

"Allá arriba", en el Comité Central, era imposible que comprendiesen, no por falta de honradez para ello, sino porque simplemente no podían ver las cosas a través del compacto tejido de fórmulas en que estaban envueltos; no podían razonar sino dentro de la aritmética atroz que aplicaban a la vida. Era imposible, a menos de sustituirlos a todos con gente un poco menos cadáver que ellos. La aritmética de la vida. Dos y dos son cuatro, dos y dos son cuatro, dos y dos son cuatro. Sobre todo Fidel. Sobre todo el pobre de Fidel.

Lo imaginaba perfectamente, el rostro endurecido por el amor a los principios, la mirada fulgurante y ansiosa, el dedo pulgar erecto y tenso, con la animosidad de un unicornio que se dispone a la pelea.

"Es un grave error, camaradas —diría, y ya Gregorio imaginaba cabal y certeramente sus palabras de esos momentos—, un *gravísimo* error, el empeño de suplantar la lucha de masas por el atentado personal. Pero —y aquí vendría la acusación deleitosa, especiosa, del seminarista rojo, que además era una de las formas que Fidel tenía de autopurificarse, igual que los inquisidores que sufrían ante la tortura de sus víctimas— el compañero Gregorio no sólo ha tenido siempre la tendencia a tolerar tal género de desviaciones y propiciar tales actos de desesperación pequeñoburguesa, sino que ahora él mismo, ni siquiera por causas políticas, sino de vida privada, ha inspirado un asesinato vulgar, sin principios..." Dos y dos son cuatro, dos y dos son cuatro, dos y dos son cuatro. El caso de Fidel tenía para Gregorio algo de fantástico, algo de casi prodigioso, aunque al mismo tiempo algo de muy abrumador y triste, como si ese hombre hubiese perdido el alma para sustituirla por un esquema de ecuaciones, por una ordenada álgebra de sentimientos estratificados dentro de un sistema frío, simple y espantoso. Habían sido amigos íntimos, pero culpa fue de la superior jerarquía política de Fidel que entre ambos se estableciera una distancia insalvable que estaba llena de palabras tales como disciplina, responsabilidad, deber, principios, rectitud, que habían creado entre los dos una atmósfera enrarecida por reticencias y convenciones donde ya no era posible la ruda franqueza ni la tranquila confianza de otros tiempos. Dos y dos son cuatro. Dos y dos.

Ventura tocó muy suavemente el hombro de Gregorio:

—Y dime, compañero Gregorio —repitió de nuevo esa forma de trato cariñoso y conmovido, con la misma asustada timidez—. ¿Te irán a dar una buena regañada...?

Otra vez Gregorio sintió en la oscuridad que sus labios sonreían con una especie de pena.

—No sólo eso —dijo—. Supongo que me ordenarán regresar a México y que seré *relevado* —se detuvo en este término militar como si considerase el alcance exacto que tenía— . . . relevado de cualquier puesto dirigente. (La aritmética. Las ecuaciones. Las fórmulas.)

Guardaron silencio durante mucho tiempo, mientras las mujeres, allá abajo en el río, cantaban las jaculatorias de difuntos.

El comienzo de las tinieblas. "Si alguien que te quiere. . ."

Se adivinaba un género muy particular, reticente y doloroso, de angustia, en Ventura. De pronto tomó a Gregorio de un brazo.

—Ven conmigo —le dijo en voz queda—; lo que quería decirte es que. . . —Ventura pareció titubear— una persona quiere hablarte.

El dios antiguo que todo lo contemplaba, que todo lo penetraba. Gregorio no se había equivocado.

Ambos se pusieron en pie y avanzaron hasta salir al camino, lejos del grupo de los pescadores. A sus espaldas poco a poco comenzó a ascender el diapasón de los cantos fúnebres.

—Ya sé quién quiere hablar conmigo —dijo Gregorio, pero más bien con tristeza, sin recriminación alguna—. Lo supe desde el principio. . .

En un pequeño claro del monte, junto a una vieja enramada en desuso, aguardaba una mujer. Gregorio la reconoció en seguida.

En el primer instante nadie acertó a decir palabra. La mujer, en actitud culpable, permanecía con el mentón obstinadamente clavado sobre el pecho. Su figura, quién sabe por qué, tenía algo de angélico, algo de muy puro y casto, a pesar de tratarse de una prostituta.

—Epifania quiso decírtelo de sus propios labios —explicó el Tuerto.

La mujer levantó violentamente el rostro, con una impetuosidad entrañable, que le daba una transparencia ingrávida y dulce.

—No te vayas a enojar, Gregorio —musitó en forma apenas audible, con una desconocida voz infantil—. ¡Yo lo maté, porque si no él te mata a ti. . .!

94

Gregorio sintió latir con una fuerza extraña su corazón.

—Gracias —alcanzó apenas a exclamar, pues la mujer se había vuelto de espaldas y corría ya por el monte hasta desaparecer en un recodo.

V

Encogida sobre sí misma, los brazos sobre el pecho, cada una de las manos en el hombro contrario, la derecha aún con el sucio ramo de zempaxúchitl entre los dedos y del rostro oculto tan sólo visible la frente pálida, Julia hacía esfuerzos vanos por impedir que su cuerpo se sacudiese por los sollozos, pero esta represión, en lugar de evitarlos, acentuaba los estremecimientos del vientre, del tórax y de las rodillas, en tal forma que el ramo de zempaxúchitl se había vuelto como una desnuda raíz, un músculo herido, poco a poco tremendo y lastimoso, al que daba el llanto un impulso vibrátil incesante, un agitarse atroz donde el sufrimiento aparecía más vivo y desamparado.

Fidel, vuelto de espaldas, con los ojos fijos sobre el rodillo de la máquina de escribir, no acertaba a penetrar el significado de las palabras escritas sobre la hoja de papel, y las repetía en su mente cual un ejercicio inútil y doloroso que, por contraste, destacaba con mayor nitidez la insistente presencia de otros pensamientos desagradablemente taimados. "Materiales para el informe político al Comité Central del Partido." Las letras eran negras y limpias sobre la hoja blanca.

Fidel pensaba que, en efecto, el sufrimiento de Julia no era falso, no podía ser falso en modo alguno, pero esto, antes que conmoverlo, le causaba una especie de amargo disgusto, de casi rabiosa contrariedad. "Materiales para el informe político. . ." Hay un Destino (La *D* mayúscula de Destino apareció muy clara aunque fugazmente en su cerebro) que cada quien, mediante una especie de selección natural voluntaria y premeditada, se otorga a sí propio, y de

96

cuyo cumplimiento no debe permitir que nada ni nadie lo aparte, pues de lo contrario la vida perdería utilidad y significación. Era preciso barrer con cualquier obstáculo que amenazara su destino. Recordó que alguien había afirmado algo así como que el destino de cada quien siempre corresponde a su imagen y semejanza, y esta idea se le hizo de pronto muy rica y profunda, capaz de servir para la interpretación y comprensión de no importa qué casos, como el de Julia, por ejemplo, la muerte de cuya hija era un suceso muy de ella, muy suyo, muy biográficamente suyo, idéntico a Julia misma y a la misión que tenía en la vida en tanto que estaba llamada a padecer los sufrimientos de la existencia común de ambos, relevando a Fidel de esta carga y en tanto que, para servir a dichos fines mientras Fidel podía entregarse a otro género de sufrimiento, impersonal, más hondo y genérico, le estaba prohibido —"contagiar" le pareció el término más adecuado—, le estaba prohibido contagiar tal clase "inferior" de amarguras y dolores a Fidel, no obstante ser ambos los padres de la niña muerta. "Materiales para el informe político al Comité Central."

Le vino a la memoria entonces un recuerdo que si bien antes no le causó efecto alguno, ahora le parecía irritante y tonto. Se trataba de una conversación sorprendida a bordo de un tranvía —y aquel recuerdo era tan antiguo que justamente no podía explicarse el porqué de su extraordinario regreso a la conciencia— entre dos viejas beatas pertenecientes sin duda a cualquiera de esos innumerables organismos seglares que la Iglesia organiza bajo las más diversas advocaciones divinas. Ambas mujeres vestían de negro riguroso, con un recato tan hermético y radical que se antojaba sin higiene, y sus miradas eran de tal modo huidizas que se sentía angustia al advertir sus esfuerzos por no sorprender en cuanto las rodeaba ninguna cosa que ofendiese la virtud, la santidad y la pureza, al extremo de que casi era fácil adivinar hasta qué punto increíble su imaginación secreta estaría saturada de las más audaces y monstruosas invenciones de pecado.

Alguna inquietud intensa turbaba a una de ellas, porque

después de algunos rodeos se atrevió por fin a explicarse. "Pues le contaré a usted —dijo a su cofrade con la vista baja—, que estoy muy preocupada porque hoy recibí carta de mi hermano." La otra mujer tuvo una reacción de solícita curiosidad. "El pobre está muy malo", prosiguió la primera, mientras una sombra de remordimiento enturbiaba su semblante y sus labios se contraían en un rictus híbrido de despecho y dolor. Sin duda le era en extremo fastidioso y molesto hacer esta confesión pero al mismo tiempo necesitaba de ella para absolverse. "Me dice que los médicos ya perdieron las esperanzas —dijo por último— y que no tiene sino resignarse a morir." Esperó entonces con un silencio lleno de interés y de cálculo, pero con la actitud contrita y doliente, a que la otra mujer le contestara. Ésta lanzó un largo suspiro devoto, filosófico, trascendente, consolador. "¡Qué quiere usted! —repuso muy convencida y con inaudita tranquilidad—. ¡Así son las cosas! ¡Que muera en paz con su conciencia y Nuestro Señor le perdone sus pecados!" En el rostro de la primera beata brilló un alegre destello de feliz complacencia, y en el jovial apresuramiento con que abundó en los juicios de su compañera se transparentaba esa sensación de descanso y libertad de la persona a quien le quitan un enorme peso de encima. "¡Eso mismo! —dijo con una voz ronca, el volumen de cuya agresividad estaba en relación opuesta al riesgo en que por algunos instantes se creyó de no ser comprendida ni absuelta—. ¡Eso mismo! ¡Que muera en paz! —en igual forma podía decir: ¡qué reviente!—. ¿Qué puedo hacer yo para ayudarlo? —hizo un desdeñoso movimiento de hombros con el cual se desembarazaba del último escrúpulo—. Yo no vivo ya para otra cosa que para servir a Dios. A Él estoy entregada y no puedo distraerme de su servicio. Que el pobre de mi hermano muera en paz", insistió.

Después de esto ambas mujeres permanecieron con la actitud muy dulce y sosegada, el alma henchida del placer de que su útil y bondadosa existencia era grata a los ojos de Dios Nuestro Señor. "Materiales para el informe político al Comité Central." ¿Por qué diablos haber recordado esta anécdota imbécil de las dos beatas? Las beatas desdeñaban el bien concreto de servir a un semejante en aras del bien abstracto de servir a Dios. Pero, ¿podía haber similitud alguna con su caso? ¿Por qué demonios se le ocurrió esta tontería? "Es muy distinto —se dijo Fidel para tranquilizarse—, absolutamente diferente, sacrificar el imperativo de hacer el Bien cotidiano y concreto a pretexto de que se está al servicio de Dios, al hecho, ése sí real y doloroso, de dominar y reprimir nuestras tendencias sentimentales hacia la práctica de ese mismo Bien concreto y cotidiano, cuando no sólo no se está al servicio de un mito como el de Dios, sino ante la existencia de una causa social tangible y verdadera, a la cual es preciso entregar sin regateos todo el esfuerzo y la vida. Es absolutamente distinto."

Satisfecho con su razonamiento ahora comprendía de súbito las palabras escritas sobre el papel —"Materiales para el informe político al Comité Central del Partido"—, y entonces pudo hacer que girase el rodillo de la máquina de escribir con un pequeño movimiento en la palanca de los espacios; para en seguida poner la palabra "Primero" bajo el encabezado.

El ruido de las siete teclas al ordenarse una tras otra se escuchó como el breve caer de un puñado de granizo, en contraste muy extraño con los sollozos de Julia, prolongados y guturales. Luego, pero con una continuidad violenta y furiosa, pudo escucharse un nuevo y más nutrido golpear de granizos en seguida de la palabra primero: "Acerca de los errores cometidos entre los trabajadores del campo. Problema del camarada Gregorio Saldívar, actualmente en Acayucan, Veracruz." He aquí el Destino. He aquí que una voluntad soberana imprimía un impulso razonado al instrumento mecánico y gracias a este impulso el carro de la Remington consumaba fielmente su misión en la vida al recorrer esa trayectoria del margen izquierdo al derecho de la hoja de papel. Todo regresaba al orden. Todo volvía a su cauce.

Ciudad Juárez no apartaba la vista, a cada momento el

aire más entontecido y ausente, de la figura de Julia. En medio del cuarto, los pies fijos al suelo como con goma, el cuerpo de Ciudad Juárez oscilaba con un suave balanceo que de pronto, al poner en peligro la estabilidad del ritmo por exceso de descompensación de su diagonal, interrumpíase con un sacudimiento brusco para retomar nuevamente la elipse de su vaivén, mientras a todo esto correspondían extraordinarias gesticulaciones del rostro y el ilegible musitar de frases inconexas, las cuales, no obstante, tal vez para el propio Ciudad Juárez sí tuviesen algún significado muy hondo y lleno de elocuencia. —Lo hice porque no había más remedio —dijo sin embargo tan claramente, que el propio Fidel volvió a mirarlo con un asombro aprensivo e inquieto.

"Porque no había más remedio", repitióse a sí mismo Ciudad Juárez y esto lo hizo que se sintiera desolado y culpable. "Ahora ya lo saben —pensó—, ahora pueden hacer lo que quieran conmigo, hasta expulsarme del Partido si así lo juzgan necesario." Tuvo unos inmensos deseos de llorar, y antes de que se diese cuenta copiosas lágrimas corrían por sus mejillas hasta caer en sus labios entreabiertos, con lo cual terminó por experimentar una sensación de alivio y dulzura. Sentía dentro del alma una placidez melancólica y llena de tristeza, de la cual derivaba un enorme cariño hacia todos los seres, una convicción de que todo era bondadoso y puro, al extremo que hubiese deseado besar los pies de Julia o acariciar la frente de Fidel.

Al mirar la botella de tequila, que había vuelto a tomar en la mano, esto pareció darle la noción de una nueva realidad, porque entonces, con una presteza y desenvoltura sorprendentes se encaminó al brasero, de donde, después de haber llenado un jarro con café al que puso un chorro de tequila, regresó al lado de Julia para consumir la bebida sin que, entretanto, apartase la mirada atónita de las flores de zempaxúchitl que en la mano derecha de Julia se movían en forma tan extraña e impresionante.

Un calor salobre quemaba las pupilas de Julia, bajo las

lágrimas, a través de la negrura roja, cárdena, malva, amarilla, de sus ojos cerrados. Se sentía sin cuerpo, un punto en la inmensidad oscura, casi nada más una noción incorpórea flotando en el interior de una descomunal campana neumática, una idea, la muerte de su hija, que carecía de forma, que era Julia misma, que era Julia con su cuerpo, pero sin existencia material, o más exactamente, como si se hubiese convertido ella misma en la horrible sensación de estar lejos, sola, mutilados los miembros, pulverizada hasta su extinción la caja del cuerpo para que sólo quedase esa cosa aguda que era la muerte de su hija, y a esto sin límites se redujese su ser, su ser Julia, de dolor, nada más la muerte de Bandera. Pero a medida que el sufrimiento traspuso el punto máximo de su desarrollo, aquel peso cálido que Julia sentía sobre los ojos al correr de sus lágrimas se fue independizando de la muerte de su hija para transformarse en la noción de que esos ojos y esas lágrimas existían como entidades pertenecientes a un ser humano concreto, y que ese ser concreto era ella, era Julia. "¡Qué espantoso padecer!", se dijo trémulamente, pero al reconocerlo así sentía que ese padecer se disipaba, ya no era suyo, igual que una vieja vestidura abandonada.

Sus sollozos comenzaron a atenuarse lentamente, hasta cesar por completo, y aunque esto le causara cierta vergüenza a causa de ya no sufrir, pronto aquello fue como si su alma hubiese entrado en una clara atmósfera lustral, amplia y llena de sosiego. Permaneció aún con el rostro oculto entre los brazos, mientras su pensamiento se evadía, casi en alegre fuga, a través de ensoñaciones insospechadas, contradictoriamente dulces, anhelantes, angustiosas y tranquilas, en que se mezclaban o un fugaz recuerdo infantil o la memoria de un confuso instante de dicha o la visión de un paisaje olvidado.

Julia se veía dos años antes, en Jalapa, cuando trabajaba como estenógrafa en la oficina de la fábrica de San Bruno. Aquello era primeramente un olor a naranjas, a un tiempo acre y aromático, que se unía en seguida al recuerdo de las propias naranjas, redondas y relucientes, que colgaban por encima de las empalizadas de las huertas, en las callejuelas que conducían a la carretera de San Bruno. Al lado de esto la imagen de un chiquillo —quién sabe por qué el chiquillo, pero ahora mucho más cómico, mucho más cómico hasta provocar en Julia, no obstante la muerte de Bandera, una sonrisa— que caía a sus pies, como un chicozapote maduro, con exactitud un chicozapote blando y sin ruido, desde la copa del árbol donde robaba fruta, en plena banqueta, y al mirar a Julia echaba a correr con el atolondrado susto de un conejo para perderse a la vuelta de una esquina. Después el paso a nivel de la carretera; una vendedora de manzanas cimarronas y el cielo, a veces azul —la delicia de gozarlo, azul intenso y maravilloso por las tardes, en el Paseo de los Berros (y aquí, inopinadamente, un ingrato recuerdo que se apresuró a suprimir)—, o a veces gris, taimado y lluvioso hasta desesperar, para que, por último, con todos estos fragmentos de cielo, de naranjas, de aromas, la memoria de Julia terminara por establecer con todos sus detalles la composición de lugar de aquel periodo de su vida, de hacía dos años, antes que Fidel la trajera consigo a la ciudad de México.

San Bruno era una poblacioncita obrera en las inmediaciones de Jalapa. En torno del viejo y feo edificio de la fábrica textil se agrupaban las viviendas de los trabajadores, pequeñas, blancas y de rojos tejados, formando una calle que no iba muy lejos, sino que se interrumpía en el paso a nivel del ferrocarril Interoceánico, por el rumbo de la ciudad, y por el opuesto, hacia la fábrica, terminaba en una modesta presa de cemento a la que el Sindicato de Trabajadores bautizara con el nombre de Carlos Marx.

Desde el incómodo pupitre donde realizaba complicadas operaciones en el despacho de la negociación —antropomórficamente se había personalizado de tal modo a esta oficina de muebles viejos y polvorientos escritorios, hasta el extremo de atribuirle capacidades de acción y pensamiento como las de un ser humano, que las gentes no reparaban en ese principio de la elaboración de los mitos religiosos en que incurrían al decir "el despacho ordena esto" o "el despacho ha resuelto tal cosa", cuando se trataba de alguna disposición de los patronos relativa a la marcha de la fábrica—, a través de una ventana con rejas, se le mostraba todos los días a Julia, excepto los domingos, que era el día de descanso, la perspectiva de un trozo de la calle, a un lado, con la escuela primaria en un primer término, y al otro la limpia y pequeña presa sobre cuya espejeante superficie reverberaba en agudos reflejos la luz del sol.

Antes de las diez, aunque en ocasiones se alterase tal regularidad, escuchábase, largo y trémulo, el silbato del tren a su paso por Las Vigas ("¿Las Vigas o Banderilla?"), última estación donde hacía breve escala para seguir a Jalapa, y en seguida, profundo y ronco, como por debajo de la tierra, el afanoso jadear de la locomotora que continuaba vibrando por distintos rumbos y con distintas intensidades, hasta escucharse finalmente el estrépito de sus ruedas que transformaba la monotonía de su registro anterior para pasar a otro más suave y cóncavo, en el instante en que el convoy trasponía el cruce de la carretera.

Al calor de este recuerdo Julia se retrajo más sobre sí misma, oprimiéndose el cuerpo con los brazos. Escuchó muy lejos, tan oportunamente como si al irrumpir en el campo de sus imágenes las ilustrara con lo mágico de su presencia real, el quejumbroso y doliente silbato de una locomotora que era casi la misma de su evocación. Julia pensó en los viajeros de este tren, todos pobres y tristes, todos en busca de una esperanza, de un ideal ilusorio del cual intentarían extraer la burlona y pérfida sustancia de la vida. Hombres y mujeres y niños, cayéndose de sueño en algún atiborrado vagón de segunda clase, listos a perderse en la distancia incógnita con sus maletas sucias y sus bultos inverosímiles. Pero éste no era el silbato de la locomotora de San Bruno. Éste no, Dios mío. Julia estaba ahí, junto a su hija muerta, ahí, con Fidel y Bandera al otro lado de sus párpados, en la oscura, solitaria habitación. ¿Por qué, entonces, aquellas remembranzas? ¿Por qué —pensó con un miedo vago— ese furtivo roce de su memoria con las impresiones de lo que aconteció en aquella casa del Paseo de los Berros?

Algo trataba de extraer de sus recuerdos, alguna fuerza de convicción ("Sí, ahora lo comprendo —se dijo inopinadamente con respecto a Fidel—, ahora me doy cuenta sin lugar a dudas.") que sería la fuerza que le permitiera despreciar a ese hombre sin incurrir en injusticia.

Lo que la trastornaba era ese silencio de Fidel, a lo largo de tanto tiempo, ese silencio que ella creía lleno de acusaciones; ese modo hermético de torturarla con una monstruosa sospecha interior que jamás se había expresado en palabras sino sólo por medio de sus actitudes y de su horripilante conducta de hielo; sí, Julia estaba convencida. No desde los últimos días sino desde el primero, desde aquella absurda primera mañana en que trabaron conocimiento y, después de no importa qué charla sin sentido, Fidel le hizo preguntas con un aire glacial e indiferente —hoy el recuerdo era vivísimo hasta el odio— acerca de Santos Pérez, para que terminase con aquellas palabras que a ella entonces la hicieron admirarlo y quererlo por lo generosas: "No tiene la menor importancia; lo esencial es creer en nuestra pureza y entregarnos uno al otro sin reservas", palabras que, según Julia, a la postre habían resultado una mentira abominable. Porque Julia podía interpretar ahora su pasado con los reveladores signos del presente, y si comparaba los gestos, las miradas, las intenciones, las actitudes del Fidel de las últimas veinticuatro horas, con las actitudes, intenciones, miradas y gestos del Fidel de un año y medio atrás, salía a flote una hiriente verdad que en todo tiempo se mantuvo cuidadosamente escondida, pero a la que una poderosa y brutal circunstancia como la muerte de Bandera desenmascaraba sin ningún género de duda en la misma forma en que el virus de una enfermedad aparece en la célula al contacto del reactivo adecuado. "Lo esencial es creer en nuestra pureza y entregarnos uno al otro sin reservas", había dicho Fidel cuando le propuso matrimonio. ¡Cuánto candor, cuánta ingenuidad transparente e infantil creyó entonces Julia descubrir en estas palabras!

Ella no había vuelto a saber de Santos Pérez desde la época en que estudiaron juntos en una escuela nocturna y hubo entre ambos algo muy semejante a un noviazgo, hasta que, dos meses antes de los acontecimientos, se volvieron a encontrar y se reanudó ese mismo tipo de relaciones, aunque la forma en que tales relaciones culminaron —en esto Julia trataba de engañarse pero de una manera tan espontánea y tan obvia que el fenómeno le pasaba inadvertido—, no sólo fue una sorpresa para ella, sino algo imprevisto y fulminante que ya había ocurrido antes de darse cuenta siquiera.

Esa mañana serían aproximadamente las once. Julia se sentía presa de una inquietud singular, mezcla de cólera consigo misma, temor, resentimiento e impotencia, cuyo origen, sin embargo, a pesar de que sabía cuál era, se negaba obstinadamente a reconocer.

Desde el interior de la oficina Julia miraba el paisaje a través de la ventana, mientras la obsedían, en torno al nombre de Santos Pérez, que le era imposible arrancarse de la cabeza, las ideas más torturantes.

Por encima de los tejados, como a través de un vidrio de transparencia defectuosa, hacia el tupido monte que se extendía en derredor, el aire cálido del trópico distorsionaba las líneas de las palmeras, de los platanares y de los papayos, y más allá, como si imprimiese a todo el contorno del paisaje una delicada flexión oscilatoria, hacía vibrar el volumen alegre y colorido de los naranjos cuyos vivos brotes se combinaban, en disparejos intervalos, con la más caprichosa gama de verdes que pueda imaginarse. La calma del ambiente era profunda, impregnada de sopor y de pereza, y aun el ruido de las máquinas dentro de la fábrica reforzaba esa atonía y ese quebrantamiento de la voluntad cual ocurre con el monótono zumbar de un insecto que aumenta la sensación de abrumadora languidez e imposibilidad de hacer nada durante una mañana de mucho sol en el campo.

Julia trataba de rebelarse contra la voluptuosidad del ambiente, que era como la excitación sutil y seductoramente tramposa de un deseo que ya no abandonaría su alerta vigilia, desde que se despertó del neutro sueño de ignorancia donde estuvo. Después de lo que sucedió la noche anterior, todo lo que se relacionara, por más remota que fuese la analogía, con ese recuerdo, la hacía sufrir, casi llorar de rabia y amargura. No porque lo lamentase, sin embargo de sus aspectos brutales, iracundos y llenos de desconsideración —pues en fin de cuentas así había sido desde la primera pareja humana, desde la primer pareja de sucios monos—, sino porque simplemente tenía miedo de que Santos Pérez fuese a defraudarla, a dejarla ahí, tirada, como a todas las mujeres.

Durante esa mañana Julia se repitió varias veces, sin estar convencida, que era una tonta, una verdadera tonta, mas lo que la irritaba en el fondo ("¿Por qué demonios lo hice?", se decía sin que esto implicara no obstante el menor arrepentimiento) era el peligro de que en realidad se le tomase así —como una tonta irremediable— en el caso de que Santos se desentendiera de lo sucedido, como bien podía ocurrir.

"¿Por qué, Dios mío, por qué lo hice?", decíase mientras daba grandes paseos a lo largo de la oficina, "¿por qué permitiste que lo hiciera, Dios mío?", y en esta última fórmula, hasta la que había evolucionado el anterior exabrupto de "¿por qué demonios lo hice?" (la trasmutación del demonio en divinidad), que se acogía a lo ineluctable de que Dios no se hubiese dignado interponer su influencia para impedir el acontecimiento, encontró Julia de pronto tal consuelo que se detuvo en mitad del cuarto con la compasiva sensación de ser una víctima conmovedoramente desdichada, una víctima de Dios.

En su defensa contra un remordimiento de todos modos improbable, contaba además con los recursos necesarios para generalizar su caso a la existencia entera, a las bases mismas del mundo, y estos recursos se expresaron en una frase extraordinaria de la cual su vehemente y amarga convicción de tener la justicia y la verdad de su lado no le permitía admitir que fuese un simple escape destinado a compensar las dudas de su conducta:

—¿Si no será la vida nada más un engaño? —dijo en voz queda, quebrada y doliente—. ¿Si no será una constante estafa?

Entonces se sintió muy tranquila y serena y sus labios se entreabrieron en una diáfana sonrisa. "No tengo nada de qué arrepentirme", dijo para sus adentros, tan segura, limpia y solemne como si todo hubiera sido un sueño.

De súbito el silbato de la fábrica lanzó al aire cuatro toques de alarma. Las mujeres de los trabajadores salieron de lo más profundo de sus viviendas, y en un instante la calle se llenó de gente inquieta y angustiada cuyos ojos no querían apartarse del viejo portón de San Bruno, en espera de algo singular y tal vez terrible.

Cuando Julia bajó —no sin angustia y miedo—, ya todos los obreros habían abandonado el interior de la fábrica y rodeaban a un orador que los instruía en el sentido de concentrarse en el salón de actos para celebrar una asamblea urgente con motivo de graves asuntos.

El salón de sesiones, mitad teatro y mitad cancha de basquetbol, estaba lleno de obreros con sus blusas de trabajo cubiertas por tamo de algodón. Los rostros fatigados mostraban una alegre curiosidad y la satisfacción de que, aparte la importancia o la falta de importancia de los asuntos que la asamblea tratase, aquel era un buen momento de holgar y hacerse bromas con los amigos, cuando menos hasta que el Comité Ejecutivo apareciera. Casi todos los presentes llevaban al cuello un pañuelo encarnado para distinguirse, pues en San Bruno los trabajadores eran "rojos" mientras en otras fábricas de Jalapa, controladas por líderes reformistas, los sindicatos eran "amarillos".

Julia tomó asiento en las primeras filas.

El presidente de debates, un veterano trabajador textil de grandes bigotes y aire patriarcal, indicó a Fidel —que era entonces para Julia apenas algo más que un desconocido— que tomara la palabra. Julia examinó a Fidel con una atención desinteresada y casi indiferente, pero deteniéndose a juzgar su estatura mediana, sus ojos oblicuos, sus pómulos salientes, sus labios trémulos y aquella tez pálida y enfermiza que la hizo de pronto sentir lástima.

Los acontecimientos eran graves, en efecto. Desde tiempo atrás existía una sorda y en veces sangrienta pugna entre los sindicatos de San Bruno y El Dique, las dos fábricas textiles de la localidad, a causa de ser "rojo" el primero y "amarillo" el segundo. Los trabajadores de San Bruno habían hecho esfuerzos por fraternizar con los de El Dique y ahora, en vísperas de la celebración de un pacto de ayuda mutua, resultaba que durante la madrugada de ese día había sido muerto uno de sus líderes.

—La maniobra de provocación —explicó Fidel ante la asamblea— no puede ser más evidente. Por un lado se trata de sabotear el pacto de ayuda mutua que íbamos a firmar con El Dique, y por otro se trata de culparnos del crimen para acusar a nuestro sindicato de terrorismo. La verdad es que Santos Pérez fue asesinado por los propios amarillos.

Escuchar el nombre de Santos Pérez como el del líder muerto fue para Julia algo semejante a caer en un remolino inverosímil, en medio de un torrente que la arrastraba al fondo de una sima donde no era posible ni pensar, ni sentir, ni expresarse. Una negra sima de aniquilamiento, pero donde al mismo tiempo, monstruosamente si se quiere, Julia encontraba la dolorosa satisfacción de no haber perdido a Santos y de haber recobrado —ahora que él ya no podría engañarla, ahora que su pasado sin posible futuro sólo le pertenecía a ella— la imaginaria verdad de que el amor de Santos fue verdadero y leal. En esos momentos lo deseaba con todas las fuerzas de su vida, con toda la ansiedad de su cuerpo palpitante y nostálgico.

—¿A qué hora de la madrugada lo mataron? —preguntó un obrero de cara muy ancha y asimétrica—. A las tres —oyó Julia como en un sueño que repuso una voz ambigua. A las tres. Dentro del negro remolino lo único claro eran esas palabras. A las tres. El odioso obrero de cara asimétrica. A las tres. Apenas salido de sus brazos. "Entonces lo mataron —se dijo Julia— una hora más tarde. Una hora. . ."

Aquello era para Julia como una revolución interna a la luz de la cual las cosas aparecían en su verdadero sitio, con un significado muy opuesto al que quiso darles en un principio. "Lo cierto es —pensó con orgullo, con placer y hasta con un sentido muy elevado de su propia generosidad amorosa— que anoche yo misma fui la que hizo *todo lo posible* para que él comprendiera que quería entregármele."

Este "todo lo posible" encerraba un casi escalofriante mundo de secretos detalles, de besos, de caricias, de situaciones inesperadas y de audaces actitudes, insospechables bajo la apariencia de no importa qué mujer. Sin embargo, ahora Julia no pudo recordar, gracias a la sorprendente convicción de que sus palabras ulteriores eran lo más honrado y verdadero, que no fue ese "todo lo posible" lo que confesó a Fidel cuando ambos —para mayor claridad y limpieza de sus relaciones— trataron del problema, sino que, por el contrario, ella había hecho grandes esfuerzos, bajo el disfraz del más convincente de los desenfados, por reducir a la insignificancia las cosas y aun había añadido —sin que creyese traicionar tampoco la memoria de Santos—, con esa vaguedad de palabras al amparo de cuyo pretendido pudor prosperan tan eficazmente como veraces tal tipo de confesiones, que *aquello* había sido "algo tan absurdo, desagradable y tan no sé cómo decirte", que lo mejor era olvidar para siempre el suceso. En fin, de todos modos había sido para Julia un cambio de valores, pero un cambio que por extraña paradoja le causaba alegría, no obstante originarse en la muerte de Santos Pérez, haciéndola aceptar como lógico —en virtud de una paradoja todavía más extraña— quince días más tarde —quince, ya que el tiempo no es una noción ética— su casamiento con Fidel.

Le había causado una gran sorpresa la proposición matrimonial de Fidel, pero poco a poco se repuso. Era muy verosímil aquello de estar enamorado de ella desde el principio. Cierto. (¿Por qué si no esa forma insistente de mirarla y esos encuentros en la carretera al parecer ocasiona-

les?) Y también aquello de que antes no se había atrevido
a confesarle nada por el escrúpulo de no interferir con Santos Pérez, pero sobre todo por creer que ella, en realidad,
quería a Santos Pérez verdaderamente. "¿Era cierto?", había
preguntado Fidel. Julia se sintió muy turbada ante esta pregunta. ¿Debía o no decirle la verdad? ¿Era necesario? ¿Y
si con decirle la verdad lo único que obtendría era alejarlo
o crearle mil reservas tontas? Escogió entonces un camino
intermedio, pero que tuvo la virtud de parecerle tan valien-
temente honrado que la hizo crecer ante sus propios ojos.
"Creo que sí", le dijo, "pero eso es ya tan sólo un recuerdo... que procuraré olvidar con tu ayuda, si tú sabes
comprenderme, si tú sabes entender mi espíritu..." Pero le
faltaba aún otra prueba. "¿Tuvieron relaciones sexuales?",
preguntó tímida, ansiosa y aprensivamente Fidel. En la forma en que Fidel hizo esta pregunta Julia creyó advertir la
súplica de una negativa. (Con cuánto placer hubiera dicho
que no, y cuán odioso se le hacía hoy el hecho de que
Fidel se lo hubiese preguntado.)

"No es que tenga un interés especial —prosiguió Fidel—
en saber lo ocurrido entre tú y Santos Pérez, pero en todo
caso preferiría saberlo de tus propios labios." Aun en aquel
entonces Julia apretó los dientes de rabia. "Y todavía ha
de ser tan estúpido —se dijo— que sin duda esperará conocer todos los detalles. ¡Por Dios, que no pregunte más!"
Sin embargo, la actitud de Julia no correspondió a estos
pensamientos. Miró directamente a Fidel y en sus pupilas
se produjo, sin que ella lo invocara, el milagro gratuito de
una llama de pureza, de sinceridad inaudita. "Sí —replicó
en voz muy queda, tranquila, con la cual parecía entregar
el alma entera—, sí, Santos y yo tuvimos esas relaciones.
¿Quieres saber más?".

Al recordar esas cosas, Julia se sentía tremante de santa
cólera. ¿Qué más esperaba Fidel de ella? ¿Por qué, entonces, no había comprendido las cosas? ¿Por qué no habría
creído en sus palabras aunque éstas no fueran completa,
rigurosamente ciertas? ¿Qué culpa tenía ella de que las relaciones humanas fueran tan imperfectas y equívocas?

110

Permanecía aún con la cabeza entre los brazos y el ramo de zempaxúchitl sujeto con furia en la mano. Había encontrado por fin lo que buscaba. Había logrado obtener ese sentido de justicia con cuyo auxilio abandonaría a Fidel sin el menor remordimiento. "Gracias, Dios mío —se dijo con una sensación de descanso dentro del alma—, porque las cosas son ya muy claras para mí. Fidel no ha tenido nunca la superioridad de espíritu necesaria para olvidarse de lo que sucedió y aún hoy —agregó con los dientes apretados sin darse cuenta de lo monstruoso de la calumnia—, aún hoy está seguro de que Bandera es hija de Santos Pérez."

Pudo entonces sentir libremente un hermoso odio infinito.

Sentado sobre un pequeño trozo de madera, Ciudad Juárez se mecía suavemente, con una tonta sonrisa alcohólica dibujada en los labios, mientras Fidel continuaba escribiendo en la máquina. Parecía que todos se hubiesen olvidado de la presencia del cadáver de Bandera.

De pronto se interrumpió Fidel volviéndose ligeramente.

—¿Quieres darme otra vela? —le pidió a Julia—. Porque ésta de aquí está por terminarse...

Julia no se movió de su sitio, ante la dolorosa extrañeza de Fidel, por cuya mente cruzó una sombra de amargo presentimiento. El hecho de que Julia se sublevara en esa forma hizo que la sintiera verdaderamente lejana y perdida, al mismo tiempo que como el ser que más amaba en la existencia; pero en lugar de pronunciar la menor queja se dirigió al trastero igual que un autómata y tomó la vela que Julia no quiso darle. "Julia, Julia, Julia", se dijo con desesperación, mas procuró serenarse y concentrar todas las fuerzas de su mente en el trabajo.

Leyó lo que había escrito: "Problema del camarada Gregorio Saldívar, actualmente en Acayucan, Veracruz." Pero era imposible. Aquella actitud de Julia lo había alterado y su cerebro se negaba a disciplinarse. "Sin embargo, ¿por qué dar una importancia tan grande a estas cosas?", se dijo con amargura. "Nada es eterno, todo cambia, todo se transforma", añadió más romántica que estoicamente. Sería de un sentimentalismo tonto creer en la duración permanente del cariño. Ése era asunto para las novelas de folletín. No obstante le dolía en carne viva la idea de perder a Julia. "Problema del camarada Gregorio Saldívar", volvió a leer.

En su mente incidían, como en un abstruso rompecabezas, las conjeturas, las ideas y recuerdos más disímbolos. "Julia ha dejado de amarme", exclamó para sí de pronto pero sin aceptar del todo la idea, y entonces estableció una serie de inquietantes asociaciones entre sucesos que tenían que ver con Gregorio —por estar mirando ahí escrito su nombre en el papel— y con Julia, por su negativa a obedecerlo; de tal modo que de esa negativa, asociada al presentimiento de que Julia lo hubiera dejado de amar, nacía una amarga concomitancia —que era la forma del miedo a que Julia y él llegasen a encontrarse en una situación parecida— con un penoso conflicto doméstico en el cual figuraba Rebeca, en otro tiempo la mujer de Bautista. Un conflicto absurdo, estúpido: Rebeca se había acostado con Gregorio.

Experimentó una terrible alarma al imaginar que en esos momentos su rostro reflejara la misma expresión que aquella vez el rostro de Bautista, con los labios temblorosos y la mirada patética, ridículamente triste. Las palabras de Bautista habían salido en aquella ocasión como de un gramófono lejano y muy antiguo con un tono débil y chillante, de involuntaria pero también inevitable lacrimosidad, que hubiera sido para reírse de no ser el mismo tono de voz con que se habla de un hijo muerto. "Si los compañeros Gregorio y Rebeca lo hicieron por amor —fueron sus palabras— yo no tengo ningún empeño en ser un obstáculo entre ellos, pues la consecuencia lógica sería entonces que continuaran sus relaciones —había clavado los ojos en su mujer como si la acariciara con la tristeza más grande del mundo—; la camarada Rebeca está en completa libertad de escoger." Una pausa larga y vacía, en que hubo un silencio espantoso. "Ahora que si los compañeros —Bautista se pasó un gigantesco trago de saliva—, si los compañeros Gregorio y Rebeca lo hicieron por *divertirse* —el verbo *divertirse* había resultado singularmente trágico—, yo quiero decir aquí, con toda honradez, que Rebeca puede estar segura que sabré olvidar y en adelante nada turbará la tranquilidad de nuestra vida." Fidel recordaba la escena con una especie de calosfrío. Se había sentido perplejo. Él también supo olvidar a su tiempo el asunto de Santos Pérez y lo hizo con rectitud absoluta, sin ningún resabio. Aguardó con ansiedad la respuesta que tendrían las palabras de Bautista y se quedó, entretanto, con la mirada agresivamente fija sobre Gregorio. "¡Claro! —había pensado de él—. Tú no dirás una palabra, maldito intelectual de los diablos; tú harás una frase filosófica, algún sistema, y si a ella se le ocurre decir que te quiere, te sentirás un hombre de honor que debe casarse aunque al acostarse contigo te haya engañado diciéndote que ya no era mujer de Bautista." Rebeca fue la que habló pero con palabras muy diferentes a las que Fidel suponía. Éste se sorprendió mucho con el detalle de que jamás había contemplado un destello tan fiero, tan iracundo, como el que relampagueó en la mirada de esa mujer. "Si ustedes han organizado este melodrama —dijo Rebeca con rabioso aplomo— a propósito de avergonzarme, se equivocan por completo. No tengo de qué avergonzarme —agregó con la vehemencia de quien es víctima de un error judicial que la llevara injustamente al cadalso—; Bautista tenía seis largos meses de ausencia —su tono se hizo ligeramente íntimo, casi ligeramente insinuante—, y una también es un ser humano, ¡qué caray! Son cosas muy naturales. Si Bautista lo entiende así, yo no tengo inconveniente, porque lo quiero, en que continuemos nuestra misma vida de siempre."

Había dicho: "porque lo quiero". Porque lo quiero. ¿Podrían llegar Fidel y Julia a encontrarse en una situación de igual naturaleza? ¿En una abominable situación de "porque lo quiero" y de "seis largos meses de ausencia"? Intentó seguir leyendo en la hoja de papel, y al advertir que la vela temblaba la despabiló meticulosamente, pero sin darse cuenta de lo que hacía.

"Problema del camarada Gregorio Saldívar, actualmente

en Acayucan." Pausa. Rebeca. Julia. Porque lo quiero. Seis largos meses de ausencia. Leyó: "...este camarada fue enviado a la región de Acayucan con el propósito de organizar a los campesinos". Se agregaba ahí que Gregorio no comprendía la política del Partido, que sus defectos eran los de un intelectual pequeñoburgués y que, en términos generales, "abrigaba la propensión a forjar teorías por su cuenta, con grave peligro para la pureza de la doctrina y la claridad de los principios".

La lectura de este párrafo tuvo un efecto sedante y placentero sobre el ánimo de Fidel. "Muy justo, muy justo", se dijo con una idea más que satisfactoria con respecto a su propia persona. "Hay un destino que cada quien otorga a su vida y del que no debe permitir que se le aparte." Gregorio no sabía darse ese destino. Era un intelectual, un lamentable intelectual agobiado por las dudas y la incertidumbre. "Un intelectual típico", exclamó Fidel con la más rotunda de las convicciones y encogiéndose de hombros.

Recordaba cuando se conocieron, en circunstancias por demás originales. Fue después de un mitin, en la Plaza de Santo Domingo, que la policía disolvió a fuerza de garrotazos y gases lacrimógenos.

Fidel había sido el último orador y se las ingenió como pudo para escapar, a través de las calles más transitadas y que ofrecían por ello oportunidad mejor de perderse entre la multitud. Pudo advertir, sin embargo, que la figura gallarda y bien proporcionada de un hombre con un bulto bajo el brazo lo seguía con insistencia.

Fidel procuró escabullirse hasta que pudo entrar a un café de chinos donde se sintió a salvo de aquel individuo.

Se sentó ante una mesa en uno de los ángulos del establecimiento desde los cuales se dominaba la calle. Por encima de la caja registradora, tras de la cual veíase la figura de un viejo chino anémico y de triste aspecto, colgaba en la pared un calendario con un gracioso cromo en el cual se veía a una mujercita pequeña, semidesnuda, de cuerpo sonrosado y de una sonrisa a la par ingenua y aquiescente, en medio de almendros en flor. Junto al calendario otro cromo

114

mostraba una escena del ataque de la flota japonesa al puerto de Hong Kong, y las figuras de los oficiales que defendían la plaza estaban marcadas con una cifra rodeada por un círculo, sin duda para indicar sus nombres al pie del grabado, en el cuadro que se destinaba para ello y donde a cada cifra correspondían unos signos abstrusos e inexplicables. En la parte superior del cromo, dentro de un óvalo, Fidel reconoció las figuras del doctor Sun Yat-sen y del generalísimo Chang Kai-chek.

Pero he aquí que de pronto reapareció su perseguidor. Vestía un traje viejo y lustroso y en lugar de corbata llevaba al cuello un lazo negro anudado con mucho descuido. Su aspecto no era el de un policía y Fidel se tranquilizó inmediatamente.

El hombre se dirigió a Fidel sin vacilaciones y tomó asiento en la silla de enfrente después de haber colocado sobre la mesa el bulto que llevaba.

—Perdóneme —dijo con mucha desenvoltura—, pero creo que es usted a quien debo devolver esto —y señalaba el bulto—; me lo dio a guardar una muchacha segundos antes de que la aprehendiera la policía.

Fidel miró el paquete con inquietud, reconociendo, gracias al papel en que estaba envuelto, uno de los paquetes de propaganda que se habían destinado para el mitin de Santo Domingo.

—Puede confiar en mí —agregó el desconocido—, no pertenezco a la policía. Soy estudiante de pintura y me llamo Gregorio Saldívar.

Fidel lo consideró atentamente y a cada momento con más inquietud.— ¿Qué señas tenía la muchacha? —preguntó—. Gregorio hizo una descripción en detalle agregando que la muchacha llevaba un suéter "con franjas sepia, café oscuro y rojo". Fidel tuvo un estremecimiento de desagrado y contrariedad. —¿Está seguro de que fue detenida? —preguntó ansiosamente, y después de la respuesta de Gregorio permaneció callado durante largos instantes. "Entonces es Julia —pensó preocupado—, pero lo idiota es que la pongan presa en las condiciones en que está, con tres meses de embarazo."

Quiso despedir de la mejor manera posible a Gregorio, pero éste no daba indicios de querer retirarse. —En realidad —confesó Gregorio— hace mucho tiempo que ando tras de ustedes, sin poderlos localizar. Lo que deseo es ingresar al Partido Comunista. Estoy seguro que usted podrá ayudarme.

Se enfrascaron en una larga discusión de orden teórico, y a Fidel le causó una impresión muy viva el caudal de conocimientos de Gregorio, y aún hoy no olvidaba las opiniones que en aquel entonces expuso.

—Considero que usted parte de una confusión extraordinaria —le había dicho Gregorio a cierta altura de la polémica, pues el arranque de su amistad, como más tarde el trato que los mantuvo unidos, no obstante la diversidad de puntos de vista, tuvo su origen en la polémica de aquella noche y en la insistencia con que tan a menudo volvían a revivirla cada vez que se presentaba la oportunidad.

—Una confusión —proseguía Gregorio— que puede llevarlo a la tiranía o al suicidio.

Para ocultar su alarma, Fidel esbozó una lamentablemente falsa sonrisa de superioridad, como si las palabras de Gregorio no pudieran alcanzarlo, pero en el fondo con miedo de que aquél tuviera razón.

En lo alto del muro la china desnuda sonreía con su gracia incitante.

—Porque usted —prosiguió Gregorio entonces— tiene una imagen acabada, concluida, casi se diría perfecta, del hombre. Se ha encariñado usted con esa imagen y no la cambiaría por nada del mundo. Es más, si se le arrebatara, usted consideraría que su vida ha perdido toda la razón de vivirse. Eso es maravilloso y digno de los mejores aplausos. Pero se olvida de que ese hombre en el que usted cree y por el cual lucha sin descanso (y no sin romanticismo también, es preciso que lo reconozca) no es otra cosa que un hombre aún no comprobado por la experiencia, sino apenas un hombre construido en el laboratorio, con la ayuda de no sé qué probetas, matraces y astrolabios filosóficos,

116

sociológicos y demás.

El cuerpo sonrosado de la china parecía tener una frescura sedante y perfumada bajo la tibia sombra de los almendros. y los ojos del doctor Sun eran a cada momento más inteligentes y llenos de bondad.

—Es decir —continuaba Gregorio su exposición—, usted ha reunido todos esos datos históricos, biológicos, sociales, evolutivos, atávicos, digamos también éticos (y si no los ha reunido sabe que existen sin duda alguna), de los que puede deducirse con la aproximación más honrada posible lo que es el hombre, a semejanza como los astrónomos, por medio de deducciones matemáticas, pueden establecer la existencia de un planeta que por lo pronto no será visible con ninguna clase de aparatos sino tan sólo por medio del conocimiento puro.

Gregorio se había echado hacia atrás en su silla, para juzgar el efecto de sus palabras.

—Pero —añadía con aire maligno—, en tanto que usted conoce al hombre, ignora casi en absoluto lo que son los hombres vivos que lo rodean, y pretende entonces manejarlos como entidades abstractas, sin sangre, sin pasiones, sin testículos, sin semen. Si usted llegase a obtener el poder, ¡y Dios nos libre de ello!, se convertirá en un tirano espantoso. y si, por otra parte, llegase a mirar a los hombres un poquito más humanamente, terminaría, a mi juicio con muy buen criterio, por pegarse un tiro.

Todo este discurso de Gregorio había sido la réplica a una sola frase de Fidel: —No me importan los problemas de la moral individual —fueron sus palabras—, en tanto no constituyan un obstáculo para llegar al fin. Los hombres pueden ser todo lo miserable, ruin y bajo que usted quiera, pero —y esto lo había dicho sin gran convicción— ya dejarán de serlo cuando se transforme la sociedad.

Después del discurso de Gregorio, Fidel buscaba el argumento eficaz para refutarlo, pero no podía acertar con los conceptos.

—De cualquier manera —dijo débilmente—, aunque ese

117

planeta del que usted habla sólo pueda percibirse por medio del conocimiento puro, si una clase de tal conocimiento existe, usted no podrá negar que el planeta en cuestión tiene un sitio preciso en el espacio.

Gregorio se encogió de hombros. —Da igual —dijo por toda respuesta.

La discusión había terminado a las tres de la mañana, en una esquina, después de que horas antes los habían corrido del café.

"Un intelectual típico", dijo nuevamente Fidel a tiempo que sacaba la hoja de la máquina de escribir para leerla con detenimiento.

Julia levantó el rostro de entre sus brazos y al mirarse el ramo de zempaxúchitl en una mano se lo ofreció a Ciudad Juárez con un ademán triste.

—¡Pónselo a la niña en el pecho! —le suplicó con voz doliente.

Después de obedecer y como si sólo hubiese esperado este momento de la reacción de Julia, Ciudad Juárez se acomodó en un rincón y al poco tiempo dormía con un sueño plácido y feliz.

Fidel se volvió hacia Julia después de girar en redondo sobre su silla.

—¿Te sientes en condiciones de ayudarme? —le preguntó—. Te quiero dictar una carta para Gregorio ordenándole que regrese inmediatamente de Acayucan...

—Sí —musitó Julia—, pero antes quiero que hablemos —y tomó una silla para sentarse frente por frente de Fidel.

Éste la miró con gran extrañeza al mismo tiempo que con una especie de terror.

—¿De qué se trata?

Julia hizo una mueca indeterminada.

—De nosotros dos —repuso en un tono muy triste—. He resuelto que nos separemos para siempre. Creo —su voz pareció vacilar—, creo que he dejado de quererte...

Fidel nunca había sentido nada como aquello. "La misma cara que Bautista", pensó de su propio rostro, "cuando el asunto de su mujer". Sentía un latir furioso del corazón y al mismo tiempo un enorme frío en las extremidades, acompañado de la seguridad de que sus ojos estaban muy abiertos y con el aire de un tonto.

—No lo comprendo —balbuceó—, pero tú eres libre de hacer lo que quieras.

Hizo una pausa.

—Permíteme un momento —dijo, y salió a la azotehuela para respirar un poco de aire.

Al poco tiempo Julia escuchó que lanzaba una maldición a tiempo que regresaba al cuarto con un paquete entre las manos.

—¿Te fijas? —dijo Fidel con voz indignada mostrando el paquete—. ¡Ahora me explico la borrachera de este imbécil! ¡Se gastó el dinero con que debía ser puesto el periódico en el correo!

En efecto, el paquete que Fidel mostraba en las manos debía haber sido enviado muchas horas antes, a provincias, con el dinero que iba a servir para el entierro de la niña muerta.

Pero Fidel se sentía tan enormemente solo y abatido que no tuvo fuerzas para reprender a Ciudad Juárez.

VI

Los pasos de Bautista y de Rosendo eran firmes y llenos de denuedo.

—Dame el bote un momento, lo llevaré yo —pidió Bautista el recipiente de engrudo con que habían fijado parte de la propaganda.

Rosendo quiso negarse justamente porque se sentía muy cansado y aquello entonces le daba proporción de sacrificio a la circunstancia de cargar el bote, sin embargo de lo cual no pudo impedir que las manos de su compañero se lo arrebataran. Se sentía muy feliz, pero no de una felicidad vana y sin sentido, sino de algo muy fuerte, muy noble, desconocido y bello.

Las tinieblas parecían hacer del mundo algo por completo deshabitado y sin atmósfera. A lo largo y a lo ancho, suspendidos en la noche más bien igual que dos ahorcados pendientes sobre un abismo, mientras caminaban en esa nocturna eternidad hacia un punto, hacia un confuso ideal que estaría del otro lado de las tinieblas, los pies de Rosendo y Bautista herían la sobrecogedora superficie del tiradero a lo largo y lo ancho de la espesa negrura, casi nada más en un proceso de levitación. Exactamente dos ahorcados.

En Rosendo se adivinaba una especie de alegre y desmesurada efervescencia romántica, pues al igual de lo que ocurre con los jóvenes que se sienten llenos de orgullo cuando creen haber dicho algo que los hace aparecer buenos, audaces o valientes, estaba seguro de haber ganado una jerarquía moral reconfortante, saludable y enaltecedora por su forma de entusiasmarse y admirar la entereza de los camaradas, como en el caso de Fidel, y así, no podía sino atri-

120

buir a cierta reserva afectuosa de militante más experimentado el taciturno silencio de Bautista y su caminar sobrio e impenetrable, en absoluto sin palabras, en medio de la oscuridad, que le parecían, de todos modos, una forma del reconocimiento de dicha jerarquía.

Mas Bautista guardaba silencio tan sólo porque no le era posible apartarse de la mente aquella desconsiderada frase que Fidel dijo sobre Bandera, frase que, por otra parte, para Rosendo había sido de tal modo admirable. "La que puede esperar es ella, porque está muerta." Ella, la propia hija de Fidel. Palabras de su padre. Como en la Esparta antigua. "Sobre el escudo o bajo el escudo."

Cuando menos esto podría dar margen —pensó Bautista— a que se exclamara con emocionada oratoria sentimental que la niña estaba sobre y bajo el escudo, victoriosa y muerta en su cuna, breve mártir involuntario sin ataúd. Sin ataúd. Sin dinero para el ataúd. Fidel lo dijo, blanco y frío, blanco y frío en medio de las paredes blancas y frías y junto a la muertecita, defendiéndola con miedo de que se la llevasen al cementerio en ese mismo instante; interponiéndose con miedo de que le arrebataran el cordero de su sacrificio, su ofertorio pascual. Decisión y palabras de un padre, de un Abraham que inmolase algo querido y doloroso ante quién sabe qué dioses horrendos.

Bautista apretó los labios. "Quizá —se dijo—, si es que me engaño —si se engañaba al pretender como correcto que el dinero se emplease en la compra del ataúd y no en el envío del periódico a provincias—, se trate tan sólo de una cuestión privada acerca de sentimientos o falta de sentimientos filiales."

De todos modos ése no era el problema. El problema era otro. Casi como quien se refiere a una cuestión desagradable. El amor a los hijos. El no tener nada que pueda atarnos a la tierra. "Porque cualquiera que quisiese salvar su vida la perderá." Bautista lanzó una breve y silenciosa maldición. ¿Para qué recordar los evangelios? Tampoco se trataba de eso. Amor o desamor a los hijos y, en la disyuntiva, amor o desamor a la causa. Ellos, los comunistas, debían

121

vivir únicamente para la causa, no tenían derecho a una vida personal, íntima, privada. ¿Pero hasta qué punto podía ser esto prácticamente posible?

Tal pregunta condujo a Bautista, no a la respuesta que buscaba, sino al recuerdo de ciertas lecturas que ahora le parecían sorprendentes. Una joven soviética (Bautista recordaba el hecho a propósito de un cuestionario que cierto famoso escritor sometió a los estudiantes rusos) contestó con respecto a la pregunta de qué sentido tendrían bajo el socialismo "sentimientos burgueses" tales como el amor, los celos y demás, algo muy semejante a la idea de que "si la familia está llamada a transformarse y desaparecer como institución en sus formas actuales, el amor hacia los hijos, lógicamente, desaparecería a su vez". La cuestión era ardua. En el fondo, y a pesar de todos los razonamientos, se sentía una especie de oscuro rechazo defensivo, igual a esas oposiciones que experimenta el alma contra el incesto, contra lo excesivamente fuera de lo normal.

Tal vez aquello más que una "teoría" fuese una actitud, un deseo de contrariar dolorosamente los sentimientos individuales propios para en esta forma poder sufrir por la causa. Era un modo de sacrificio, sin duda, pero de ninguna manera una idea social o una doctrina. Como en los cristianos, pues a éstos también les habrá complacido morir entre las garras de los leones en su afán de imitar el sacrificio de Cristo. Sin mucho esfuerzo Bautista imaginaba hasta los detalles de la expresión con que aquella joven soviética habría pronunciado sus palabras; una expresión tan ardiente, jubilosamente entusiasta y audaz como la de los jóvenes comunistas de aquí o de no importa qué país de la tierra que, con irreflexiva jactancia, se juzgaban capaces de ser distintos al resto de los hombres y capaces de no abrigar en su inmaculado e ingenuo corazón ninguna de las pasiones que son el tormento de los demás.

De todos modos la joven soviética era conmovedora. Tan conmovedora como los primeros cristianos. Tan conmovedora como Rosendo o Fidel.

122

"La que puede esperar es ella, porque está muerta." Bautista no se podía quitar de la cabeza, con todo, estas palabras, como tampoco se podía quitar de la cabeza la candorosa frase de Rosendo sobre aquella actitud de Fidel con respecto a su hija: "Para mí es una de las más bellas lecciones." Sonrió. La más bella de las lecciones, sí, una lección de desprendimiento y sacrificio. "La que puede esperar es ella, porque está muerta." Naturalmente, un cadáver siempre puede esperar, porque ya no tiene nada que esperar. La más bella de las lecciones, pero no sólo eso, sino, asimismo, algo aturdidoramente lógico, lógico hasta carecer de sentido como todas las cosas en exceso razonables.

Si la familia debe desaparecer, también desaparecerá, sin duda, el amor a los hijos. Aquello era tan repugnantemente razonable como el resultado que arrojaría la mezcla de dos compuestos químicos de naturaleza conocida y experimentada y de la cual no podía esperarse sino ese ya previsto resultado: H_2O. Hache dos O. Agua, sin duda alguna. Ninguna otra cosa sino agua.

Porque, en efecto, la que podía estarse ahí quieta dentro de su cuna era Bandera; lo que no podía ni debía estarse ahí quieto era el periódico. El periódico es la voz del Partido, la voz del pueblo; en suma, la voz de Dios. Aturdidoramente lógico aunque, a pesar de todo, el imaginarse Bautista la niña muerta y sin sepultura, hasta que hubiese la cantidad de dinero indispensable para un pequeño lote de tercera en el cementerio de Dolores, le causaba una bochornosa impresión de irritante culpabilidad. ¿Por qué lo permitió? Él podía haber replicado enérgicamente a las pretensiones absurdas de Fidel, pero en cambio se dejó aplastar por la religión de éste, por ese comunismo completamente católico de Fidel que presuponía los sacrificios gratuitos e inútiles, sin ningún otro sentido que la propia y egoísta edificación moral, no se sabía a cuenta de qué o por qué.

Era como si Fidel creyese en Dios. Desde luego en un dios materialista —mejor si se pudiera comprobar en el laboratorio—, un dios capaz de renunciar a su propia existencia en cuanto se descubriera que existía. O tal vez se tratase —se le ocurrió este pensamiento maligno— de la práctica de algún esotérico ejercicio yogui de esos en que, por ejemplo, se aspira el infinito por boca y nariz hasta rebasar los límites de la resistencia pulmonar, y que Fidel hubiera querido revertir a su propia higiene doctrinaria en la forma de alguna extraña saturación interna de sus tejidos, con el propósito de que su ser alcanzara por dentro el nirvana de alguna extravagante Bienaventuranza Marxista. Esto era un poco risible pero quizá podría ser cierto. ¿De qué otra manera se explicaba entonces? ¿Hasta qué punto había sido preciso, hasta qué extremo había sido necesario e indispensable emplear el dinero destinado al sepelio de la niña en el envío del periódico al interior de la República? ¿Hasta qué punto? Bautista se mordió los labios sin saberse responder. "El periódico se podría haber enviado un día u otro", se dijo como en una obsesión, pero pensando a la vez que tras de estas palabras se encerraba una censura más amplia y general, no sólo del hecho en sí mismo, sino de toda una serie de procedimientos y actitudes de Fidel. Si se trataba —en sus labios se dibujó una sonrisa—, si se trataba en realidad de un ejercicio yogui, aquello no dejaba de tener, es decir, lo tenía mucho más claramente cómico y estúpido, un aspecto delirante, "hindú" —le produjo una nueva sonrisa este adjetivo—, un aspecto absurdo y jactancioso.

Mas de pronto pensó que tal vez sus razonamientos no fueran justos del todo al recordar que él mismo había incurrido en actitudes semejantes a las de Fidel y, precisamente, en relación con dineros del periódico.

Fue en una ocasión en que un compañero suyo, momentos antes de ser detenido por la policía, le hizo entrega de una cantidad perteneciente a la organización. La circunstancia lo había impresionado. Se dijo que aquel camarada prefería caer en la cárcel sin un centavo, para no verse en la inminencia de cometer el crimen de tomar alguna pequeña cantidad del Partido, digamos, aunque fuese para cigarrillos. En ese entonces Bautista sintió cólera, pero ahora le

124

vinieron a la mente todos los hechos de su propia actitud. En cuanto aquel compañero le hizo entrega del dinero aquello se volvió terrible. Los veinte pesos comenzaron a quemarle dentro de los bolsillos. ¿Qué debería hacer? Lo de menos era entregarlos, pero no había forma de comunicarse con sus camaradas, quienes, juzgándolo vigilado por la policía, le tenían prohibido visitar, durante una temporada, los puntos de reunión. Estaba el recurso de guardarlos en su casa pero lo rechazó de inmediato. Si su madre y su hermana, como era seguro, no tenían para la comida, a Bautista le sería imposible resistir la tentación de entregarles ese dinero. Entonces optó por el único camino: vagar por las calles, de preferencia por los sitios frecuentados por los compañeros del Partido, hasta encontrarse con alguno de ellos. Así pasó tres abominables días sin comer.

Hubiera sentido una enorme tranquilidad si pudiera en estos momentos descubrir dentro de sí algo, algún impulso lo suficientemente sincero como para poder calificar su conducta de entonces como estúpida. Pero, por el contrario, hoy mismo se sentía orgulloso de ella; orgulloso, heroico, petulante de satisfacción.

Recordaba —con la filial ternura autocompasiva con que uno recuerda sus actos bondadosos: la ayuda a un amigo en bancarrota o el perdón (un poco forzado, aunque no nos demos cuenta de ello) de alguna injuria que se nos haya inferido— cómo supo vencer la tentación de tomar una pequeña suma después de las primeras veinticuatro horas en que no probó alimento, cuando tomarla hubiera sido tan fácil y justificado; y más tarde ese asombro de sus compañeros, esos ojos admirativos, esa pena, cuando pudo volver en compañía de un camarada que lo condujo a la redacción del periódico, muerto de hambre y sin fuerzas.

Aquel rostro de sus camaradas era inolvidable, pero junto a eso Bautista tampoco podía olvidar su propia conducta vergonzosa: cómo había ensayado él mismo, histriónicamente, con hipócrita astucia, su aparición ante ellos: el aire de doliente fatiga con que se dejó caer en una banca y la fingida y despreocupada calma con que hizo referencia a su ayuno. No obstante ellos habrían considerado, de la misma manera en que hoy lo juzgaba Rosendo a propósito de Fidel, que aquello era "una de las más bellas lecciones". ¡Sencillamente intolerable y tan "yogui" como cualquier otra estupidez parecida!

¿Por qué, entonces, pensar mal de Fidel y de su horrible prurito de santidad? Todo aquello no era sino una carrera de sacrificios, un afán desmesurado y evidentemente enfermizo, en cada quien, de ser mejor que los otros, aunque el camino para serlo fuese estéril y vano y sin ninguna finalidad concreta.

Súbitamente Bautista se detuvo en seco después de lanzar una exclamación sorda y rabiosa. "¡Me lleva el carajo!", casi gritó al sentir que había pisado algo blando y viscoso entre los desperdicios del tiradero. Arrastró el pie contra la tierra a tiempo que lanzaba otra colérica maldición y sentía en las ventanas de la nariz la infame pestilencia.

"Y no es siquiera de un animal —estalló para sí mientras trataba de limpiar la suela de su zapato—, sino precisamente de un ser humano." Sintió tanta rabia que hubiera querido descargar un puñetazo contra alguien.

Con mucha extrañeza por aquella exclamación, Rosendo se detuvo unos cuantos pasos adelante pero sin atreverse a inquirir nada. En el cielo brillaron unas estrellas increíbles, casi ilusorias, que le hicieron pensar, con infantil dulzura, que aquella era la primera noche en que desempeñaba una actividad tan peligrosamente atractiva como la de fijar propaganda en las calles. Antes había desempeñado trabajos menores, llevar paquetes al Correo, repartir volantes, pero hoy esto era diferente, lleno de aventura. En quién sabe qué extremo de la ciudad perdida en las tinieblas, tal vez la madre de Rosendo, sin dormir, aguardara su vuelta, pero esta hipótesis en lugar de inquietarlo le causó una singular especie de gozo, de orgullo. Volvería a ella igual que un hijo nuevo para besar su frente con estremecida suavidad, con un beso desconocido, lleno de amor y elocuencia, que sería la única forma en que pudiera confesarle su hermoso

126

secreto de la vida, la única forma de transmitirle esa quieta luz interna que desde ahora llevaba en su ser.

No quiso apartar la vista de las distantes estrellas. Aquello era semejante a entregárseles y adquirir entonces una creencia inconmovible en algo muy profundo y verdadero. "Un camarada ejemplar, un extraordinario camarada", pensó, casi con beatitud, que alguien podría expresarse así de él mismo.

Bautista sacudió otra vez el pie sobre la tierra con una cólera desesperada que a cada momento se volvía más angustiosa e inquieta. ¡Aquella miserable materia, dúctil y húmeda bajo el pie!

"¡De hombre!", se dijo con un repulsivo sentimiento de náuseas, "¡de hombre...!"

En virtud de una asociación lógica pensó en los seres que habitaban el tiradero, en esas horribles sombras cuyos sentimientos aparecían siempre lo más cínica y crudamente desnudos. Ni más ni menos que sus semejantes. ¿Por qué iban a ser distintos a él, distintos a los demás hombres? Criaturas de Nuestro Señor. La única diferencia era que ahí, en el tiradero, no tenían necesidad alguna, de ninguna especie, de disfrazar sus pasiones y sus vergüenzas.

En el otro mundo de los hombres —ese otro mundo que se presume no sea un tiradero—, la porquería y la miseria morales estaban ocultas por el más púdico de los velos, pero de todos modos eran de idéntica naturaleza.

"Me expreso como un pastor protestante", masculló para sí.

Aquellos pensamientos, sin duda, no eran sino una derivación de lo que sentía en la planta del pie, a través de su zapato, en una forma suave y muellemente pegajosa. Una pura cuestión de indicios reveladores. La señal para una ética o para un sistema científico. Tanto daba la deyección del hombre como la manzana de Newton, tratándose de puntos de partida. La gravitación universal o la defecación universal.

La nube que se interpuso en el pedazo de cielo donde cintilaban las tres o cuatro estrellas que Rosendo contemplaba,

127

no logró disipar las ensoñaciones de éste, llenas de tranquila complacencia y bondad, angélicas en lo absoluto. La nube era cual una mano, primero con un remoto matiz de luz lejana, y después negra, posesiva, una ola celeste que se extendiera a cubrir algún sitio del océano cósmico que hasta entonces había permanecido mágicamente al descubierto y que ahora tornaba a sumergirse en su reino insondable. Más allá de todo lo visible estaba el misterio del infinito, que es el misterio más amado entre todos los misterios porque el hombre será su dueño cuando sea libre. Esta idea causó una viva emoción en Rosendo. Imaginaba el advenimiento de una especie de tierra prometida, que era a la par la imaginación de algo inconcreto, muy puro y transparente —tan sólo emociones abstractas de dulzura, diafanidad del alma y amor a los semejantes—, y también la imagen del trabajo alegre, del esfuerzo optimista y generoso, en medio de hombres sanos y rectos donde Rosendo era como un alado fantasma que todo lo veía con una sonrisa de cariño inefable. Rosendo experimentaba un anhelo confuso, casi nostálgico, de amar entrañable y castamente a una compañera luminosa y buena, con la cual recorrería campos inmensos bañados por la luz del sol, pero en esos momentos una exclamación de Bautista irrumpió como rudo proyectil en sus quimeras.

—¡Al diablo! —dijo Bautista en alta voz y se aproximó en seguida a Rosendo con aparente ánimo de decir alguna cosa, mas sin agregar nada, invadido por un inexplicable sentimiento de desesperanza, lleno de amargura y fatiga. "¡Al demonio! —se repitió—. ¡Si al menos hubiera sido de algún animal...!"

Aquello era como recibir una ofensa cruel, pero al mismo tiempo estúpida. Cruel y estúpida en su condición de ofensa proveniente de un ser humano. Del estúpido y cruel ser humano. Iba a dar rienda suelta a los peores insultos, pero se detuvo de pronto ante la aparición en su mente de una idea inesperada que casi lo hizo sonreír por el giro desconcertante que imprimía a sus pensamientos.

"Si me ciñera a una lógica rigurosa —pensó con una sensación de alivio— no debía sentirme ofendido, pues *eso* con

128

lo que me he emporcado no es otra cosa que el producto de un hombre igual que yo, de un semejante cuyas deyecciones, que son las mías propias, no debieran —quiso encontrar la palabra adecuada—, no debieran... escandalizarme." No pudo reprimir una risa breve y bulliciosa. Se divertía un poco. Pero un poco con cierta adustez alarmante.

¡El desprecio de uno mismo y el amor a los demás! "¡Estupendo! —se volvió a decir—. Pero de todos modos no siento que pueda despreciarme a mí mismo lo suficiente." Pensaba que aun cuando realizara los mayores esfuerzos por experimentar vergüenza de sí mismo, lo más que podía lograr era la sensación de que estaba mirando su imagen reflejada en un espejo convexo y, por descontado, con la tranquilidad de conciencia de que esa imagen no correspondía a su ser real. Ésta era una forma, al menos, de sano desprecio de sí mismo, sin riesgo alguno, en la figura de las grotescas distorsiones del espejo, pero —tal pensamiento comenzó a inquietarlo— no significaba que la distorsionada imagen suya que veía no tuviera, también, una existencia tan real como la imagen verdadera.

Dudó un largo instante. Quedaba el recurso de suprimir el espejo. La idea era seductora. Todos los espejos de la tierra, uno por uno. Ignorar cómo se es, que facciones se tienen, qué expresión. La ignorancia de uno mismo hasta llegar al aniquilamiento, a la desaparición total. Mas el hecho de que suprimamos el espejo —pensó de pronto— no quiere decir que suprimamos el *hecho* de la reflexión de nuestra imagen como un fenómeno en sí, independiente de nosotros. Es decir, que seamos reflejables así exista o no el instrumento para reflejarnos. ¿Qué es aquello entonces en virtud de lo cual la imagen de un espejo se torna tan existente e indiscutible como la propia figura que en él se refleja? ¿Si ambas existen, cuál es la verdadera? El problema no se puede plantear desde el punto de vista de si lo reflejable es la verdad y lo reflejado es la mentira. Ambos son idénticos, unidos uno al otro como hermanas siamesas que no pueden vivir si alguna de las dos muere; que se determinan recíproca, mutuamente. Tampoco el problema radica en la sustitución del espejo convexo por uno plano. Sustancialmente las figuras que uno y otro reproducen continúan siendo fieles al original y dependientes de él en absoluto. O sea, que tanto la imagen distorsionada como la que no lo es, existen tan sólo y exclusivamente mientras haya un cuerpo, un ser del que ellas se proyecten, de igual modo que ese ser sólo existe en tanto tiene la propiedad de reflejarse, de comprobarse fuera, al otro lado de él mismo. Aquí nace y se explica, entonces, el problema del hombre y su condición. Si el hombre tiene frente a sí un espejo que lo distorsiona, comprende desde luego que aquello no es sino el resultado de un acondicionamiento peculiar del espejo, en las ondulaciones de cuya superficie está el origen de tal distorsión. Pero si el espejo no lo distorsiona sino reproduce algo que él cree o está convencido firmemente sea su imagen verdadera, las cosas cambian del todo, se subvierten. Ahora la imagen que está dentro del espejo se mira en mí, a su vez, como una imagen distorsionada. Tiene la misma actitud mía, de confiada seguridad, en que yo soy su mentira, su juego. De súbito el espejo convexo soy yo. En mí se mira mi propio ser con otros rasgos y otras proporciones que, no obstante, son esencialmente mis rasgos y mis proporciones. Ha comenzado el martirio. Ya no podré salir de mi espejo, ni éste podrá salir de mí. Soy también un horrible espejo espantoso de todos los hombres. "Mirarnos en nuestra realidad —pensó Bautista—, en nuestra contradictoria realidad, tanto desde afuera como desde adentro del espejo. Ver con valentía nuestras reales distorsiones, nuestras deyecciones."

Parecía imposible, sin embargo. "Me desprecio a mí mismo —suspiró—, pero no en mi propio ser, a salvo de toda censura, sino en la imagen del espejo, en la imagen de los demás; en el ser de mis horribles, sucios y asquerosos semejantes."

Bautista y Rosendo se encontraban ya en el declive de un pequeño valle donde convergían las colinas de basura, un poco más negras del resto de la noche, y que eran como un embudo, mucho más que visual, irritantemente olfativo y gustativo, un embudo cuya sucia atmósfera se untaba al cuerpo, lo barnizaba sin remedio.

"Pero, ¿a qué conduciría —se preguntó Bautista— el desprecio de uno mismo en su propia persona?" A pesar de que se esforzaba por dar cierta ligereza frívola a sus pensamientos, éstos comenzaban a desasosegarlo, a relacionarse oscuramente con algo impreciso que ya no era un problema de ideas, sino casi se diría un problema de sensaciones. Tal vez la aproximación inconsciente y temeraria a un recuerdo despóticamente sumergido, con el que Bautista no quería encontrarse, del que intentaba huir con todas sus fuerzas.

Un miedo cautivador, un impulso enigmático, lo impelían, empero, a través de esa inesperada y tortuosa acechanza, hacia el descubrimiento de aquel pasado que la perfidia de su memoria escamoteaba y que Bautista, en la más sutil de las luchas interiores, al mismo tiempo quería y no quería reencontrar. "¿A qué consecuencias conduce —se interrogó entonces de nuevo —el desprecio propio?" El tono de ligera burla que empleó mentalmente ya era una defensa en contra de ese recuerdo que se escondía en su interior.

"Si el hombre —pensó en un último intento de escape—, si el hombre en lugar de despreciarse en los otros, que es lo conveniente —el cinismo de la frase 'lo conveniente' le agradó en extremo—, llegara a hacerlo en su propio ser individual y en una forma verdadera, sin duda no le quedaría otro recurso que el suicidio, como a Cristo." Esta idea casi estuvo a punto de hacerlo sentirse satisfecho. Aspiró ampliamente, pero un cierto sabor de miasmas en la atmósfera le dio una especie de tristeza sucia y apagada. "Entonces —prosiguió el hilo de sus pensamientos—, el censurar en los otros los vicios y miserias de uno mismo, el mirar la paja en el ojo ajeno y no la viga en el propio (el repugnarme la mierda que pisé tan sólo por pertenecer a uno de mis semejantes y no a mí o un animal), no es otra cosa que un honrado principio de conservación, conservación del individuo, de la familia, de la sociedad, del Estado y, consecuentemente, de la humanidad toda; es decir, entonces un principio ético cuyas bases se asientan en el impoluto y aséptico

Imperio del Excremento Amado." Hizo una pausa. "Defeco, luego existo", concluyó con una sonrisa.

En tanto caminaban hacia las fábricas, Bautista sintió que la sucia materia bajo el zapato ya no le molestaba, pero en cambio de súbito se le hizo inmensa, sin fin, la extensión del tiradero. "¿Es que nunca saldremos de aquí?" Debían cruzarlo, llegar hasta el otro extremo y luego esperar ahí, emboscados, acechantes, a que diesen las cinco de la mañana —la hora en que la corriente de luz se interrumpe en la ciudad—, para en seguida, al amparo de las sombras, fijar las proclamas del Partido en las paredes a efecto de que los obreros del primer turno las leyeran antes de ser destruidas por gendarmes y veladores.

—¡Es muy fácil —dijo en voz alta, pero sin que sus palabras correspondiesen a los pensamientos que lo embargaban— que se pierda uno en mitad de toda esta mugre y con esta maldita oscuridad de los diablos!

El oír su propia voz no le dio tranquilidad ni hizo que desapareciera de su espíritu la inquietud confusa, adversa, que lo oprimía. Era como el deseo de que alguien, un ser plácido y amoroso, estuviera junto a él, e inesperadamente, con dolido asombro y con miedo, descubrió que tras de todo aquello no se encontraba otra cosa que la nostalgia que sentía por Rebeca, su antigua mujer. Bien extraños, reveladores y amargos habían sido los caminos que hoy lo llevaron a su recuerdo: quiso rechazar aquella memoria lacerante, pero ya la figura quieta, dulce, los ojos como almendras de color castaño, la negrísima columna de cabello sobre la nuca, recogida por el vivo relámpago de un listón, los dos hemisferios del cuerpo separados por la blusa clara y la falda café oscuro —tal como la vio por última vez— de Rebeca, había herido su recuerdo en una forma acabada y en todos sus detalles. La manzana de Newton. La gravitación universal o la podredumbre universal. Apretó los dientes con angustia.

Se había dicho siempre que su ruptura con Rebeca no implicaba para él resentimiento alguno, ni tampoco todo ese tortuoso rencor, esos celos agresivos y tristes y esa repugnancia que tiene a la vez algo de innombrablemente amoroso y sexual, que deja como postreras y amenazadoras cenizas la separación de dos amantes. Pero aquella extraordinaria subversión de su espíritu que había comenzado desde el instante en que pisó aquella miserable materia, fue como el descorrer del velo que cubría sus pasiones, y ahora ante sus ojos se le mostraba la verdad amarga y desnuda. Era mentira toda aquella actitud libre, tranquila, normal, serena, "civilizada", que decía tener ante Rebeca. Aquello era mucho más comparable en todo con un infierno donde latían la pasión, el sentirse frustrado, incompleto y, simultáneamente, torturado por las causas más inexpresables, cierto impulso de venganza, turbios deseos de posesión y celos. El espejo convexo donde podía mirar una realidad interior exacta que siempre trató de ocultarse.

Ascendieron Bautista y Rosendo hasta lo alto de la colina de desperdicios desde donde era posible ver el lejano resplandor de la zona fabril que parecía ser el sordo resplandor de la corona solar de algún eclipse siniestro. Rosendo lanzó un hondo supiro, se detuvo un momento y en seguida ambos reemprendieron la marcha descendiendo nuevamente por la colina.

Deseaba con toda su alma no pensar en Rebeca. ¿Es que —se preguntó con energía, casi con una contracción muscular del vientre—, es que, en realidad, *honradamente,* aún la quiero? ¿*Honradamente?* Sabía por experiencia, cuando se encontraba ante un problema de ese tipo, cuán lleno de peligros era el uso de la palabra *honradamente.* Esta sola palabra le había hecho llegar a conclusiones opuestas a las que creyó tener en un principio, pues a la luz de ella se deshacían los engaños y los sofismas que él mismo se inventara. "¿Es que la quiero aún —pensó otra vez—, a pesar de todo?" Con cólera y tristeza reconoció que sí, que aún la amaba y que la frustración de ese amor no sólo lo hacía muy desgraciado, sino que le creaba cierta incompatibilidad torturante para amoldarse a la vida toda, para convivir con las gentes sin que le fuera posible ignorar que todas ellas tenían dentro del alma un secreto rincón inconfesable, donde abrigaban las peores vergüenzas.

En el lapso de un segundo apareció ante sus ojos el recuerdo pormenorizado de aquel amor, desde la noche en que ambos se conocieron, hasta la última mañana en que Bautista esperó a que ella desapareciera a lo lejos, entre los transeúntes, por la calle, después de que habían conversado lamentable, horrendamente sin encontrar salida alguna.

Esta entrevista final había sido en un restaurante, en torno a una de las mesas donde las tazas de café permanecieron intactas ante la impertinencia desasosegada del mozo, primero calientes, humeantes, y después poco a poco frías, resumen de la propia vida amorosa de los dos, mientras discutían recorriendo todos los matices de la cólera, de la amargura, de los celos, del deseo, esos problemas eternos del hombre y la mujer que son al mismo tiempo tan gigantescos y tan insignificantes.

Bautista creyó en un principio que de esta conversación podía surgir un reencuentro jubiloso, limpio, que iba a ser el verdadero amor rescatado. Pero ella se obstinaba, con el empecinamiento de una muralla infranqueable —aunque lo contrario hubiera sido la salvación de ambos—, en continuar con sus engaños y falacias, impidiendo así que renaciera la antigua y hermosa transparencia de trato que siempre existió entre ellos y que ahora se derrumbaba.

La luz del sol era de un dorado pálido cuando se despidieron en una esquina, en medio de gentes que iban de aquí para allá, afanosas, ajenas a los tormentos del bien y del mal, de la vida y de la muerte. "De cualquier manera —dijo ella por último, al despedirse— te esperaré; te esperaré siempre." La imagen de su blusa blanca y su falda café oscuro desapareció después a lo lejos. Te esperaré, te esperaré. ¿En los brazos de quién? ¿Por qué, Dios mío, se empeñaba Rebeca en estas mentiras tan estúpidamente deleznables?

El recuerdo de la noche en que se conocieron se unía en Bautista a una red de escuelas nocturnas para trabajadores

—sus festivales inocentes, sus fines de curso, las excursiones que realizaban al campo—, de cuyo funcionamiento fue encargado durante algún tiempo. Sólo le disgustaban las piernas de Rebeca, muy parejas y uniformes, sin distinción, cortas y redondas, sólidamente cilíndricas.

Bautista había llegado a la escuela donde Rebeca era alumna unos minutos antes que las clases concluyeran, y después de sentarse tímida y silenciosamente en la última fila de bancos, miró sin mayor interés a la muchacha menuda, un poco circular, de brazos llenos y duros, que en esos instantes escribía ante el pizarrón. Después todo aquello comenzó a anudarse hasta ser una parte de su propia biografía, un mundo intenso.

Bautista no podía olvidar una tarde en que ambos salieron de paseo a las afueras de la ciudad.

La blancura de las nubes era intensa, bárbara sobre el insolente azul del cielo, donde la limpidez de la atmósfera parecía hacer girar la cadena de montañas con una lentitud inaprehensible a los ojos pero que se adivinaba como con el corazón, como con quién sabe qué finos y ocultos instrumentos de la sensibilidad.

El blanco vestido de Rebeca, agitado por el viento, era una incruenta llama de un claro fuego que ardería suave y calladamente, con una tibieza palpitante. Bautista la tomó de la cintura derribándola con suavidad sobre la grama, bajo un pirul que en seguida proyectó el lento alternar de luz y sombra de sus ramas sobre el encendido y anhelante rostro de ella. Este oscilar de las sombras daba a los ojos de Rebeca una intermitencia de destellos donde parecía descubrirse una gran, quieta y sorprendida inquietud, un desamparo temeroso y un abandono aprensivo ante lo violento del amor, tan diáfanos, que contemplándola así, indefensa bajo su cuerpo, casi como si demandara un poco de piedad, Bautista se sintió arrebatado por una ola de ternura y de enamorada compasión, y entonces la cubrió de besos, sustituyendo el apetito que sentía hacia ella con el más impetuoso y casto de los impulsos.

Al sentirse derribada en tierra, Rebeca había contenido la respiración con una alarma llena de deseos. Hubiese querido —y ésta fue su preocupación desde que salieron de la ciudad— que aquello no ocurriera en el campo, sino en algún otro sitio menos poético, menos incómodamente poético. El hombre la tenía entre sus brazos y la inminencia de lo que iba a suceder —ella no pensaba, en modo alguno, ni evitarlo ni propiciarlo— la hizo quedarse quieta y con el aire tan inocente, que aquello, sin proponérselo, antes deseando expresar lo contrario, era como una reprobación, como una callada y rencorosa censura. No obstante esperó el momento con ansiedad. Ahora las manos de Bautista abrirían su corpiño —como aquella vez en que, desesperadas y febriles, le hicieron saltar el botón de la blusa— para cubrirla de caricias infantilmente torpes, llenas de apresuramiento y nerviosidad.

Pero Bautista no traspuso la frontera cuya entrada Rebeca no tenía reparo en franquearle. En lugar de desprender de sus ramas el hermoso fruto del árbol de la Ciencia del Bien y del Mal, dejóse seducir por un cierto prejuicio de conmiseración, de culpa.

Rebeca se desprendió de sus brazos con un movimiento que era simultáneamente hábil, gracioso y, con desenvuelta e intencionada malicia, incitante.

En la expresión de Bautista se dibujó una enorme pena y un arrepentimiento verdaderos. La tomó de los brazos, por encima del codo y no pudo pronunciar palabra alguna mientras sus ojos se quebraban por las lágrimas. "Lo más puro, lo más bello, lo más transparente de la tierra", se dijo cándidamente a tiempo que la oprimía con furia. El instante fue inolvidable. Todavía transcurrió una larga pausa en que Bautista no acertó a romper su emocionado silencio, mientras en las pupilas de Rebeca parecía brillar un destello de juguetona ironía.

—Eres lo mejor que he conocido en la existencia —dijo Bautista por fin, en voz alta y trémula—. Te quiero mucho.

Grotescas, atroces palabras.

136

Ahora todo eso no era sino un horrible pasado y Bautista descubría con disgusto, a tiempo que caminaba sobre los desperdicios del tiradero, que el pisar la basura y emporcarse los pies singularmente se había convertido en un símbolo de todas las cosas, tan amadas en otro tiempo, que él jamás hubiese querido considerar hoy como inmundicia y miseria.

De pronto sintió junto a él que Rosendo se detenía, con un estremecimiento extraño pero muy preciso y lleno de temor.

—¿Oíste? —preguntó Rosendo, tan tímidamente como si pronunciara una palabra amorosa—. ¿Oíste?

Algo se arrastraba frente a ellos, algo extrahumano pero con capacidad de inteligencia y, quién sabe por qué, con otras capacidades como el frenesí y el dolor. Era, sin duda, un cuerpo activo y a la vez sangriento: se movía apresurado, con terror y rabia, igual que un sordomudo cruel que quisiera consumar a solas algo monstruoso y bajo.

—No camines —ordenó Bautista a Rosendo. Temblaba.

Nada podían hacer, nada podían impedir de cuanto ocurriese.

—No te muevas —insistió Bautista inmotivadamente pues Rosendo no intentaba respirar siquiera—. No te muevas.

Aquello se arrastraba reptando con un viviente ruido de lucha apagada e inmisericorde.

Bautista se decidió por fin a encender un cerillo. Ahí, a dos pasos, un perro inmenso, sobrecogedor, devoraba el cuerpo hinchado de otro animal. No se movió el perro. Hundía el hocico en las entrañas del animal con una fiereza astuta y fría, dueña del destino, dueña de las cosas.

Rosendo y Bautista estaban helados de pavor.

—¿Lo has visto? —preguntó Rosendo con desarticulada entonación.

La pequeña llama del fósforo, como ocurre cuando la oscuridad es muy intensa, los iluminaba de tal forma, con tal vigor de contraste, que los rostros aparecían con mayor asombro y mayor consternación de los que en realidad tenían. Un segundo más y apagaríase la mínima luz del cerillo y entonces el perro terrible se elevaría creciendo hasta el cielo, hasta las nubes sordas, como un árbol malo y negro.

"Debemos huir", se dijo Rosendo, pero Bautista, hechizado, inmovilizado, estaba fijo ahí, como una rota estructura sin sonido.

Súbitamente se escucharon,. provenientes del lejano reloj de la Penitenciaría, cuatro series de tres campanadas.

Bautista se sacudió por una especie de risa tonta que en seguida fue secundada por Rosendo. Eran como dos locos absurdos que se balanceaban a uno y otro lado en mitad de las tinieblas.

—¡Las cuatro! —casi gritó torpemente Rosendo—. ¡Las cuatro!

¿Cómo era que ninguno de ambos se había dado cuenta, un cuarto de hora antes, que el reloj había sonado apenas las tres cuarenta y cinco? Sin dejar de reír, caminaron un trecho hasta llegar al extremo del tiradero, desde donde ya dominaban la zona fabril.

Sentáronse sobre unas piedras y ambos tendieron la vista, casi complacidos, sobre aquel panorama de esfuerzo, de lucha, de activo combate que era el barrio obrero con sus fábricas, con sus músculos, con su rumor sano, con su fragancia de aceite y petróleo.

Bautista permaneció callado un largo instante.

—Mira —exclamó de pronto en voz muy queda—, la vida es algo muy lleno de confusiones, algo repugnante y miserable en multitud de aspectos, pero hay que tener el valor de vivirla como si fuera todo lo contrario.

Recordó que éstas eran, casi textualmente, palabras dichas por Gregorio.

El silencio era grande y duro.

Debían cumplir su tarea y se encaminaron, entonces, calladamente, hacia las fábricas.

VII

Dos vigorosas columnas de humo salieron a un tiempo de su nariz con un impulso potente, primero de un amarillo pálido antes de incidir con la parte del aire donde los rayos del sol, hermosamente dorados, se filtraban por la ventana, pero después, ya dentro de esa zona viva y caliente, de un blanco intenso cuyo avance en redondas proyecciones se desvanecía muy cerca del piso, otra vez en la parte sin sol, otra vez en la nada de ese pequeño infinito.

Jorge Ramos, inclinado sobre su mesa de trabajo —tenía dos, una junto a la chimenea, para sus labores profesionales de arquitecto, los dibujos claros, limpios, llenos de rigurosa proporción, de sus proyectos, y ésta, la segunda, para escribir sus críticas de arte— dio fin a su artículo mensual para la *Gaceta Moderna*, y entretanto, después de arrojar el humo, retorció sin misericordia sobre el cenicero que reproducía la figura del dios Xochipilli su cigarrillo americano.

Miró la pequeña figura extravagante del dios ahora condenado a que consumara ante él, en la forma más incruenta, no los antiguos ritos de dolor y de sangre, sino tan sólo ese sacrificio de cenizas que era decapitar de su fuego a los cigarrillos.

Se detuvo a examinar el idolillo misterioso, aquel rostro de mandíbula tan elocuente, aquellas piernas con flores, y la posición, que le recordaba al escriba egipcio del Louvre. "Es mejor que el escriba egipcio —se dijo—, tiene menos deshumanizada severidad, menos cruel sencillez, más poesía." Sin embargo, se dijo también que quizá esta comparación estuviese influida por el artículo que acababa de escribir sobre lo poético en la pintura de dos representantes de la generación llamada posmuralista, y en quienes Ramos hacía prevalecer los aspectos líricos sobre los puramente plásticos.

Extrajo con cuidado las cuartillas de la máquina y comenzó a repasar su artículo con una especie de placentera beatitud.

"En ambos pintores —se leía en una parte del artículo—, en Rodríguez Lozano y en Julio Castellanos, hay un conmovedor hilo de poesía que ata a los elementos, que les otorga la estructura de su secreto interior, secreto no rebuscado, no manifiestamente dicho a gritos, sino en voz baja, en una queda, silenciosa comunicación."

De ninguna manera estaba mal. Jorge Ramos sonrió con malicia. Secreto no rebuscado, dicho en voz baja. Evidentemente otros pintores, los "pintores que gritan", se sentirían aludidos. Era muy conocido el criterio de Ramos en contra de esa pintura detonante, vocinglera, que se basa tan sólo en efectos tramposo de volúmenes y perspectivas, como para que los abanderados de esta última tendencia no advirtieran la claridad del ataque, y así, el elogio a los pintores del "conmovedor hilo de poesía" ya no era gratuito sino que se transformaba —norma de toda crítica que no ignore su misión— en un elogio útil, combativo y destructor, por contraste, de las corrientes perniciosas dentro de la pintura.

"Tanto uno como el otro —prosiguió— huyen de las mezquinas, bastardas aberraciones funcionales, y sin caer en esa cosa inexistente que se llama el arte puro, nos transmiten una emoción humana, lo más cercana, si no es que ya se encuentra dentro de ella, a la emoción estética desinteresada."

Algo lo hizo detenerse en cuanto leyó este párrafo. Algo muy desagradable e incómodo, que era como un sentimiento del ridículo. Ahora toda la beatitud anterior se desvanecía y una incomodidad estúpida, informulable y vergonzosa se apoderaba de su ser. Sus mejillas enrojecieron con un calor preciso y quemante.

Volvió a leer el párrafo. Nada le causaba mayor disgusto

que no quedar satisfecho de lo que escribía. Era como si tuviese que atravesar una sala, desnudo, ante cien mil pares de ojos. Las cosas se hacían aborrecibles y la búsqueda de los errores se transformaba en algo muy semejante a encerrarse en el círculo oscuro de una sorda adivinación enrevesada, nada más prefigurativa, anterior al pensamiento; una adivinación del molusco ciego, solitario y perdido antes de la aparición del hombre, en la cual las palabras se descomponían, primero en letras y luego únicamente en dibujos aislados, lejos del alcance de cualquier inteligencia.

Se estremeció de ira. "Huyen de las mezquinas, bastardas aberraciones funcionales." Evidentemente ahí no estaba lo mal escrito. Ésa era una frase clara y valerosa contra los demagogos. Se inclinó sobre las cuartillas y ahora veía, reflejada sobre la cubierta de cristal del escritorio, su cara ansiosa y colérica.

Ramos se interrumpió con la ansiedad nerviosa del viajero que está a punto de perder un único tren cuya parada, en la más remota de las estaciones que pueda imaginarse, se limita irrevocablemente a unos cuantos segundos. Ahora caía en la cuenta. Todo no era sino una mezcla absurda de vocablos donde *llama, cercana, desinteresada*, chillaban en los oídos de la peor manera. Comenzó entonces por tachar tales palabras para sustituirlas en seguida por otras. "Nos comunican una emoción estética lo más próxima" ya estaba mejor, pero aún quedaba el último amenazante vocablo, el de la "emoción estética *desinteresada*". ¿Sustituirlo por *abstracta*? ¿Una emoción estética *abstracta*? Lo consideró un instante con aprensión e inquietud. Empero, antes de que intentase resolver el problema de la fea asonancia en que incurriría de todos modos, la idea de una "estética abstracta" le hizo incubar temores de otra índole. Tal vez su artículo provocaría múltiples suspicacias precisamente en los medios en que él menos lo deseaba: entre los artistas y amigos suyos de la izquierda. Ellos eran partidarios, en primer término, de ese "arte funcional" al que Ramos se refería como una "mezquina y bastarda aberración"; en segundo, ellos profesaban, concomitantemente, que la estética no podía ser, en ningún momento, "desinteresada" —toda esa cuestión agobiadora del "arte de clases" y de la "superestructura" cultural determinada por la "infraestructura" económica— y desde luego, claro está, mucho menos ser una "estética abstracta".

Una especie de la heroica tristeza del pensador incomprendido se apoderó de su ánimo al examinar las mil dificultades de este tipo con que tropezaba siempre. Él hubiese deseado preservar de toda contaminación partidista sus ideas sobre el arte, pero no era nada fácil la tarea. Con frecuencia se veía en la necesidad de someterse a una cierta "razón de Estado" ideológica, y exaltar entonces obras sin ningún mérito pero de las que, por otra parte, no era posible decir que no fueran útiles a la Revolución. Su moral de crítico, así, entraba en conflicto con su moral política, aunque Ramos tenía la convicción consoladora de que las lesiones inferidas a su rectitud como escritor sobre problemas del arte no eran otra cosa, no obstante, sino el precio que debía pagar por su independencia. De esta suerte, sus elogios de las mediocridades "revolucionarias" —que además eran elogios cuyo porvenir sería el mismo de las mediocridades en cuestión, o sea el olvido—, como destinados a calmar a los más extremistas, le daban la posibilidad, por un lado, que los conservase contentos, y por el otro, que nadie se inmiscuyera en lo que él juzgaba como "su obra", como el producto "perdurable" de su trabajo.

Mas ahí estaba frente a él ese artículo, igual que una tentación, igual que una prueba de fuego por si él quería sacrificar sus conveniencias políticas en aras de una crítica inflexible. No lo dudó un instante. ¡Al diablo las "mezquinas, bastardas aberraciones funcionales"! El decidir esto le produjo una tranquilidad singular en la que había una gran ternura hacia sí mismo. "Tanto Rodríguez Lozano como Castellanos —escribió entonces alegremente— huyen de los recursos ajenos al arte, sin que su obra tampoco pretenda ningún fin extraestético. Pero, y he aquí el milagro de su

142

talento, sin proponérselo obtienen ese fin y nos transmiten una emoción humana donde también se expresa lo social y donde, por último, sin caer en esa cosa inexistente que es el arte puro, comunican la emoción estética más fidedigna."

Sus dedos se inmovilizaron sobre las teclas de la máquina y, sin que apartase los ojos del papel, su mano derecha, semejante a la de un ciego, se aventuró con el tacto por la superficie del escritorio en busca de los cigarrillos. Se sentía como quien ha realizado un buen negocio; un buen negocio espiritual. La vida no era sino una cadena de transacciones, un proceso de interpenetraciones de contrarios, y sobre tal base Ramos expresaba en su artículo sus propios e inalienables puntos de vista, sin perjuicio de haberles dado un cierto matiz que halagara a las gentes de izquierda, gentes que, por otra parte, entendían en una forma tan... tan singular las cuestiones estéticas, que no era preciso discutir con ellas.

Al tiempo que después de encender un nuevo cigarrillo aspiraba el humo con vehemencia, giró la vista en su derredor como si considerase una vez más el cómodo estudio donde habitualmente trabajaba. Cuán lejos estaba todo esto de sus primeras angustias metafísicas de adolescente, ingenuas, sentimentales, conmovedoras. Aquel deseo de morir, que lo torturó hasta los diecinueve años. Aquellas extravagantes ideas de renunciamiento. La búsqueda de Dios. Aquel deseo impetuoso, ardiente, de amar y ser amado. Una sonrisa de conmiserativa nostalgia vagó por su rostro. Examinó uno a uno, con placer reposado y maduro, todos los objetos de este lugar, sus pequeños hallazgos artísticos, un cuadro que le obsequiara el propio Diego Rivera, la esbelta lámpara de pie.

La alfombra de color marfil, un marfil limpio y suave, daba una especie de reposo al espíritu, como si mirarla o pisarla contagiase lo muelle de su condición silenciosa, de su condición de caricia blanda y tibia; y sobre la alfombra, apenas no equidistante a sus ángulos, la mesa de centro era un hermoso monstruo de mitología, diáfana, llena de finas curvas, un cisne, casi el cuerpo inmóvil, maravillado y atento de Zeus bajo su seductor disfraz de cisne.

Se puso en pie y caminó unos cuantos pasos por el estudio. Encima del tocadiscos llamó su atención una vieja revista de modas que se puso a ojear con negligencia. ¡Esas horribles formas híbridas de mil novecientos diecinueve, mil novecientos veinte y todos esos años de verdadero embrutecimiento! Como si el hombre, que es en última instancia con sus apetitos quien hace la moda de las mujeres, hubiera sufrido una parálisis, un embotamiento, una deformación de su sano instinto sexual y se inventase nuevos ideales ya no femeninos, mujeres con un casco romano en la cabeza y el cuerpo prisionero dentro de una larga funda de almohada. Homosexualismo de posguerra. ¡Y ese escalofriante, ese repugnante modelo de automóvil de mil novecientos trece que se veía también en una de las páginas de la revista, con sus ruedas de bicicleta, sus faroles de tílburi, sus guardafangos de landó, tomada una cosa de aquí, otra de allá, de todas las épocas, Segundo Imperio, Wagner, el Barco Fantasma, la Conferencia de Locarno, Marcel Proust, Marco Polo, sin originalidad alguna, sin nada verdaderamente propio, todo amontonado, abigarrado, monstruoso!

Ramos sintió tristeza por el destino de su propio tiempo. ¿No experimentarían las generaciones venideras la misma repugnancia hacia los modelos aerodinámicos de automóviles de ocho cilindros? ¿No pensarían también —como se piensa respecto a los automóviles del mil novecientos— que las hermosas, o que nos lo parecen, máquinas Lincoln y Chrysler de nuestros días no son otra cosa que monstruos repelentes y ridículos? Ramos, preocupado, no apartaba la vista de aquel modelo primitivo tratando de encontrarle algún rasgo bello. Pero imposible. No era sino un faetón deforme, siniestro como una araña, irregular, sin pureza, un verdadero monstruo. El arqueopterix. La primer ave. Ese triste animal alucinante cubierto con plumas, con dientes en las mandíbulas, con dedos en las extremidades de las alas y con una cola vertebrada al modo de los lagartos. Exactamente el arqueopterix azoico. Sintió una pena muy honda. Era preciso encontrar una razón válida para eso. Alguna razón. ¿No había sido Darwin quien habló de los "monstruos promisores"? ¿Los monstruos que anuncian el advenimiento de esos mesías de la especie que son las formas nuevas, las formas clásicas cardinales? Es decir, ¿tal vez entonces el automóvil mil novecientos sería monstruoso tan sólo porque sus "mutantes" biológicos —las hereditarias formas precedentes, esos vestigios de bicicleta, faroles de tílburi, guardafangos de landó, que lo integraban monstruosamente— estaban destinados a crear una forma futura nueva y superior, una síntesis que se habría logrado hoy con el automóvil de ocho cilindros y que, por tratarse ya de una síntesis acabada, no iba a causar repugnancia ni desprecio a las generaciones del porvenir? Ramos lanzó un hondo suspiro como si se hubiese librado de un peso enorme. Ahora se sentía orgulloso de lo contemporáneo y de su época, que tal vez fuese considerada por la posteridad como una época clásica.

A través de la ventana el cielo azul cobalto se extendía lo más lejos posible, tierno y lánguido, lila y plomizo.

Ramos descansó la mirada primero en las azoteas próximas, a un nivel más bajo que la terraza del estudio, en seguida en los edificios distantes y luego en el fondo, firme y oscuro contra el cielo, de las montañas bruñidas por una sorprendente luz. Las montañas, la ciudad, la luz, todo eso era la vida, pero su mayor encanto sorprender en secreto esa vida desde aquí, desde ese Olimpo, como un dios escondido, como un espía de la Divinidad. Desde la altura de la terraza Ramos sentía su propia omnividencia mágica e impune, esa deleitosa facultad de no ser visto, de filtrarse en las biografías ajenas como un alegre demonio. Casas, azoteas, balcones, transeúntes, pájaros.

Allá, por entre las cortinas de su alcoba, la mujer que se mira en el espejo sonríe, se vuelve, habla con su soledad, se hace ofrecer mil clases de aventuras y luego se toma la cabeza entre las manos, en la actitud de una tarjeta postal. Así, semidesnuda, los codos hacia arriba, es de una gracia infinita, pero de pronto se deshiela, parece tomar una deci-

145

sión y con ambas manos hace girar la cabeza sobre su propio eje unas veinticuatro veces, cual la cabeza de un maniquí; se la arranca con suavidad como quien se desprende una espina de pescado de la dentadura, y luego la coloca bajo su axila, igual al guerrero que se quita el casco, sonriendo, atrozmente sonriente, sin que la decapitación, empero, haya dejado una sola gota de sangre en el punto donde el cuello fue separado del tronco. El pañuelo que pasa por la calle despidiéndose de alguien y de súbito llora, a pañuelo vivo, porque alguien no está en la ventana. El cartero triste, un poco soñador y otro decepcionado, que después de doblarlo cuidadosamente en cuatro arroja en el buzón, sin miedo pero tampoco sin que sus pies toquen ninguna superficie, el cuerpo de un fantasma verde que exclama he muerto, he muerto, he muerto. Las azoteas. Dos senos pendientes del tendedero. Una sábana completamente nupcial que se agita en el aire.

En la azotea más próxima el viento ligero hizo ondular un corpiño delgado y juvenil, cuya presencia provocó en Ramos una serie de recuerdos excitantes. Le fascinaba esa quieta, dulce calistenia con que las mujeres, cruzando los brazos sobre el pecho, se desnudan del corpiño, hacia arriba, con la gracia inocente con que las trapecistas del circo saludan al público antes de lanzarse desde la altura a su increíble juego de libélulas. Todas las mujeres. Con una especie de candor, con una especie de pudor previo, que en seguida, después que se han quitado el corpiño, se transforma en inesperada violencia, en voracidad y salvajismo sexuales, magníficamente impúdicos, aun en las más castas. "En verdad —se dijo Ramos de súbito— puede decirse que la amo." Las más castas. La idea de la impudicia de las más castas fue lo que le hizo pensar en su amor. "Sí, la amo, pero lo importante es, desde luego —añadió—, conservar mi propia independencia."

La palabra independencia encerraba para Ramos una serie de derivaciones en todos los órdenes, en el estético, en el filosófico, en el amoroso. Era una suerte de clave para conducirse a través de los problemas de la vida sin que estos problemas lo comprometieran. Ramos tenía una disposición casi orgánica y por ello sumamente eficaz para impedir que germinasen en su interior esos conflictos morales que en otras personas constituyen un martirio, pero sobre cuya naturaleza él tenía conceptos absolutamente sin complicaciones. Entendía por independencia la libertad de no encontrarse sujeto a demasiados deberes para con sus semejantes, y en esta forma su idea del bien se limitaba a considerarlo como ese criterio que consiste en administrar con juicio las virtudes propias, a modo que arrojen un resultado útil y tangible, pero aplicadas con medida y sin esa insensata prodigalidad infecunda de quienes pretenden vivir sólo para los demás. En tanto que, de manera muy relativa, podían tomarse el mal y el bien como valores estables, el hombre los practicaba indistintamente y sin discriminación, según sus circunstancias. Éste era un hecho del cual sólo se podía concluir, como noción ética, el criterio de necesidad, o sea el del bien y el mal necesarios.

El corpiño, en el tendedero de la azotea, se mecía ahora por completo horizontal, como el cuerpo sin brazos ni piernas de una mujer, exactamente una mujer en las tinieblas del infinito lecho en el que se entrega, en que se devuelve, sin piernas ni brazos. Aquel corpiño era más que una mujer: una mujer por dentro, por dentro, por donde no hay mujer. "Sí —se repitió—, no puede dudarse que la quiero."

Ramos pensaba en su esposa. En la castidad de su esposa. Naturalmente que acertar en el terreno de la vida privada acerca de cuándo son necesarios el bien y el mal, ya resulta más complicado, y aquí, entonces, sería preciso regirse por el principio de conservación, dentro de la escala de las virtudes, de aquella que sea más alta entre dos o más que se encuentren en conflicto.

Desde tal punto de vista, Ramos amaba a su mujer, sí, pero al mismo tiempo le era infiel, porque de otro modo dejaría de quererla y el amor ha de ser siempre, en cualquiera circunstancia, una virtud más alta que la fidelidad.

Pensó con orgullo en que no era muy frecuente encontrarse con una mujer de las cualidades de Virginia. Sus propios defectos no eran otros que los defectos a los cuales pone en evidencia el matrimonio después de algún tiempo, a semejanza de las travesías marítimas donde, a medida en que el viaje se prolonga, los compañeros que en un principio nos encantaban poco a poco se nos muestran en su irritante condición verdadera de personas tontas y mezquinas. Defectos los de Virginia, pues, innatos y forzosos, y sobre los cuales, por ello, no había que hacer hincapié excesivo, ni tampoco al modo de los cándidos e inocentes románticos que parecen andar tan sólo en busca de una coyuntura para el suicidio, darles una desmesurada proporción. Defectos de esa, a veces cansada, travesía marítima que es el matrimonio. En cambio, por otra parte, Virginia era buena, dulce, afectuosa, y aunque no comprendiese del todo los problemas intelectuales de su marido, tenía el buen juicio de mantenerse a distancia de ellos con un respeto lleno de admiración y de supersticiosa ignorancia.

Ramos sonrió con un placentero egoísmo al percibir lo que le ocurría en esos momentos, pues advirtió que estas ideas sobre su mujer estaban dirigidas, gracias a una sospechosa recurrencia de incitaciones, no a ella sino a Luisa. A Luisa, su amante, ese otro extremo de la ecuación en que se expresaba su equilibrio sentimental.

Porque él era sincero al decirse que amaba a su esposa, de la que le hubiese sido muy doloroso y difícil prescindir; pero también era sincero al pensar que las intemperancias, los rencores domésticos y los odios subterráneos de Virginia sólo se podían compensar con ese tranquilo, voluptuoso transcurso de coincidentes deseos, adivinaciones y realizaciones, que era el trato con su amante, quien, a *contrario sensu*, de convertirse en su esposa sería tan inevitablemente incompleta como Virginia y entonces necesitaría de ésta —convertida a su vez en amante— para perdurar dentro de su corazón.

El corpiño, en la azotea, se entregaba a una danza apasionada, fuego, frío, vivacidad, enigma. Luisa era también danza. Coreografía de un solo cuerpo humano, la perfecta correspondencia de cuyos elementos era un continuo diálogo de torso y cuello, hombros y muslos, senos y brazos, dentro de la más sabia arquitectura de los sentidos.

Ramos aspiró el aire con sensual nostalgia: el recuerdo de Luisa siempre se le aparecía como la fragante y húmeda memoria de sus axilas de oro, cuando en las largas, breves noches de sus encuentros, la entrega era un repaso ferozmente ansioso y contenido de los cuerpos, un reaprendizaje de su cada vez más inesperada y nueva geografía.

Al principio aquello fue para Luisa y Jorge apenas nada más una amistad novedosa llena de sorpresas y descubrimientos, en la cual poco a poco se adentraban, abandonándose a ella, no obstante, con el previo conocimiento acerca del punto donde culminaría. Desde el comienzo los ligó un interés fácil y grato. Luisa era dúctil, amena, y no ocultaba una especie de orgullo a causa de su amistad con Ramos, por lo que éste, en muestras de agradecimiento, se inclinó a considerarla —aunque después hubo de rectificar tal idea— como una mujer de "cierta cultura". La mezcla de ingenuidad y malicia, de audacia y reserva, de infantil timidez y luego de arrebatadora pasión, fue lo que sedujo finalmente a Ramos. Pero lo que en definitiva terminó por arrojarlos uno en los brazos de la otra, fue cierto sutil proceso de misteriosas afinidades a través del cual se apercibieron ambos de que hablaban un solo y tácito lenguaje común del deseo, pero no sólo del deseo, sino un lenguaje común acerca de las formas, de las convenciones, de la liturgia que tal deseo precisaba para consumarse.

El desenvolvimiento de este proceso comenzó una noche en que Jorge y Luisa acudieron juntos a una función de cinematógrafo. Luisa contaba en su fuero interno con las armas morales y de conciencia precisas para no recriminarse por el paso que estaba resuelta a dar. Esa tarde había recibido carta de su ex-marido, quien en tanto los tribunales fallaban el divorcio esperaba el desenlace en el extranjero. La carta de Francisco era violenta, amarga, llena de resentimientos y acusaciones, pero al mismo tiempo ponía en evidencia, sin género de duda, la culpabilidad de ella en el lamentable destino que tuviera su matrimonio. Después de la lectura de esta carta en Luisa se produjo una serie en extremo compleja y contradictoria de reacciones. En primer término se daba cuenta de que la actitud de Francisco aún era amorosa en el fondo, pero en segundo que sus reproches eran también absolutamente justos. Así, por una parte alentaba esperanzas, pero por la otra se sentía irritada, colérica, ante el hecho de que Francisco tuviese razón, tan sólo porque esta razón le hacía ver —mucho mejor y con más hondura que al propio Francisco— las estupideces en que ella había incurrido a lo largo del matrimonio.

Durante algunos momentos la torturó de manera indecible este doble estado de ánimo, pero en seguida su espíritu buscó una fórmula neutral que resolviese el dilema. ¿No Francisco la cubría de injurias en su carta? ¿No se expresaba en un lenguaje hiriente y ofensivo? Esto último fue tan eficaz que la hizo de súbito sentirse herida, agraviada, tremolante en sus manos la bandera de la más santa y legítima indignación. En ese momento, milagrosamente, llamó el teléfono: se trataba de Jorge. Luisa tomó el auricular con júbilo.

Después de colgar el aparato telefónico, Luisa permaneció confusa y con las mejillas encendidas. Sin duda Jorge no se daba cuenta de lo que significaba esta inocente aceptación de ir juntos a ver a Joan Crawford, mas para Luisa era un acto en el que afirmaba su independencia y al mismo tiempo resolvía, al liberarse así de su rencor, la incómoda inquietud de no sentir ya culpa alguna hacia Francisco, pese a las legítimas acusaciones de éste.

Por algo que no puede calificarse sino de tonta e ingenua juramentación, Francisco y Luisa habían resuelto que, en gracia a su pasado —a todo eso que él consideraba con candidez conmovedora lo más puro de su vida, la franqueza en las relaciones, la absoluta falta de mentiras en el trato y el amor, que tanto tiempo los mantuvo unidos— era preciso que conservaran entre ambos, después de su ruptura y sucediese lo que sucediese, una suerte de lealtad mutua de espíritus que consistiría, sobre todo, en proceder entre sí como dos camaradas. En el fondo no se trataba sino de un trasunto de romanticismo por parte de Francisco, que, sin embargo, y por lo cautivante de la idea, a pesar de que no creía en ella, Luisa hacía esfuerzos por practicar en diversas formas. Una de estas formas, la más fácil, era la de entablar un diálogo imaginario con Francisco, en el cual ella le hacía las más graves y valientes confesiones, lloraba, se arrepentía, sufría. La otra, menos fácil pero impune también, era la de consignar —con un estilo muy femenino, ardiente, cursi y lírico— en un diario todos los sucesos íntimos de su vida, los cuales, empero, como en el caso de las confesiones de pensamiento, Francisco jamás conocería. De todos modos, antes de acudir a la cita con Jorge, Luisa abrió el cuaderno de sus confidencias. "Entrañable Francisco —escribió en esa ocasión, aunque después de muy poco tiempo usaría ese entrañable adjetivo para dirigirse al 'entrañable Jorge'—, hoy, seis de diciembre, querido Francisco, quiero hacerte oír lo más íntimo y fidedigno de mi voz: en este día he resuelto entregarme a otro hombre. El porqué lo hago, yo misma lo ignoro. Quizá porque tú has sido muy injusto conmigo; quizá tan sólo por la morbosa curiosidad de saber cómo es *aquello* con otro, después de años enteros en que no lo supe sino por ti."

Ya envueltos por la sombra de la sala cinematográfica, Luisa le dijo a Jorge, apenas con un murmullo desfalleciente e intencionadamente doloroso, que ésa era la primera vez, a partir de su divorcio, en que concurría a ese espectáculo acompañada de otro hombre que no fuese su marido. Con las palabras de Luisa y la respuesta de Jorge ambos comenzaron a darse cuenta, con el mayor júbilo, de que podían ser cómplices seguros de no importa qué delitos, qué aventuras, qué placenteras impudicias, tan sólo con comprender las alegorías, las parábolas, las frases de doble sentido con que debiera encubrirse, aun para ellos mismos o por ellos mismos sobre todo, tal complicidad. —Es curioso —fueron las palabras de ella—, o si quiere usted un poco extraño nada más, que sea ésta la primera ocasión en que yo venga al cine con alguien que no es mi esposo —tales palabras se podrían interpretar en dos sentidos igualmente erróneos, o como nostalgia del esposo o como signo de prudente deferencia hacia Ramos, pero éste prefirió tomarlas en la acepción más satisfactoria para la propia Luisa, y entonces, por toda respuesta, la ciñó con el brazo para besarla en el cuello en tanto una de sus manos se deslizaba, sin preámbulos inútiles, por entre sus senos.

La Crawford recorría Main Street, en la ciudad de Los Ángeles, con un espantoso aire de ausencia retratado en el rostro. Bella y triste, en sus labios sólo se escuchaba un nombre que incesantemente repetía a todos los transeúntes, como una obsesión. De pronto era víctima de un colapso y su cuerpo trasladado a un sanatorio dentro de una ambulancia. Aquí el director de la película ponía en juego sus recursos más eficaces: la cámara en un punto bajo, que era el sitio donde la protagonista se encontraba en posición yacente sobre la camilla, proyectaba entonces en la pantalla el edificio del hospital, y en seguida, ya dentro del mismo, un transcurrir enloquecido de los muros, como si el público, que guardaba un silencio cómplice y morboso, ocupara el punto de la enferma a quien se trasladaba a toda prisa a través de inmensos corredores.

Pero Joan Crawford desapareció por completo para Ramos en el ángulo tibio y palpitante que formaba en su base el cuello de Luisa y donde las intermitencias de los diferentes trozos fílmicos, al proyectarse en la pantalla, eran un suave aleteo de luz y sombra sobre cuyo parpadear él no apartaba los labios.

Había tenido la perspicacia de comprender el muy elocuente trasfondo que encerraba la actitud de Luisa, y ella se lo agradeció infinito. Luisa, en efecto, no se iba a entregar sin que formulase antes, frente a su propia conciencia, una especie de disculpa al recuerdo de su ex-marido —aunque nada más por ser escandalosamente notorio que lo había amado, o aún lo amaba, tanto— pero también sin la precaución de que esta disculpa no fuese tan categórica como para intimidar al nuevo amante. Porque Ramos pudo haber hecho una pregunta estúpida —y los dos, él y ella, pensaron por igual y al mismo tiempo en lo estúpido de tal pregunta— acerca de si Luisa amaba aún a su antiguo esposo, mas entonces, ante la imposibilidad puramente formal de que ella diese respuesta alguna en uno u otro sentido, todo se habría derrumbado sin remedio. El resultado fue que ambos comprendieran, desde entonces, que el problema de lo que se llama amor en relaciones como las suyas consistía en la habilidad para descubrir esos matices inaparentes y esas sutilezas de tono bajo las cuales se anuda con tanta gracia el sexo de los amantes.

El siguiente peldaño de este juego de escaramuzas, en cuyo conocimento y ejercicio habían descubierto que se identificaban los dos de manera tan armoniosa, fue en el departamento de ella, después de la función de cine.

El convenio secreto que los unía para obligarse al uso de un idioma común de símbolos implicaba el no dar como sucedido lo que ocurrió en el cinematógrafo, no presentarlo como "factura por cobrar", sino proceder al respecto con un sistema de señales de cuya correcta traducción mutua dependía la entrega.

Ella le pidió a Ramos que la despojara de su abrigo. "Si ahora es tan tonto —se dijo en ese minuto—, si es tan tonto como para proceder sin discreción y con brutalidad, me veré obligada, por desgracia, a reprenderlo, y todo habrá terminado." Por brutalidad y falta de discreción Luisa entendía todo ese conjunto de palabras y actitudes con las que, de haber incurrido en ellas, Ramos se hubiera comportado como si la propia Luisa fuese la más interesada en el anhelado desenlace sexual.

Pero Ramos la despojó de su abrigo con una gran desenvoltura y en seguida, como si tan sólo en aquello se cifrara el propósito único y desinteresado de su presencia ahí, se encaminó al sitio donde se veían unos discos de música sinfónica que se puso a examinar con una expresión concentrada y llena de interés.

Volvióse a Luisa, consultándola. Le ofrecía tres nombres de compositores, y entonces ella, con un sadismo increíble, eligió precisamente la obra que tenía por costumbre escuchar junto a su marido, en ese mismo lugar, en ese mismo sofá donde hoy, con el aire de una vaga tristeza expiatoria, recostándose en actitud de distraído ensueño evocador, también la escucharía, no obstante, al lado de Jorge. "La primera ocasión con alguien que no es mi esposo", se repitió la frase que dijo en el cine, pero ahora con un olvido completo de que tal frase era mentira.

Las cosas ocurrieron de tal modo feliz esa primera noche, que a Ramos le pareció, quizá exageradamente, que aquello había sido como en el principio del mundo, igual que en Adán y Eva. A partir de ahí, Luisa se convirtió en el forzoso complemento de su vida. En el más abrumadoramente forzoso de los complementos, pues resumía para Ramos, dentro del más logrado equilibrio, una forma simultánea de su moralidad y de su sexualidad.

Ramos caminó unos cuantos pasos hacia su escritorio y se puso a releer, en actitud ya sosegada y tranquila, las últimas palabras de su artículo.

El recuerdo de su amante lo reconfortaba y se sintió invadido por una euforia llena de fecundidad y plenitud. Los poros de su cuerpo parecían absorber una especie de hechizo que vibraba en el aire, como era común que le ocurriese cuando se gestaba en su cerebro alguna gran idea. En tales momentos se sentía como suspendido en una zona incognoscible del espacio donde todas sus fuerzas se concentraban en espera del milagro de la creación.

Miró en torno de sí, asombrado, del mismo modo que si los objetos más habituales hubiesen adquirido una naturaleza sorprendente, el anaquel de libros, el ventanal, todo envuelto en una magia sutil y desconocida.

De pronto una ola de viento trajo, lejanas como se escuchan en el campo, dos voces jóvenes. Sin que pudiera explicárselo, una especie de indefinida intuición llena de premoniciones, casi de instinto natal, genésico, le hizo sentir la presencia de algo único en la azotea vecina. Volvió la vista en esa dirección, al primer término bajo que se divisaba desde la ventana, por sobre la terraza. Voces vivas y extraordinarias. Jamás había experimentado nada igual. Era como si hubiese adquirido la facultad de alterar por dentro la condición de las cosas, sin que, no obstante, tales cosas fueran distintas. Nuevas, sí, pero iguales; con las líneas de siempre pero con otras líneas invisibles, íntimas y secretas, pues aquellas dos voces habían venido de otro mundo para hechizar al nuestro, mas ese otro mundo estaba aquí también, en el ámbito de lo que abarcaban los sentidos.

Pero de pronto cesaron. Ramos miró hacia afuera con ansiedad y con miedo de que todo hubiera sido un engaño. Cierto. No se advertía nada de notable, ningún cambio singular. En el tendedero el corpiño rosa ondulaba con una acariciante lentitud, cual una suave bandera. En el centro de la azotea veíase un rectángulo de lona con franjas azules y que, según recordó, se utilizaba para tomar sol, lo cual hacían los inquilinos de aquella casa acostándose ahí en traje de baño durante las cálidas mañanas del estío. No lejos del rectángulo de lona podía verse un viejo cobertor que habrían dejado en ese sitio para que se asolease, y al fondo, en abrupta perspectiva, el conjunto anárquico, anormal, de las fachadas de las casas, unas junto a otras, de cal, una muchedumbre principalmente blanca de monstruos de la geometría.

El espectáculo era el mismo de siempre, pero a Ramos no le fue posible impedir que la receptividad de sus propios sentidos se distendiese a cada minuto más fina, más anhelante, en espera del suceso extraordinario para que estaba dispuesta, y así todo se le mostró bajo una vestidura indeciblemente promisora y grávida.

¿Por qué había cesado aquella canción trémula y soñadora? Lo extraordinario de las voces juveniles —y el hecho mismo de que se hubiesen interrumpido también de esa manera misteriosa— era que parecían no tener punto de origen, sino venir de la nada, del sueño, unidas a profundas reminiscencias corporales, a una sensualidad diáfana y tranquila.

Pero he aquí que se escucharon nuevamente y el aire las traía consigo, ora en éste, ora en aquel sitio, fragmentadas por la intermitencia de las ondas, de la misma manera que las porciones de mies que a un lado y otro arroja en el surco un labrador. Ramos sentía surgir dentro de su ser un ardor adolescente, duro, desconocido, que no se dejaba inquietar por el escepticismo ni la ironía interiores que eran su costumbre. Defendido por la soledad, por esa grata ausencia de espectadores, abandonábase sin reparo al goce de esa emoción transparente.

La canción se oía saludable, desenvuelta, pero la marea del viento, con sus invisibles olas, pareció hundirla en otro de sus silencios hasta que por fin aparecieron en la azotea, gráciles y elásticas, iguales a las ramas de un árbol joven, las dos muchachas de quienes partía. Las adolescentes estaban allí, como puestas por la mano de un pintor, entrelazadas por la cintura, los hombros juntos, el rostro hacia el cielo, en tanto su cabellera se agitaba con el vaivén pausado de un ave. Probablemente no existían, probablemente fuesen tan sólo una ficción urdida por los dioses. Nada les faltaba para estar desnudas por completo, ni aun esa ropa liviana con la que al aire esculpía la sólida proporción de sus cuerpos. Sin que dejasen de cantar veíanse una a la otra con admiración, con asombro, como si la melodía disfrazara un secreto diálogo convenido, sólo comprensible para ellas. Tal vez ambas no fueran sino esa cosa absolutamente natural de cuando las estatuas huyen de su vestidura de piedra y aparecen ahí, sorprendentes, sobre la superficie de una azotea.

Caminaron algunos pasos cual si reconocieran por primera vez el mundo y sus objetos, dándoles nombre, esto es nube, esto es pájaro, esto es cielo, esto es silencio. Su voz se adelgazó, se hizo íntima y próxima hasta convertirse en el murmullo de un arroyuelo asustadizo e infantil. Se habían detenido junto al rectángulo destinado a los baños de sol. Sin duda iban a tomar alguno, pero se advertía que esto era

156

para ellas algo sagradamente ritual, a lo que rodeaban de ceremonias inaprehensibles, de menudas reticencias, de suplicantes vacilaciones, con la mirada aquí y allá, de pronto inquieta, cual si considerasen, con miedo y devoción, en qué punto estaba el sitio más noble y digno para consumar el holocausto.

El corazón de Ramos latía con júbilo. Era, desde su olimpo, un audaz espía de la divinidad, un dios anhelante y dichoso. Sus sentidos rodeaban a las dos muchachas sin ellas apercibirse, creándolas de nuevo, edificándolas como renovadas vírgenes sobre el casto territorio de un reencontrado paraíso terrenal. Eran suyas del todo, parte profunda de su propio ser.

La mayor de las adolescentes se desprendió de su compañera para correr por la azotea con los movimientos, con el aletear de una danzante golondrina feliz, el cuerpo sin peso, mientras las miradas de su amiga la seguían y la acompañaba el suave tono de la canción.

Mas de súbito, al advertir el corpiño que pendía del tendedero, la muchacha se detuvo con inaudito estupor, incrédula y titubeante, galvanizada por el hallazgo inverosímil. Desde ese momento las cosas parecieron cambiar, transformarse de manera enigmática. Algo muy semejante a una orden inaudible hizo cesar la canción, desde muy lejos, desde el infierno. Alguna cosa hechicera, letal y seductora tenía ese corpiño. La muchacha se había quedado ciega, blanca, muerta, y sus irreales manos de sonámbula ahora palpaban el aire hasta encontrarse con él, con aquella prenda, con aquel vacío cuerpo de niña, al que trémula, religiosamente acariciaron. La otra muchacha la miraba sin respiración, pálida también hasta la agonía.

Aquello tenía la naturaleza, la realidad de otro mundo, de otro tiempo. Ambas se miraron una a la otra, sin dar crédito a sus ojos, sin dar crédito a ese fascinante lenguaje mudo que desde ahora hablaban, con un terror lleno de súplicas, como si hasta esos momentos se hubieran apercibido de algo que les causaba miedo de su propio ser. Inconcebibles, casi sin sangre, estaban en la esfera más deliberada del

157

sueño, solas en este universo aparte que habían descubierto por un milagro atroz. Volvieron a reunirse una con la otra, en busca de protección, mas ahora en silencio, indecisas, diferentes, con una timidez desamparada que ya no les dejó siquiera entrelazar sus manos. Una lóbrega tempestad se desataba en sus almas. Eran dos enemigas dolorosas, hermanas dentro de la misma patria del secreto impronunciable, del deseo sin nombre.

En el cielo una nube se deslizaba igual que un esquife, y a lo lejos las montañas se hacían más transparentes.

Las muchachas vagaron por la azotea como sobre la superficie de un planeta sin habitantes hasta detenerse, después de algunos minutos, con la humilde actitud de quien pide clemencia y al mismo tiempo agradece aquello por lo que la pide, ya bajo el influjo de algo impetuosamente superior que se habría adueñado de sus corazones.

No se miraban, la vista baja, en oración tal vez, sobrenaturales, los hombros unidos uno junto al otro, temblando de estremecido pavor. Oraban, sin duda. Transcurrió un tiempo largo y terrible, pero, inesperadamente, la más joven se volvió a su compañera con el rostro iluminado por una sonrisa pura, retadora y valerosa. La oración rendía sus frutos.

Sacudió sus cabellos con un ímpetu alegre y vivo y en seguida corrió, con la agilidad de quien danza, para acostarse con ansioso desfallecimiento sobre el rectángulo de lona, los brazos bajo la nuca, iguales a dos columnas a las que aprisionara el bosque oscuro de la cabellera, el cuerpo al sol, los ojos cerrados, la respiración anhelante y, con intencionado abandono, la mitad de sus dos bellos muslos al descubierto bajo la falda.

Tímida de gratitud la otra muchacha fue en su seguimiento y se detuvo junto a ella, de pie, con una apariencia de reposo infinito y dulce. La contempló por largos instantes, transfigurada hasta lo angélico, víctima de mortal fascinación. La inmovilidad de ambas tal vez iba a durar un siglo. Si se las tocara se volverían ceniza. De pronto un

158

estremecimiento sacudió a la más grande, cual si despertara de ese sueño, y giró entonces la vista en su derredor con una aprensión angustiosa, maternal. Se daba cuenta de que aquello era como un delito, que ahora las dos habían roto en definitiva con todos los demás seres humanos, de los cuales ya no eran semejantes y de los cuales debían huir y defenderse. Caminó de puntillas hasta el extremo posterior de la azotea, e inclinándose con cautela por encima de la barda observó hacia el interior del edificio escudriñándolo con odio.

La más pequeña aguardó con la actitud de quien duerme, sin movimiento alguno, abandonada a una confianza avasalladora, mientras la otra, después de espiar todos los puntos, volvía a su lado.

Comenzaba una edad nueva y sin fin. Otra vez la mayor de las adolescentes permaneció quieta, de pie junto a su amiga, sin que pudiese apartar de aquel cuerpo sus ojos encendidos, cuya mirada amorosamente homicida parecía ya no tener límites.

Era imposible, a riesgo de morir, que esa quietud se prolongara por más tiempo. Entonces, pero con una gran castidad y sin que la otra se alterase al sentirlo, la muchacha más grande tiró suavemente hacia arriba la falda de la menor, para ofrecerse a los ojos otro fragmento más de aquellos muslos compactos, hermosos y vivientes.

Estuvo contemplándola así, pero luego se recostó junto a ella y en esta forma, la cara al cielo, los ojos cerrados, ambas pusiéronse otra vez a cantar.

Ramos apenas comprendía, apenas quería comprender. ¿Qué significaba esto? ¿Qué juego inaparente, impronunciable, de pureza o de pecado? Prestó atención a las voces. Ya no eran las mismas. Ahora temblaban. Ahora traslucían una cierta agitación, una cierta precipitación. . .

Mas aquello se cortó en seco inesperadamente. En seco como el caer de una guillotina. Se produjo un silencio duro, consistente. Entonces, después de una pausa llena de ardor y oscuras inminencias, casi sin ruido, con movimientos que parecían no serlo de tan abstractos, la más grande de las

159

muchachas se volvió hacia el cuerpo de la otra, girando en sí misma, lenta, con precisión voraz y dulce. Los únicos seres vivos en toda la inmensidad del universo eran tan sólo esas dos criaturas increíbles.

Ramos contuvo la respiración. En los próximos segundos ocurriría ante sus ojos algo como un combate incruento, algo como una invasión silenciosa, fiera y aplastante. Pero de pronto la muchacha vibró con la nervosidad de un corcel herido. Alguna cosa debió ocurrírsele pues se interrumpió a la mitad de sus movimientos para después saltar por sobre el cuerpo de su amiga y dirigirse a uno de los rincones de la azotea.

La pequeña la siguió con un girar inerte, desolado, de la cabeza, y la actitud de una triste súplica sin esperanzas. ¿Es que la abandonaba? Se cubrió el rostro con el antebrazo, quizá para llorar. "¡Tonta!", dijo la otra con reprensiva dulzura, al volver. Llevaba en las manos el viejo cobertor, y entonces ambas, lanzando pequeños gritos de dicha victoriosa, se ocultaron febrilmente bajo su refugio, a cubierto de todas las miradas, a salvo de la divinidad.

Había en el espectáculo que siguió algo desesperado y angustioso. Las niñas eran dos náufragos dentro de un tenebroso y encendido océano, a quienes el imperativo de la muerte agitaba con el frenesí de una locura animal, obligándolas a combatir una con la otra hasta el exterminio, hasta el aniquilamiento, con la furia más tierna y enemiga, con la prisa más lenta y amorosa.

Ramos se sentía desfallecer, el cuerpo entero bañado en sudor. Una excitación enfermiza lo hacía vibrar hasta la última célula. No obstante, apartó la vista de la azotea para mirar frente a sí, hacia la pared. Un pálido, hemofílico color bermellón se proyectó entonces en los muros del estudio, a tiempo que Ramos escuchaba a sus espaldas cierta voz familiar.

—Perdona que te interrumpa —dijo la voz con inflexión silbante, irónicamente cortés y bien educada.

Ramos se volvió rápida y defensivamente. La luz del sol,

al herir con sus rayos el vestido de Virginia, desparramaba en toda la estancia esa sangre acuosa del color de la falda, ese tono incierto, hermafrodita, no diferenciado aún, en que se convertía sobre las paredes el reflejo del vestido.

Con un ademán precipitado y nervioso Ramos tiró del cordel de la persiana para que Virginia no advirtiese el espectáculo de la azotea. Ella pareció reparar en el hecho con un furtivo destello de burla que se desvaneció al instante. Ramos apretó los dientes. Espía de la divinidad. Sólo él tenía ese derecho. Temblaba. Ahora la presencia de su mujer era un absurdo, imprevisto complemento de su excitación, de sus enrevesadamente lujuriosos deseos. La miró con un ansia febril.

Virginia permanecía a unos cuantos pasos del ventanal, quieta, casi un esbelto automóvil que no se atreve a seguir con la luz roja, las osadas líneas de su cuerpo al descubierto por la transparencia que el sol daba a su falda. Sus ojos tenían un brillo de malicia audaz y las aletas de su nariz palpitaban con un imperceptible movimiento, mientras sus piernas, a contraluz, formaban una cautivante, una casi venenosa conjunción bajo la suave cúpula invertida del vientre.

Ramos tuvo miedo de analizar si la expresión de Virginia era o no irónica, tenía o no el aire de una perspicacia regocijada, de una cascabeleante sospecha. Ahora la deseaba con una urgencia descomunal, desacostumbrada para tratarse de su esposa —quien en todo caso no era sino un miembro de su familia, una persona de confianza a la cual no se precisaba apetecer más allá de lo común—, y este deseo hacía que Virginia adquiriese ante sus ojos una dimensión aterradora.

Sin embargo, no era todo. Al imaginar que ella hubiese advertido los sucesos de la azotea, Ramos se sintió ante Virginia, en cierto lamentable sentido, como si ésta lo hubiera engañado con otros hombres y, así, la vaga sensación de celos que esto le producía iba acompañada de un apremiante impulso por reafirmar su derecho de posesión amorosa. ¿Habría sido ella también una espía de la divinidad? ¿Era posible que bajo su frígida y tranquila apariencia Virginia escondiera un cinismo subterráneo que podía aflorar a la superficie de un momento a otro con la más frenética capacidad para todos los excesos? Tal vez una señal, una frase soez, una invitación obscena, y esta pulcra Virginia se convertiría en una perdularia, en una bacante incansable y depravada.

Lo curioso de esta idea era que, aun tratándose de su esposa, en esos momentos no le causaba enojo, sino, por el contrario, parecía seducirlo con las imágenes más descabelladas.

Se sentía a punto de descubrir la posibilidad de un género de relaciones tan novedosas entre los dos, que si por una parte le enervaba hasta el delirio con el deseo zoológico, el deseo casi no masculino, jamás experimentado hacia otra mujer, de poseerla, por la otra lo torturaba con una desconfianza, un sordo recelo, que aun cuando rehuyera el descubrimiento de ese nuevo, intoxicante género de relaciones, lo empujaban sin embargo, con un impulso animal, a cerciorarse de si en Virginia no se escondía otra mujer, no se escondía una ignorada hembra brutal e insaciable, que, empero, jamás podría conocer de verdad pues sólo era susceptible de ser descubierta por otro hombre, por ese otro hombre que es el omnipresente rival, el convidado de piedra que aparecerá o no en nuestra vida, pero que siempre amenaza desde la sombra.

La cúpula del vientre. La conjunción de diagonales entre los muslos. Ramos la miró a los ojos, donde parecía bullir una delatora perversidad ignominiosa. ¿Qué disimulada reticencia escondía la frase que ella dijo mientras él miraba a las dos adolescentes? ¿Se habría asomado ella también a ese mundo del amor que "no quiere decir su nombre"? ¿Habría sido su cómplice en ese espionaje... sacrílego?

—Perdona que te interrumpa —repitió Virginia para traerlo a la tierra.

En su cuerpo había una vibración de deseo, pero la frase fue pronunciada en una forma tan natural e indiferente que

162

era imposible derivar de ella ninguna conclusión, pues, en efecto, Virginia siempre podía poner en juego el supuesto de que subir al estudio significaba, en cualquier caso, interrumpirlo —sin que importara en qué, interrumpirlo simplemente—, ya que ése era el sitio donde él se aislaba para trabajar.

La duda seguía en pie, no obstante, en el sentido de si el "perdona que te interrumpa" era un reproche malévolo —pero también, además, elusivamente sexual y retador—, lleno de implicaciones inconfesables en relación con las muchachas de la azotea, o una fórmula cortés sin trascendencia.

Ramos respiró con fuerza. Si era cierto que Virginia encerraba dentro de sí otra mujer desconocida —que sería entonces inevitablemente adúltera y perjura—, Ramos anhelaba ser ese otro hombre, ese convidado de piedra con el cual ella lo iba a engañar tarde o temprano.

Su cerebro estaba paralizado, capaz únicamente de moverse en una sola dirección. Se había apoderado por completo de su espíritu ese fabuloso afán de posesión absoluta y eterna que experimentan los jugadores, y que es tanto más fabuloso cuanto ha de disfrazarse con una indiferencia sobrehumana. Poseerla. Poseer a Virginia nuevamente por primera vez. Ella debía entregársele, ella debía serle infiel con el acto de entregársele, pero no de ninguna otra manera, pero no con otro hombre distinto, Dios mío.

A guisa de consuelo quiso imaginar a Virginia en su condición de esposa, es decir, brutalmente como un objeto que era suyo y del cual podía disponer a su antojo en cualquier momento, pero en seguida pensó también, desazonado, que aun cuando la invitara a que se poseyeran ahí mismo, en ese instante, ella encontraría tal fuerza de convicción en el argumento de lo desacostumbrado, de lo no doméstico, de lo no matrimonial del hecho —algo así como "¿qué te sucede?, ¿te has vuelto loco?"—, que podía negarse con la más grande naturalidad y sin poner al descubierto, así, esa hembra subterránea y de cuya existencia, ahora, de pronto, Ramos se sintió misteriosamente seguro.

Durante este lapso inmenso habían transcurrido apenas

unos segundos. Virginia avanzó hacia el centro del estudio y las líneas debajo de su vientre, al abandonar la luz directa del sol, dejaron de transparentarse. Vestía un modelo bugambilia de espaciosa falda drapeada que al recogerse en el talle daba una espléndida redondez animal a sus caderas de yegua, mientras los zapatos de "plataforma", como elegantes pezuñas, contribuían a completar la imagen. Una yegua ardiente. Un verdadero centauro femenino.

—Acaban de telefonear —explicó en un tono de voz afectadamente neutro— que los compañeros del Partido —la voz tuvo una modulación sorda y despectiva— vendrán dentro de una hora a reunirse.

Ramos reparó en la modulación llena de contrariedad de estas palabras. "Los *com-pa-ñe-ros* del Partido." Con un matiz de desprecio rencoroso en el cual parecía comprenderlo a él mismo con la intención de que adivinase algún resentimiento implícito, alguna informulada recriminación en su contra. Por otra parte, sin embargo, no había nada de notable en la circunstancia de que Virginia demostrara su contrariedad de costumbre cada vez que se celebrara en su casa una asamblea del Comité Central del Partido. Entonces surgía en Virginia, con un odio violento y rebelde, su amor, su apego a las tradiciones burguesas. ¿Por qué habían de invadir tales gentes su hogar y luego con esa grosera desconsideración que ni aun se tomaba la molestia de pedirlo, de solicitarlo, sino que disponía de él como su propiedad, como una casa pública? Las explicaciones de Ramos en el sentido de que su lujosa residencia era un lugar insospechable para que los jefes comunistas conspiraran sin riesgos, no bastaban a tranquilizarla. ¿Qué le importaban a ella los jefes comunistas?

—Por lo pronto —añadió con inquina— he ordenado retirar la alfombra de la sala para que no la ensucien.

Pero Ramos ya no pudo razonar, ya no pudo comprender el sentido de la frase. Ciñó con sus brazos la cintura de Virginia e intentó besarla en la boca. El ademán fue tan torpe y pueril, tan falto de experiencia y conocimientos, en con-

164

traste con el habitual aplomo de Ramos, que causó en Virginia una bullente impresión jocosa. De su garganta escapó una risita cruel. Había esquivado los labios de su marido y éste apenas si logró rozarle las mejillas y el lóbulo de la oreja, y ahora estaba ahí, frente a ella, cariacontecido como un escolar, la actitud tonta y acongojada.

—¿Qué es lo que te sucede? —escuchó Ramos, a través de una espesa niebla, la irritantemente cantarina voz de su mujer.

Las mismas palabras que él imaginara, pero las que un cálculo idiota le había hecho no esperar, al extremo de sentirse sorprendido al escucharlas.

Virginia se encogió de hombros. Algo dijo, del todo incomprensible, acerca de que las efusiones de cariño en esos momentos —miró su reloj de pulsera—, a las doce menos cuarto de la mañana, no tenían sino la impertinente consecuencia de estropearle el peinado y echarle a perder la pintura de los labios. —Además —añadió con una ternura doliente destinada en apariencia a suavizar la índole del reproche, pero que en el fondo se gozaba en el orgullo de su triunfo—, además, *cielito mío*, debes comprender que yo no soy una máquina insensible, ni un instrumento de placer —el giro estaba plagiado al lenguaje de las sufragistas— del que puedes servirte a tu capricho, sin que me dejes siquiera el derecho a la reciprocidad —monstruoso, abominable sufragismo de mujer "sin prejuicios".

Pero de súbito, sin que ninguno de los dos lo esperara, ocurrió algo extraordinario. Desde la calle se escuchó un largo grito lastimero, que tuvo la virtud de paralizarlos como si se tratase de una descarga eléctrica. Se miraron directamente a los ojos con un presentimiento sobrenatural.

En seguida, mientras el torso le vibraba en forma extraña al erguirse para hacerlo, ella tiró del cordel de la persiana hacia abajo, abriéndola por completo. En ese segundo revelador, Ramos comprendió sin duda alguna que Virginia había sido su cómplice, desde un principio, en la morbosa contemplación de los acontecimientos de la azotea.

Ambos se precipitaron hacia la ventana. Lo que ahora se ofrecía a sus miradas en la azotea era algo cómico, grotesco como el final de un sainete, pero al mismo tiempo un sainete satánico.

Las adolescentes corrían de un lado a otro, a grandes saltos ridículos, igual que dos encandiladas mariposas nocturnas, torpes y aterrorizadas, perseguidas con un garrote en la mano por una vigorosa mujer de edad, hombruna y repugnante, que las golpeaba con una lucidez cruel y exacta en los brazos, en la cabeza, en el vientre.

—¡Puercas! —gritaba la mujer con voz ronca—. Cochinas manfloras —el Ángel Vengador había descendido del cielo con su flamígera espada en la figura de esa hembra para confundir, escarnecer y aplastar a los réprobos. A la distancia el espectáculo era indoloro cual un juego. Parecía imposible imaginar que aquello fuese otra cosa que una regocijada persecución de mentirijillas donde el Ángel Bueno trataba de castigar a dos diablejos miserables, pero nada más por divertirse y divertir a los demás. Mas el Ángel golpeaba con furia sádica. —¡Puercas! ¡Cochinas! ¡Manfloras desgraciadas!

Ya completamente imbéciles de terror, lo único que comprendían las niñas era que no deberían separarse nunca en esta hora de aflicción, en este minuto de la matanza de los inocentes, y entonces no se soltaban de las manos, enredándose, tropezándose, lo cual hacía más fácil la tarea de su verdugo.

Pero la más grande cayó de rodillas, el rostro ensangrentado, los brazos en cruz, como si orase, y así, la otra niña no tuvo más remedio que aprovechar la circunstancia para escapar lejos del alcance de la mujer.

Los acontecimientos se sucedieron en seguida con increíble rapidez, en cosa de algunos segundos. La pequeña subió a lo alto de la barda, miró en su derredor como si temiera alguna proximidad adversa a sus propósitos, abrió los brazos con amplitud y después de mover los labios en silencio se precipitó vertiginosamente en el vacío.

166

Virginia se desvaneció de golpe junto a Ramos y entonces éste la condujo al interior del estudio, recostándola en el sofá. Sentía una angustia desmesurada pero menos a causa de Virginia que por un miedo terrible de sí mismo que se apoderó de él en ese instante. Ascendió hasta el estudio un murmullo apagado y colérico, lleno de doliente estupor.

El rostro de Virginia era una máscara blanca donde los cosméticos, sobre la total ausencia de color de la carne, tenían una fúnebre consistencia de materia sin vida, mientras las sienes y la frente estaban cubiertas de innumerables gotas de sudor.

Ramos derramó un poco de coñac en los labios de Virginia, y en seguida, después de frotarle la nuca, desabotonó la parte superior de su vestido para que pudiera respirar libremente. El encaje del negro corpiño de Virginia quedó al descubierto, por debajo de los ángulos de la clavícula, moviéndose al ritmo de una débil respiración.

Ramos se oprimió las sienes. Todo parecía vacilar en su torno. Muy dentro de su cerebro alguna incalificable catástrofe había interrumpido la solución de continuidad de su ser y ya no se sentía dueño de sus acciones, perturbado por una idea fija y atormentadora.

Poco a poco las mejillas de Virginia fueron recobrando su color hasta que fue evidente que había vuelto de su desmayo, sin embargo de lo cual permaneció con los ojos cerrados, la respiración otra vez rítmica. Ramos sentía vértigos. Impulsado por una fuerza ajena a su dominio, deslizó entonces la mano por sobre el pecho de la mujer hasta aprisionar con ella uno de sus senos desnudos.

El respirar de Virginia se hizo inmediatamente más acelerado e intenso y en sus labios se produjo un levísimo encogimiento de picardía. Aquello se prolongó sin que el cuerpo de Virginia diese señales de vida, a no ser ciertas vibraciones intermitentes que la sacudían una y otra vez, simultáneas a las caricias de Ramos.

Éste tenía una expresión vivaz y triunfante. Seguro ya de su victoria se arrojó sobre el cuerpo de su mujer con brutal violencia, cubriéndola de besos.

Sólo hasta entonces Virginia reaccionó, como víctima de un choque, irguiéndose de un salto, las mejillas encendidas y ardientes. Durante un segundo su boca conservó cierta malicia y en sus ojos aún alcanzó a brillar un relámpago astuto. Era cierto que estaba perfectamente consciente de aquello, herida, incitada también por el más vivo deseo, pero todo se disipó en seguida para que apareciera en su rostro un aire de azorada inocencia, de sorprendida candidez, llena de dolorosas interrogaciones. Fingía ignorar todo, no darse cuenta de las cosas, y usaba aquella inmaculada actitud para decirle a Ramos en silencio que ella no podía tener la culpa por su desmayo del momento anterior, y que a su irresponsable cuerpo sin conocimiento se le podía haber acariciado y excitado tan impunemente como se roba a un niño. Hizo una pueril mueca encantadora, de colegiala, y hundió el rostro en la palma de sus manos.

—¡Es espantoso, es espantoso lo que ha pasado! —balbuceó en voz trémula, refiriéndose al suicidio de la niña cual si ignorara los demás antecedentes, y se puso a sollozar convulsiva, patéticamente, mientras iba de un lado a otro de la habitación cuidándose sin embargo de ver el piso, a través de sus dedos entreabiertos, para no tropezar.

Ramos le volvió las espaldas con odio y abandonó el estudio, golpeando fuertemente la puerta tras de sí. En lo alto de la escalera hizo esfuerzos por recuperarse y tranquilizarse, pero era imposible. Descendió con lentitud y al llegar a la sala se detuvo con el aire concentrado y melancólico.

Al advertir el negro aparato telefónico en la mesa próxima, empero, su rostro se iluminó con una esperanza prometedora. Entonces, mientras marcaba el número de Luisa, le llegó desde el estudio el sedante y tranquilo murmullo de una orquesta. Sonrió. Su mujer se tranquilizaba, en cambio, con la música sinfónica. Por lo pronto ésa era la forma incruenta de su infidelidad.

VIII

—Y lo que dijiste, Saulo, respecto al Rabí
Esteban sobre entregarle al Sanedrín, ¿lo di-
jiste de veras? ¿Te convertirías en delator?
¿Por qué?

—Porque es mi hermano más amado —contestó Saulo sosegadamente.

Solem Asch, *El apóstol.*

Los ojos de Fidel se detuvieron fijamente, con expresión re-
concentrada pero a la vez con algo que a Gregorio le pareció tristeza, sobre el plato de sopa que ya debía estar frío y
del que, sin darse cuenta, se llevó a los labios, con un temblor del pulso, una cucharada grande. Hizo una mueca de
desagrado y malestar pero sin relación alguna con la sopa,
más bien una mueca que tendría que ver con sus pensamientos y preocupaciones. "Algo grave le sucede", se dijo
Gregorio con interés e inquietud, procurando dominar también su propio disgusto y sin que su mirada se apartase de
aquellas mejillas hundidas y aquellos párpados llenos de cansancio. "Algo grave", se repitió en tono aprensivo.

Desde el primer momento, cuando fue a esperarlo a la
terminal de los camiones, había notado con extrañeza una
cierta reserva melancólica en Fidel, una cierta actitud irregular y un aire de reprimido dolor, desacostumbrados por
completo, en aquella forma de hablar sin matices, sin darse
cuenta de lo que decía, y ahora en esta manera de quedarse
mirando el plato, cual si mirara el fondo de un abismo. Sintió pena pero también una gran curiosidad. Había perdido
la costumbre de ver que se filtrara jamás hacia el exterior, a
través de la apariencia inhumana de Fidel, el menor sufrimiento íntimo, por lo que aquello le pareció extraordinario.

Con un ademán mecánico Fidel volvió a tomar otro sorbo

de aquel líquido infame donde se mezclaban diversas clases de fideos y dos o tres trozos de papa podrida, mas con un aire tan ausente, que no hubo un solo gesto que denotase sensación física de ninguna especie, abstraído todo su ser en un poderoso y obstinado tormento interior que no acertaba a manifestarse hacia afuera. Sus labios se cubrieron del barniz grasoso y opaco de la sopa fría.

Sobresaltado, Gregorio giró la vista, casi con la angustiosa sorpresa de quien despierta en un lugar desconocido, al gran patio conventual en uno de cuyos ángulos se encontraban. Se detuvo a examinar, sin comprenderlos, los cuadrados y macizos capiteles de las columnas cilíndricas, cortas y sin base, que formaban una arquería sobria y oscura. Sólo hasta ese momento fue cuando pudo escuchar los acordes de una guitarra que acompañaba, tal vez desde hacía algunos minutos, la canción doliente y triste de una voz. Sólo hasta este momento, como si antes hubiera estado sordo. El hecho le causó una desazón inexplicable.

Dónde están esas torres de Puebla,
dónde están esos templos dorados,
dónde están esos vasos sagrados,
con la guerra, ay, todo se acabó...

El aspecto del patio era una deprimente combinación de cárcel y mercado, pero, extrañamente, sin ningún movimiento, sin ningún ruido. Una cárcel de muertos. En los corredores, al pie de cada columna, se agrupaban dos o tres familias, hombres, mujeres y niños desventurados y quietos, el aire casi nada más idiota de resignación, los pequeños o bien en los brazos o bien tendidos en el suelo sobre los sarapes, todo dentro de una atmósfera ya de antiguo llena de amor hacia la fatalidad, mas como si la circunstancia de compartir entre todos ese viejo edificio, hoy en poder del Consejo de Desocupados, les infundiese a cada uno cierta índole de un abandono más conforme con su destino, más dispuesto a no oponer resistencia a nada ni a nadie, ya que se trataba de sufrir, llorar, desaparecer en común.

170

Dónde están esas torres de Puebla...

Nadie parecía escuchar la vieja canción chinaca, pero cuando, por quién sabe qué razones se hubo interrumpido, una voz muy clara y distinta apremió al cantor:

—No la corte, compañero, siquiera pa que no estemos tan tristes...

Una voz abrumadoramente indiferente. Le importaría todo un carajo, sin duda, incluso la canción. "Pa que no estemos tan tristes." La melodía, llena de antiguos lamentos, narraba las desdichas de Puebla en tiempos de la Intervención, los hogares destruidos, los templos arrasados por la metralla, y en medio de este cuadro, la muerte del general Zaragoza, que dejaba a la ciudad sin su paladín más esforzado.

Aquello parecía tener una actualidad extraordinaria ahí, en mitad de estas gentes que eran las mismas de cincuenta, de cien, de trescientos años atrás, con idéntica indiferencia ante su propio dolor y su propio desamparo. Porque quizá el saber que su congoja venía desde tan lejos fuese un consuelo, pues la canción produjo un movimiento de imperceptible nostalgia satisfecha, de acomodo tranquilo y de inmovilidad más firme y sosegada.

En el centro del patio una mujer puesta en cuclillas lavaba unos trastes de hojalata, apartándose con el dorso de la mano el sucio mechón de negros cabellos que le caía en la cara con terca insistencia, mientras por debajo de la falda, hasta volverse algo impúdico y obsceno como si saliera de ella misma, se deslizaba con una especie de discernimiento vivo y animal, ora deteniéndose, ora rodeando las anfractuosidades de las baldosas, una sucia culebrilla de agua donde eran visibles algunos granos de arroz y otros desperdicios de comida.

Nada había de singular ni extraño en el espectáculo. La mujer, junto a la llave, fregaba con cólera su miserable colección de botes de sardina vacíos. Eso era todo. Pero de súbito aparecía el maldito, el maloliente riachuelo por debajo de la falda, reptando con aviesa malignidad, astuto, un alto aquí, otro allá, firme hacia su destino. En esta forma, vista de espaldas por Gregorio, la mujer cobraba de pronto una naturaleza cínica y alucinante, y se esperaban entonces de ella con terror, igual que de una loca, mas con curiosidad casi perversa, el alma sobrecogida, las cosas más soeces y excéntricas, las más bárbaras e increíbles. Estaba loca. Sin duda estaba loca.

Gregorio se estremeció, sacudido por un amargo sentimiento de tristeza y soledad. La dolorosa aspiración a un mundo bello, donde todo respondiera a un orden justo y equilibrado, lo lastimaba dentro del espíritu mucho menos en su condición de esperanza que como algo precisamente adverso, que lo contrariaba por su imposibilidad, por lo distante. Del cuerpo de la mujer loca saldrían ahora quién sabe cuántas inmundicias. Gregorio se asombró de súbito ante la extravagancia de estas ideas. ¿No sería un producto de su enfermedad? En todo caso resultaba indispensable consultar con un médico cuanto antes. Apartó la vista de la hembra para fijarla nuevamente en Fidel. Al mirarlo experimentó algo semejante a un choque eléctrico.

Fidel se inclinaba hacia adelante con una inmovilidad insólita, los ojos sin ningún brillo, el rostro absolutamente sin color. Su sufrimiento no era de este mundo. Sería inútil intentar comunicación alguna con su alma del todo solitaria.

El chorro de agua sucia que salía de la mujer se arrastraba hacia los pies de Gregorio y éste lo dejó llegar con una voluntad sumisa e impotente. En el otro extremo del patio, pero como a través de una distancia sin medida, veíase al hombre de la guitarra, contra la pared, en la postura de alguien a quien acaban de fusilar. Los demás escuchaban su canción sin que hubiesen intentado siquiera aproximársele, cada uno desde su sitio, en el corredor, bajo los portales, junto a las columnas, con esa quietud eterna de los enfermos que toman sol en el hospital y no aciertan a moverse, tal vez convertidos ya en simples objetos meditabundos.

En otro tiempo, antes de la crisis y el cierre de las fábricas, estas sombras habían sido obreros, mujeres de obreros e hijos de obreros. Pero la miseria terminó por restarles dignidad. Hoy estaban mucho más cerca del hampa, con pasiones, sentimientos y vicios inesperados. Ya no eran la misma gente intrépida de otros años, sino gente de espíritu reptante, desconfiado, egoísta, calculador.

Con un ángulo del ojo Gregorio percibió en el patio la presencia de una silueta. Se volvió rápidamente. Un inverosímil perro apocalíptico se aproximó a beber junto a la llave, en el centro del patio, pero se alejó en seguida, apenas con una especie de graznido rencoroso, mucho más de pájaro que de perro, al recibir el golpe de guijarro con que la sucia mujer que lavaba sus trastos lo espantó, en defensa de una cazuelita de frijoles que había colocado ahí cerca, ante su propia vista. El graznido de un pajarraco impotente, un pajarraco que no puede hacer nada y oculta su rabia con una descompuesta, cómica, dolorosa desesperación.

La mujer se irguió con el aire desproporcionadamente justiciero.

—¡Indino éste! —gritó con aguda voz patética, en tanto consideraba en derredor a los espectadores, segura de que apoyarían lo legítimo de su causa—. ¡Indino! ¡No hay de tragar para los cristianos, cuantimás ha de haber pa los perros!

Su cabeza se inclinaba hacia atrás, desafiante y orgullosa, en espera de que se manifestase el beneplácito de los presentes ante aquella sentencia en la cual resumía todo el desesperadamente humano impulso de vivir, de permanecer, a despecho de no importa qué enemigos ni competidores, aunque fuesen los perros. Pero nadie pareció reparar en el gesto y entonces la actitud de la mujer volvió a desdibujarse dentro de su propia miseria y su propia soledad, vencida.

Los ojos de Fidel y Gregorio se encontraron por fin y de inmediato, casi involuntariamente, se estableció entre ambos un lazo de comprensión.

La mirada de Fidel, por primera vez en mucho tiempo, era húmeda y cariñosa, pero un poco avergonzada de serlo así. Sus flacos dedos tamborilearon imperceptible y nerviosamente sobre la desnuda mesa de pino. Algo muy hondo

173

lo inquietaba, mas sin duda algo por completo ajeno a su ser, o a su modo de ser exterior. Gregorio no podía disimular su impaciencia. Cierto que habían hablado todo lo necesario, desde que Fidel llegó tres horas antes a la ciudad de Puebla —éste donde se hallaba era el punto de cita— con el propósito de informar a Gregorio, quien a su vez exprofesamente hizo viaje desde Acayucan, de los acuerdos adoptados por el Comité Central en su última reunión en casa del arquitecto Ramos; pero Gregorio se daba cuenta de que Fidel necesitaba decirle algo más, ya no con respecto a cuestiones políticas, sino en relación con problemas de otra índole, aunque quizá de una índole de tal modo personal que no podrían sino expresarse en un lenguaje vago y metafórico.

No importaba. Sería un triunfo, pensó Gregorio, que el sufrimiento y el dolor hicieran de Fidel nuevamente un hombre verdadero, no esa horrible máquina de creer, esa horrible máquina sin dudas.

Esperó con ansiedad lo que diría Fidel. El rostro de éste se recompuso y en sus pómulos se advirtió de nuevo una coloración animada y vivaz. No obstante guardó silencio por un largo minuto.

—Estoy completamente seguro —Fidel se mojó los labios llenos de aquella grasa de la sopa (no quiso comer en ningún restaurante, pese a la insistencia de Gregorio, sino justamente en el Consejo de Desocupados la repugnante comida que se administraba a éstos, pues dijo que no había derecho alguno para darse un trato mejor)—, completamente seguro de que entenderás mi actitud política —insistió, con ese mismo tono carente de matiz que ya había extrañado a Gregorio, un tono vacío y sin inteligencia, que no era el habitual.

"Sufre mucho más de lo que yo imaginaba", se dijo Gregorio mientras seguía con desmesurada atención sus palabras. Fidel hizo una pausa dolorosa. Su mirada era suplicante igual que la de un perro. Sin duda en su interior luchaba contra algo que no tenía relación con las palabras. "Me mira como si fuera a pegarle", pensó Gregorio.

—No ignoras —dijo Fidel en seguida en voz muy baja y apartando la vista de Gregorio— que mis opiniones son opuestas a las tuyas. He combatido tu criterio sobre diferentes puntos y he propiciado los acuerdos del Comité Central en tu contra. Pero nuestra amistad no tiene nada que ver en el asunto.

Gregorio cerró los párpados con un movimiento en apariencia de aprobación, pero que no era sino de angustia. Se sentía anonadado. Era como si, por completo a ciegas, tratase de dar con una palabra en el diccionario. No ignoraba lo que quería decir esa palabra, sus atributos, su función; pero la palabra misma, sí. Significaba algo parecido a la suavidad, algo semejante a un cierto tono, algo como una presencia que apenas hiere los sentidos y que no se advierte de tan natural; pero nadie podría decirle que todo aquello no era sino la palabra *azul*. Gregorio sabía los atributos de ese sufrimiento de Fidel, los adivinaba, pero era incapaz de saber el nombre de tal sufrimiento.

Fidel era un hombre... ¿cómo decirlo? —Gregorio se oprimió las sienes con los pulgares—, ¿cómo decirlo? Más bien que un hombre, un esquema, un fenómeno de deformación, de esquematismo espiritual. (Le causaba una impresión molesta la imagen, una impresión de cobardía e injusticia. Era desagradable pensar así de Fidel cuando junto a ese "esquematismo" tenía virtudes verdaderamente excepcionales.) Un hombre que infundía miedo por el peligro de que se reprodujese, hoy, mañana, aquí en México o en cualquier parte del mundo, con cien mil rostros, inexorable, taimado, lleno de abnegación y generosidad, lleno de pureza, ciego, criminal y santo. Una máquina, Dios mío, una máquina de creer. Gregorio conservó los ojos cerrados. Recordaba las actitudes de Fidel, sus opiniones, sus formas de concebir la vida.

Una noche, antes de partir Gregorio de viaje en un carro de exprés donde el encargado, compañero del Partido, lo conduciría hasta el puerto de Tampico, aguardaban Fidel y Gregorio el momento de la partida sentados sobre una plataforma. El cielo veíase singularmente estrellado y los silbatos de las locomotoras tenían trémolos profundos, tristes, que vibraban en el aire, sacudiéndolo cual si lo desalojasen

175

en ondulaciones sensibles cuyo fluir hería la propia epidermis. "No hay felicidad más grande que la de ser comunista", había exclamado de pronto Fidel, en medio de aquella atmósfera que se antojaba impregnada de silencio.

Aquello no fue una explosión lírica. En esa abominable frase se basaba el pavoroso credo de Fidel. Con una falta absoluta de respeto por sí mismo, creía en su propia felicidad y, peor aún, en la estúpida felicidad del género humano. ¿Cómo iba a ser posible que ahora confesase, a despecho de esa creencia, su sufrimiento por cosas tales como el amor, la soledad, la muerte, la incertidumbre?

—¿Sabes? —le había replicado Gregorio en esa ocasión, apretando los dientes de cólera—. ¿Sabes que el hombre es el milagro más bello de la naturaleza? —hablaba con un énfasis romántico en sus palabras, conmoviéndose más y más a medida en que las oía—. ¿Por qué quieres rebajarlo entonces a la condición de un hermoso cerdo feliz? El hombre es la materia que piensa. ¿Comprendes? La materia consciente de que existe, es decir, consciente también de que dejará de existir. La "floración más alta" de la materia, llamaba Engels, ese señor al que no has leído nunca, al espíritu pensante. Ahora bien. Esa floración más alta ha de extinguirse, en virtud de una ley inexorable, dentro del espacio limitado, sistema solar o lo que quieras, en el tiempo infinito, en el devenir incesante y eterno de la materia. En esto, en la conciencia de esta extinción y de este acabamiento, radica la verdadera dignidad del hombre, quiere decir, su verdadero dolor, su desesperanza y su soledad más puras. Pues lo que pretendemos crear en última instancia es un mundo de hombres desesperanzados y solitarios. Claro que no en el sentido wherteriano y burgués de la palabra; no en el sentido estrechamente individualista, sino, en cierto modo, si lo quieres en el sentido bíblico, como lo expresa el Eclesiastés —había citado textualmente el versículo—: "en la mucha sabiduría hay mucha molestia; y quien añade ciencia, añade dolor". Ni más ni menos. El dolor de conocer. El sufrimiento de la sabiduría. Un hombre heroica, alegremente desesperado, irremediablemente solo. Ninguna creencia en absolutos. ¡A la chingada cualquier creencia en absolutos! Los hombres se inventan absolutos, Dios, Justicia, Libertad, Amor, etcétera, etcétera, porque necesitan un asidero para defenderse del Infinito, porque tienen miedo de descubrir la inutilidad intrínseca del hombre. Sí, lo asombroso no es la inexistencia de verdades absolutas, sino que el hombre las busque y las invente con ese afán febril, desmesurado, de jugador tramposo, de ratero a la alta escuela. En cuanto cree haber descubierto esas verdades, respira tranquilamente. Ha hecho el gran negocio. Ha encontrado una razón de vivir. ¡Bah! Hay que decirlo a voz en cuello: el hombre no tiene ninguna finalidad, ninguna "razón" de vivir. Debe vivir en la conciencia de esto para que merezca llamarse hombre. En cuanto descubre asideros, esperanzas, ya no es un hombre sino un pobre diablo empavorecido, amedrentado ante su propia grandeza, ante lo que puede ser su grandeza, indigno por completo de ella, indigno de ser la "floración más alta" de la materia. ¡Valiente comunismo el tuyo si se reduce tan sólo a pretender la desaparición de las clases sociales! ¡Desaparecerán las clases, no te quepa la menor duda! ¡Claro está! Pero ésa sólo es una etapa hacia el advenimiento del hombre. El hombre no ha nacido aún, entre muchas otras cosas, porque las clases no lo dejan nacer. Los hombres se han visto forzados a pensar y luchar en función de sus fines de clase y esto no los ha dejado conquistar su estirpe verdadera de materia que piensa, de materia que sufre por ser parte de un infinito mutable, y parte que muere, se extingue, se aniquila. ¡Luchemos por una sociedad sin clases! ¡Enhorabuena! ¡Pero no, no para hacer felices a los hombres, sino para hacerlos libremente desdichados, para arrebatarles toda esperanza, para hacerlos hombres!

Gregorio sonrió al recordar sus palabras. Es que no había expresado pensamientos propiamente suyos. Una tesis semejante había sido publicada por José Alvarado, a la sazón uno de los militantes activos de la agrupación revolucionaria de los estudiantes, en la *Revista de la Universidad*. Gregorio se había impresionado profundamente por las ideas del joven filósofo y se había apresurado a hacerlas suyas, con vehemencia y entusiasmo.

Permaneció largos instantes con la frente entre las manos, sin abrir los ojos, concentrado en sus pensamientos. El dedo índice de su mano derecha golpeaba, con intermitencias de un segundo, nerviosa y activamente, igual que la palanquita de los transmisores telegráficos, la parte superior de su frente. Fidel advirtió que entre ese dedo y el medio, Gregorio tenía una mancha casi negra de nicotina. "Habrá fumado con exceso los últimos días", se dijo, pues no recordaba haber visto la mancha en ninguna otra ocasión.

Comenzaron a entrar en el patio pequeños grupos de dos y tres hombres que llevaban carteles con letras rojas, con las cuales diariamente recorrían las calles de Puebla. Su aspecto era lamentable, triste y a la vez —quizá por la indiferencia con que soportaban su condición— ligeramente desvergonzados. Vestían viejos trajes de mezclilla pálida o pantalones de casimir corriente con la parte inferior llena de barro. Sus caras eran amarillentas, los escasos pelos de la barba indígena sucios y crecidos. Algunos iban descalzos.

Apoyaron los carteles colocándolos contra el muro y después se sentaron con las piernas recogidas y las espaldas recostadas en la pared. Sus voces eran tan quedas como en una iglesia.

—¡Ah! —escuchó sin embargo Fidel claramente desde su sitio, a favor del viento, cual si la voz se arrastrara, alargándose sobre la superficie de las baldosas, el monosílabo cantado, largo, melodioso y desgarrador—. ¡Ah, compañero...! —alguien se dirigía a un interlocutor casi improbable, de tal modo eran indolentes las palabras—. ¡Ah, compañero...! ¿Pos cuándo, pues, se acabará esta *cris*?

No hubo respuesta sino hasta unos segundos más tarde:

—Pos un día de éstos, compañero, con el favor de Dios.

Luego un silencio deprimente y profundo.

Inquieto por la actitud de Gregorio, por su mutismo, Fidel examinaba detenidamente su rostro, que era un rostro noble y audaz, con una frente recta y ancha, el mentón dulce y fino hasta lo infantil. En cierto sentido Fidel se dolía de luchar en contra suya. Según su propio criterio, no los separaba sino la diferencia de concepciones en cuanto a táctica y estrategia políticas, pero esto no era obstáculo para que Fidel mirase en Gregorio un amigo en quien podía confiar de manera absoluta. Justamente para distinguir entre esa amistad y sus diferencias, y que dicha amistad no influyera sobre la rectitud con que deben tratarse los problemas de principios, Fidel se encarnizaba en contra de Gregorio de tal modo.

En esta forma y a propósito del trabajo de Gregorio en Acayucan, Fidel no escatimó recursos para combatirlo en la última, atroz reunión del Comité Central, hasta que obtuvo el acuerdo de hacerlo comparecer, ante la próxima asamblea plenaria, como un transgresor de la política del Partido.

Fidel luchaba por su causa en contraposición activa y constante con todos aquellos sentimientos individuales propios que se le interponían en el camino, amistad, amor, lo que fuese.

La última reunión del Comité Central en casa del arquitecto Ramos se grabó muy precisa y desventuradamente en el recuerdo de Fidel. Significaba en su vida un cambio, una transformación inesperada. Significaba, en suma, la pérdida de Julia.

Aquello fue bochornoso e infame. Después de que se trataron los asuntos comprendidos dentro de la orden del día, Fidel tuvo que informar acerca del asunto. Había sentido odio contra todos los presentes, pues adivinaba que bajo su apariencia de naturalidad y ese aspecto puritano y desenfadado, oían sus palabras con una suerte de delectación irónica y maligna. Todos. Odio y celos por lo que imaginarían, por el género inmundo de sus pensamientos.

La reunión había sido —como era costumbre— en la sala de la residencia, en medio de esa atmósfera de objetos de arte, cuadros, libros y bohemia chic tan peculiar en casa del arquitecto. Fidel habló cinco minutos escasos sin levantar la vista del pie de una horrible consola. Horrible hasta causar náuseas. Representaba a un fauno con las patas abiertas y una diabólica expresión sonriente en el rostro.

—Se trata de un asunto personal —había dicho Fidel. En torno suyo las palabras "asunto personal" produjeron un movimiento apenas perceptible de placer, ya que ninguno ignoraba la índole de tal asunto y cuando menos tenía curiosidad por la forma en que el propio Fidel la plantearía—. Un asunto personal pero que tiene implicaciones organizativas —añadió Fidel sin levantar la vista de la consola. En medio de un silencio equívoco la asamblea se contrajo igual que una almeja sobre la que cae una gota de limón—. La compañera Julia y yo hemos decidido separarnos —proseguía Fidel con la sensación de que evocaba en el auditorio una imagen muy concreta e íntima—. Ahora bien: la compañera Julia no tiene familia. Ella vive en nuestra oficina ilegal, como ustedes saben. Es fácil comprender que nos resulte un tanto violento, sí, un tanto violento a los dos vivir bajo el mismo techo en estas nuevas condiciones —Fidel temblaba. Ahora cada uno imaginaría las posibles escenas, los deseos reprimidos; ahora cada uno podía emporcar con su imaginación toda esa cosa invisible que convirtiera en extraños a dos seres que apenas una semana antes eran algo íntimo, confiado, amoroso y familiar—. La cuestión consiste entonces en encontrarle un acomodo compatible con su situación; ella es una comunista de confianza —concluyó sin mover la mirada de aquella consola del demonio.

La nariz aguileña del fauno se curvaba hacia el agudo e insolente mentón. Ahora Fidel estaba más incómodo e irritado al darse cuenta que se le tenía lástima, al darse cuenta que el tono de su voz, pese a la frialdad, a la serena objetividad aparente de las palabras, había dejado translucir su intensa amargura.

Hubo un profundo sentimiento de alivio cuando Fidel levantó los ojos para examinar a los presentes. Después de un debate breve la resolución que se adoptó con respecto a Julia fue la de comisionarla, con una pequeña ayuda económica, en el trabajo de la Organización de Socorro a los presos políticos.

Fidel no podía olvidar ninguno de los detalles, ninguna de las torturantes circunstancias que precedieron a este momento, desde que llegó a la residencia de Ramos.

Había acudido con anticipación a la cita y desde el primer instante se sintió inquieto, invadido por una sorda irritación. Aquella residencia, esos muebles, ese lujo. Sentía un gran desprecio por todas esas personas a quienes el Partido denominaba "simpatizantes". Se trataba de elementos de cierta posición económica y "social" —algunos hasta con relaciones entre altos personajes del Gobierno— que reducían los deberes de su conciencia política a simples donativos monetarios. Era como si comprasen su confort, su tranquilidad, mientras los demás comunistas arrostraban todos los peligros. Gentuza.

Después de unos minutos de encontrarse en la casa de Ramos, sentado sobre un amplio sofá de la estancia, mientras aguardaba a los demas compañeros, Fidel pudo advertir, lleno de contrariedad, en el reloj de la mesa de centro, que se había adelantado a la cita con un poco más de media hora. Como movido por un resorte se puso en pie de un salto con esa enojosa sensación de inadaptabilidad, de desencanto colérico, que se experimenta ante la inexorable autonomía de un tiempo ante el cual somos impotentes, que transcurre soberanamente a su antojo. Buscó a su alrededor igual que un náufrago, y entonces, casi con insolencia, se puso a examinar uno a uno todos los objetos con un detenimiento gratuito e innecesario que le daba aires de tonto. Antiguos cacharros de cerámica tarasca; una caja de música con dibujos florentinos; ocho pipas de diferentes formas; un sucio, infecto crucifijo horadado por la polilla.

Encima de la chimenea cierto pequeño cuadro le produjo una inconcebible reacción, desdeñosa y colérica, pero llena de interés. Debía tratarse de alguna de esas cosas surrealistas o modernistas, quién sabe. Una combinación incomprensible de figuras geométricas, triángulos, trapecios, rombos, cilindros, interfiriéndose unos con otros, descompuestos sus volúmenes por la incidencia de líneas diagonales y horizontales que iban de aquí para allá, de uno a otro lado. Fidel sintió hacia la obra, de inmediato, un desprecio singular en que, sobre todo, había la conciencia profunda, conmovedora, sorprendente, de sentirse superior, muy por encima de esas formas de mirar la vida. ¿Por qué algo tan infecundo, tan carente de sentido? Aquello le pareció horrible... e inmoral. Un símbolo donde se resumía toda la "decadencia burguesa".

Algo se revolvió en su interior y entonces, para mudar de impresiones, caminó hacia el librero con el propósito de ver los títulos. No fue mejor el resultado del cambio. Entre todos los volúmenes no se encontraba un solo libro de doctrina socialista. Miró hacia el reloj: habían pasado cinco minutos apenas. ¿Qué hacer? Tomó uno de los libros y leyó al azar. "El que necesita un buen médico es nuestro amigo Swann." Cerró el libro y lo puso en su sitio con un sentimiento interior de desconsuelo. Julia. Julia. Debía plantear en la reunión el asunto de Julia. Era terrible. Pero de pronto, a causa de esa ociosidad solitaria y propicia, lo asaltó una tentación morbosa, de clandestino placer inexplicable, ahí, cinco pasos a la izquierda, otra vez la chimenea: mirar nuevamente el cuadro surrealista; mirarlo sin rubor, sin cólera, sin remordimiento, pues en fin de cuentas no había testigos, estaba completa, absolutamente solo en aquella confortable estancia tan, a pesar de todo, acogedora y benigna.

Lo examinó con un cinismo desenfadado y total. Mirar aquello era la consumación de un delito del que nadie se enteraría jamás. Rombos, rectángulos, pirámides, cilindros, cubos. Líneas de color malva, blancos incandescentes, algunos fondos rosa y en el ángulo superior derecho un destello, una mancha verde agresiva.

Escuchó de súbito una voz cantante, a sus espaldas, y entonces se volvió con rapidez, aturdido y torpe, sin descubrir de quién ni de dónde provenía.

—¿Le agrada ese pequeño juego de...?

Desde lo alto de la escalera la mujer de Ramos terminó la frase con una palabra extranjera, sin duda el nombre del pintor. Crac. Algo muy semejante al ruido que se produce al partir una nuez con la dentadura. "Pequeño juego." La indulgente clasificación exculpaba todo lo extravagante y tonto que pudiera haber en la pintura.

Virginia sonreía desde lo alto con un aire ligeramente conmiserativo pero lleno de curiosidad. Llevaba puesta una bata lila con discretos adornos que a Fidel le parecieron diminutas flores de lis.

Fidel se sintió enrojecer hasta la punta de los cabellos. Iba a replicarle en la forma terminante que le aconsejaba su conciencia ideológica. "No me importa que sea un juego. En todo caso resulta *criminal* —esta sería la palabra adecuada— un arte incomprensible para las masas." Pero antes siquiera de abrir la boca, Virginia se había adelantado.

—Perdone si lo interrumpí —una voz sedosa, cálida, en la cual no reparó Fidel—; el caso es que, sinceramente, no era mi intención. Busco ayuda de alguien, aquí en el estudio. Un pequeño servicio.

Fidel casi no supo cómo, de pronto, se encontró en el estudio de Ramos tratando de mover un librero debajo del cual había rodado una sortija de Virginia. Ésta lo veía, entretanto, con un aire de regocijo malicioso a causa de la actitud de ingenua concentración con que Fidel se entregaba a la tarea. Así resultaba más cautivante, más inocentemente tentador.

Sobre el sofá, aún con el calor del cuerpo de Virginia, veíase el vestido del que ésta se despojara quince minutos antes, cuando, después de observar a Fidel desde lo alto, decidió la pérdida de la sortija.

Virginia se aproximó unos pasos a Fidel, tranquila y desenvuelta cual si estuviera ante un eunuco. No, él no podía hacerlo solo. Ella lo ayudaría. Se inclinó entonces hacia la base del librero e hizo un movimiento a través de los pliegues de la bata, a propósito de afianzarse para tirar del mueble, adelantando una pierna desnuda. Así las cosas iban mejor. Lo miró con picardía: ¿no era cierto? Un esfuerzo más. ¡Ahora tal vez! ¡Bah! Habían fracasado. Era preciso insistir. La desnuda pierna de Virginia avanzó con juvenil, despreocupada audacia, el espacio suficiente para unirse con el lado interior del muslo tenso de Fidel y ahí se detuvo, obstinadamente inmóvil, sin rectificar su dulce e intencionada presión provocativa y retadora.

Para considerar el efecto que causaba, Virginia auscultó, con la traviesa curiosidad de sus ojos burlones, el rostro de Fidel. No pudo reprimir una sonrisa de confiado triunfo. Estaba rígido, serio, grave, con esa solemnidad anhelante y un poco nerviosa en la que Virginia sabía reconocer con tanta precisión los momentos precursores. Sí, hubiera sido imposible de otro modo; ahora su muslo masculino y compacto también respondía, avanzaba, primero con timidez, con estremecida cautela, pero en seguida, ya sin freno, en un segundo brutal, con una violencia magnífica y feroz. Virginia casi estuvo a punto de lanzar un grito de alegre pánico. Sus ojos ya sin burla, inesperadamente ansiosos y voraces, buscaron con angustia la mirada de Fidel. Éste aún conservaba la expresión rígida y tensa, la solemne gravedad premonitoria que precede al amor, pero de pronto sus músculos se aflojaron con un destello de júbilo casi infantil, su cabeza se inclinó, e irguiéndose luego con un movimiento victorioso, mostró en lo alto de la mano la joya rescatada.

—¡No era cosa del otro mundo, ya ve usted! —comentó con espontánea jovialidad.

Virginia lo miró sin comprender. Aquello era increíblemente inaudito. Todo su cuerpo temblaba. Como en un sueño tomó la sortija que Fidel le tendía. Éste se mostraba sereno, sin malicia, insufriblemente casto e inocente. No, no fingía. Ese hombre no fingía. Simplemente, simplemente... ¡Dios! ¡Estaba a punto de llorar como una colegiala! Con pasos sonámbulos lo acompañó a la puerta del estudio. No podía articular palabra, pero aún tuvo fuerzas para retenerlo antes de que saliera. Movió la cabeza de un lado a otro, obsedida.

—¡Nadie hubiera creído que fuera usted tan imbécil! —dijo con una voz sobrenatural, cerrando de un portazo.

Vacilaba sobre sus pies, a punto de sufrir un síncope. Ca-

184

minó unos cuantos pasos y luego, aniquilada, se arrojó de bruces sobre el sofá para prorrumpir en largos sollozos. Por un segundo —pero sólo por un segundo— lamentó no haberse entregado a su marido media hora antes, después de que aquella tonta chiquilla se arrojó desde lo alto de la azotea.

Al ocupar su sitio respectivo entre los camaradas, durante la asamblea del Comité Central, Fidel reparó inmediatamente en la consola. Se había colocado junto a ella sin proponérselo, mas junto a ella, peligrosamente junto a ella y a su fauno burlón, malicioso, que le adivinaba casi los pensamientos y el desasosiego.

Por una costumbre más bien ritual todos los presentes tomaban notas en tanto Germán Bordes, el jefe del Partido, rendía el informe político. Fidel extrajo su libreta y aparentó anotar. Nada. Tan sólo su nombre unas veinte veces, Fidel Serrano, Fidel Serrano, con letras de imprenta, las cuales disfrazaba en seguida mediante nuevos rasgos que las hacían ilegibles del todo, *Eidec Sapano*, o alguna cosa parecida. Las diminutas flores de lis. La bata color lila. La pierna desnuda. Pero lo peor de todo su propio gesto triunfante, que ahora se le aparecía en toda su lamentable comicidad, con la sortija en alto. "No era cosa del otro mundo, ya ve usted." Lamentable. Como el payaso que hizo mal su número, pero a despecho de la rechifla adopta una actitud de desenvuelta ignorancia y agradece al público con ademanes que todos terminan por ver tristes, lastimeros, hasta que parece olvidarse el incidente de la mala actuación pero queda por dentro una pena, un deseo de llorar... "Ya ve usted, no era cosa del otro mundo." El pequeño fauno sucio, con sus obscenas extremidades peludas y sus lujuriosas pupilas de rata. —Es un hecho incontrovertible —proseguía entretanto la voz metálica, aguda, de Bordes, una voz filosa, de navaja, sin ningún matiz de afecto— que la burguesía mexicana ha claudicado. La tarea de nuestro Partido, en consecuencia, es arrebatarle los campesinos, formar un bloque obrero campesino bajo la dirección del proletariado, y plantear las demandas de la Revolución Obrero Campesina: toda la tierra a los trabajadores del campo, todas las fábricas a los obreros, todo el poder a los Consejos de Obreros, Campesinos y Soldados —una jerga sin lirismos, machacona, desnuda como una cantera.

Bordes llevaba una chamarra gris de gamuza, un pantalón de casimir a rayas, de etiqueta, y un par de zapatos fuera de moda, de esos que se anudan en ojillos de metal. No obstante, su apariencia no era ridícula, sino, por el contrario, digna y severa. La dignidad de un Kan de la India. De un sacerdote budista grueso, mofletudo. Se le hubiese tomado también por malayo o chino a causa de los ojos oblicuos y la forma de los negros bigotes, que caían por debajo de la comisura de los labios. Su fuerza de convicción —o cuando menos gran parte de sus dones persuasivos y de esa indiscutible virtud para impresionar que tenía— radicaba en sus manos y en la forma en que las manejaba. Erguía el pulgar hacia atrás, semejante a un espolón sin articulaciones, casi el espolón de una mano contorsionista, y luego, igual que un objeto autónomo que caminase por unos rieles, los dedos recogidos hacia la palma, impulsaba la mano entera hacia adelante, con breves sacudidas, para detenerla en ese punto donde los rieles se interrumpían en un invisible tope.

—Es un hecho —aquí se iniciaba el avance de la mano de Bordes— que la burguesía ha traicionado —los dedos sueltos hacían más patentes las sacudidas (y la traición de la burguesía) y entonces el discurso penetraba en la conciencia con una extraña claridad, por superstición pura. Tal vez sin que se escuchasen las palabras, el solo ademán permitiría trazar el orden del discurso y de sus silogismos.

Proposición mayor: la burguesía tiene en su poder a los campesinos (el pulgar se echa hacia atrás, increíblemente hacia atrás, como si estuviera roto, del ancho de una espátula, igual que los pulgares de esos empleados de banco a quienes se encarga la cremación de billetes y deben contar millares de millones hasta que se les deforman los dedos y el espíritu); proposición menor: la burguesía ha claudicado (la mano de Bordes traza un camino en el aire, desde el orador hacia los interlocutores; se lanza por ese camino, vibra y se detiene); conclusión: luego, la tarea de nuestro partido es arrebatarle los campesinos a la burguesía (a la voz *arrebatarle* los dedos se contraen hacia dentro y la mano retrocede hacia el propio orador, elocuente, victoriosa, con toda la masa campesina en un puño). Casi inmediatamente después de estos periodos, Bordes hacía ascender su mano derecha a los anteojos para afianzarlos con un movimiento de sus dedos medio, índice y pulgar, y en el ínter dirigir una mirada de soslayo a sus notas. Ahora lo hacía. Ahora miraba sus notas con los párpados bajos, en medio del silencio devoto de todos los presentes. La bata color lila. Las flores de lis. Fidel imaginó a Virginia. Ahí estaría arriba, en el estudio, desnuda bajo la bata con flores de lis. "Nadie hubiera creído que fuera usted tan imbécil." Recordaba la desmayada cólera con que Virginia dijo estas palabras, el anhelo desesperado y rabioso de la entonación.

—De acuerdo con esta caracterización —prosigue entretanto la voz atiplada del jefe en otro periodo de su informe—, el oportunismo de derecha, dentro del Partido, puede considerarse como esa tendencia a no creer en la claudicación de la burguesía, y suponerle aún reservas revolucionarias, al grado de creer posible, y hasta necesario, un entendimiento con ella, so capa de realizar las aspiraciones de la Revolución Democrática —Bordes hace una pausa. Sus ojillos se fijan en el cuadro surrealista. Aún tiene tiempo de esbozar un juicio crítico. "Un excelente Braque —piensa—, ¿será auténtico?" Carraspea con un sacudimiento tembloroso de las mejillas. Sus manos ordenan, ajustan el abanico de pequeños papeles que tiene frente a sí. —El compañero Gregorio Saldívar, enviado a la región de Acayucan por nuestro Partido, es un ejemplo *clásico* de la desviación de derecha —los pequeños ojos asiáticos miran inexpresivamente, uno a uno, a los miembros del Comité Central—, desviación que va unida a las prácticas de izquierdismo desesperado,

anarcoide, pequeñoburgués, que no repara en medios (los dos puntos se sienten en el aire): Saldívar ha tolerado los casos (a decir verdad uno sólo y bien plausible en otros aspectos) —Bordes sonríe del inocente cinismo de su frase— de terrorismo individual, y aun ha permitido que se asesine a Macario Mendoza, si no es que él mismo inspiró tal crimen, acaso por razones personales, en lugar de...
—Bordes se interrumpe de súbito, la tez muy pálida. Iba a decir: "en lugar de inutilizarlo mediante la lucha organizada de las masas", pero se detiene con aprensión. El timbre de la puerta llama; mas llama en una forma de tal modo imperiosa, autoritaria e insolente, que todos adivinan casi de qué se trata. Rápidamente todos se guardan los papeles en los bolsillos y permanecen inmóviles, con la fingida actitud de quien es un habitual visitante de la casa, pero la mente invadida por los detalles de la escena que, según creen, sobrevendrá en seguida—. Avise usted a la señora, compañero Fidel —ordena Bordes en voz queda.

Fidel sube al estudio. Ahí están las flores de lis encima del cuerpo desnudo. La mujer se vuelve y mira a Fidel con un rencor lleno de animosidad, que se transforma en inquietud al advertir la palidez de su rostro. Desnuda, sí, pues un seno aparece y desaparece, como un delfín húmedo y brillante que se sumergiera otra vez en las aguas, al levantarse Virginia del sofá, el semblante descompuesto. —¿La policía? —pregunta con los ojos muy abiertos—. ¡Voy en seguida!

En efecto, se trata de la policía. Todos guardan silencio, mientras escuchan, sin respirar, el diálogo de Virginia con el comandante en el vestíbulo. —Perdone usted —es una voz atenta, tranquilizadora—, pero se necesita un testigo presencial y creímos que quizá aquí alguien, casualmente, podría haber visto lo que pasó: una muchacha, una sirvienta del edificio cercano se arrojó de lo alto de la azotea —dentro de la estancia todos vuelven a respirar. Algunos hasta sonríen. Sonríen con beatitud, con el aire entontecido de feliz dulzura. —¡Qué espanto! —ahora es Virginia quien habla,

188

la voz alterada, casi a punto de derramar lágrimas—. ¡La primer noticia que tengo! ¡Pobre muchacha! No, nadie pudo verla desde aquí. Ni siquiera la servidumbre. Es día que los criados no están —la puerta se cierra. Las flores de lis vuelven a subir hacia el estudio y al pasar rozando el hombro de Fidel dejan un perfume. Un perfume. Bordes prosigue entonces con su voz metálica, con su voz de navaja de afeitar, y después todo se vuelve en la mente de Fidel una yuxtaposición de recuerdos amargos, Julia, Virginia, las patas del fauno, la consola, el Comité Central, Gregorio, y luego otra vez Julia. Otra vez igual a una marca de fuego.

Algo intolerable. In-to-le-ra-ble. Sentía esos labios secos del enfermo que ha sufrido muy altas temperaturas. Miró a Gregorio con miedo de que hubiera podido seguir el hilo de sus pensamientos, inquieto, pero aquél estaba inmóvil y sólo a través de los dedos entreabiertos de sus manos, que le servían de pantalla bajo la frente, era visible un parpadear apresurado, casi artificial, como el de un muñeco.

Una tristeza incómoda, amarga, abrumaba el corazón de Fidel. Cierto desasosiego informe pero de consistencia precisa, que lo hacía sentirse frustrado, impotente, bajo el peso de una descorazonadora inferioridad. Cual si intentase descifrar un jeroglífico absurdo examinó en su derredor esas cosas distantes e increíbles que eran los arcos perfectos del patio, las columnas de sólida cantera y los grupos de gente, iguales a manchas vivas, aquí y allá, que apenas acertaban a moverse, prisioneras dentro de una atmósfera que parecía oponerles una invencible solidez. Al cruzar por el cielo una nube difundió sobre el patio un intenso tono gris, sucio, pero en cuanto hubo pasado, cosa de algunos instantes, las baldosas brillaron otra vez con un destello desconocido.

"El Consejo de Desocupados", pensó Fidel sin experimentar ninguna emoción específica. Miró sus dedos, donde las falanges abultaban en forma de garbanzos. Poco a poco las cosas se iban haciendo más claras dentro de su mente. Según los acuerdos del Partido, Gregorio debía organizar una marcha a pie, de Puebla a la ciudad de México, con los obreros sin trabajo y sus familias, para protestar por la falta de medidas gubernamentales en contra de la crisis. Sería muy duro. Imaginó las circunstancias, el terrible cansancio de la caminata, la legión harapienta de hombres y mujeres sobre el asfalto caliente de la carretera en un viaje de más de cien kilómetros. Empero, una magnífica jornada de propaganda contra el régimen.

Advirtió que en esos momentos cruzaba junto a él una mujer flaca y fea, que llevaba en el antebrazo un rimero de latas vacías. La siguió con los ojos, pero sin verla propiamente. Al sentir esta insistencia, la mujer mostró sus dientes amarillos en una sonrisa más bien lóbrega, pero muy condescendiente, muy cortés, con el ánimo de agradar. Algo dentro de Fidel, que fue la única parte de su espíritu con la cual pudo percibir la sonrisa, ya que el resto no se daba cuenta y permanecía muy lejos de cuanto sus ojos miraban, lo hizo estremecerse con un calosfrío de repugnancia.

La mujer se encaminó a espaldas de Gregorio hasta una columna de la cual, pendiente de una alcayata, colgaba un rebozo negro, en cuya parte inferior abultaba algún objeto pesado y redondo. Sin explicarse por qué, Fidel seguía todos los movimientos de la hembra con una especie de asombro incrédulo, pero en absoluto sin comprenderlos, sin asimilarlos. "Gregorio pensará de mí —se dijo en un tono de aguda culpabilidad— que soy un pobre diablo." La mujer desprendió el rebozo de la alcayata, y entonces, a pesar de la ternura del ademán con que lo hizo, una delicadeza llena de cuidado, una gracia noble y fina en contraste inverosímil con la fealdad de su rostro, el pequeño bulto se transformó en una cosa viva, animada, de la cual brotaron unos chillidos difíciles y ásperos, de rata. Era su hijo.

Al conjuro de este rumor zoológico Gregorio levantó el rostro. "La misma —alcanzó a decirse en tanto veía de soslayo a la mujer—, la misma bruja maldita." Aquélla era la mujer que había visto en el centro del patio cuando lavaba sus tepalcates.

Los ojos de Gregorio se posaron en Fidel con una luz triste y conmiserativa.

—Parece que no me escuchaste bien —se le interpuso Fidel apresuradamente, atropellándose, con miedo de que Gregorio diese por terminada la conversación aun antes de oírlo—. Te decía que yo influí para que se adoptaran los acuerdos que el Comité Central tomó en tu contra, pero que nuestra amistad no tiene nada que ver en el asunto.

En el mismo instante se arrepintió de sus palabras. No eran solamente inútiles sino que no correspondían al género de confidencias que intentaba formular ante Gregorio. Las había dicho por timidez y ahora resultaban agresivas, severamente formales.

Las manos de Gregorio se crisparon convulsivamente.

—No era eso lo que querías decirme —exclamó de pronto con animosidad. Buscaba la expresión justa.

—No, no era eso. Algo muy extraño te sucede —añadió en voz mucho más baja.

El caso es que Gregorio tampoco expresaba sus pensamientos verdaderos. No podía reprocharle reticencias a Fidel cuando él mismo no era capaz de decir las cosas francamente. "Lo que le ocurre —pensó sin embargo— es que tiene miedo a confesarse débil y vencido, débil y vencido por no me importa qué, pero del reconocimiento de cuya verdad no hay sino un paso al reconocimiento de las equivocaciones y mentiras de toda su vida." Hubiese querido que Fidel lo escuchara así de sus propios labios, pero en esos momentos se sentía víctima de un extraño fenómeno en el cual se desdoblaban sus facultades, impulsándolo a decir, si no las cosas opuestas, cuando menos aquellas que no tenían semejanza alguna con su pensamiento, o más gravemente, cuya correspondencia con pensamientos que no quería, que *no debía* expresar respecto de sí mismo, le vedaba el referirse a opiniones respecto de Fidel de las que sí deseaba que éste se enterase.

—¿Es que te sientes *enfermo...*? —preguntó sin previo análisis de manera involuntaria, inmediatamente consternado por haber hecho tal pregunta. La idea de que el propio enfermo no era sino él pasó por su mente en un relámpago crudo, doloroso. Aún no había podido consultar con el médico, después de dos semanas. La cólera que esto le causaba era espantosa.

Fidel interpretó en Gregorio ese relámpago como la inopinada condolencia, la chispa de temor que nadie puede evitar cuando advierte que en el minuto que sigue se le hará cómplice, se le hará depositario de una desventura que necesita de su simpatía o su solidaridad, cuando no de algo que puede ocasionarle mayores molestias. "Es claro —se dijo con pena—, tal vez él preferiría no saber nada."

—¿Enfermo? —repitió Fidel con un silbido tembloroso. La palabra hizo que Gregorio se estremeciera nuevamente—. ¡Tal vez! —miraba sin fijeza, con la esperanza de que la movilidad de sus ojos atenuase la actitud pobre y desamparada en que se veía—. Se le puede llamar enfermedad, cierto. Una enfermedad como cualquier otra, sólo que inaparente, invisible...

Gregorio no lo comprendía. A su entendimiento sólo alcanzaban a llegar los vocablos aislados, cual si lo hiriesen con un cauterio. Enfermedad. Enfermedad invisible. Era necesario, imperiosamente necesario ir al médico. Casi sintió odio hacia Fidel. "En cuanto te largues", se dijo con los dientes apretados.

—Tal vez ya lo sepas —prosiguió Fidel con dolorosa animación.

Hizo una breve pausa para concentrar sus fuerzas y emitir las siguientes frases:

—Se trata de Julia, tan sólo de Julia —lo blanco de los ojos se le había puesto rojizo. "Igual a los ojos de aquel minero de Pachuca", recordó Gregorio. Un minero al que rescataron del fondo de un tiro (Gregorio estuvo presente en el suceso) después de que un derrumbe lo sepultó ahí dentro por tres días. En medio de la mancha de barro y sangre que era el rostro del minero, Gregorio había visto las dos ascuas de sus ojos, con aquella esclerótica que parecía de lumbre, semejante a un tizón. Igual que en los ojos de un conejo, o en los de ciertos pájaros. Julia. Reparó en que

192

Fidel hablaba de Julia.

La voz de éste adquirió un matiz infantil, sin defensa contra nadie. Parecía un niño que cantara desafinadamente una canción tonta.

—A lo mejor tú puedes hacer algo cuando hables con ella —imploró—, algo para que vuelva... el caso es —la voz se hizo tan delgada como un cabello— que ya no vivimos juntos...

Una pequeña ola que muere en la playa, húmeda, salobre. Por las mejillas de Fidel resbalaron dos lágrimas, hasta el mentón, donde una de ellas permaneció suspendida de un pelo de la barba sin rasurar. Parecía sólida, de vidrio. Una gota de vidrio en el borde de un vaso corriente cuya conformación fuera defectuosa.

"Atado de pies y manos." Gregorio sentía eso: que Fidel se entregaba atado de pies y manos. "Ahora comprenderá que la vida no es un esquema teórico, muerto. Que no es esa torturante abstracción en la cual él piensa." Lo consideró de pronto con simpatía. —Yo también tengo algo que decirte, una confesión que no te imaginas —iba a pronunciar estas palabras y a confesarse con respecto a los sucesos de Acayucan, pero la voz de Fidel se filtró a través de su epidermis hasta estremecerlo por dentro de congoja, sin permitir la brutal confidencia.

—¿Harás algo? Dime: ¿hablarás con *ella*? —el pronombre la hacía más distante, más desesperadamente ajena.

Gregorio se daba cuenta de lo absurdo, de lo conmovedoramente insensato que era aquello.

"Está perdido —pensó—; Julia no volverá jamás a su lado. ¿Por qué me pide a mí esas cosas?" Pero de pronto se detuvo, asombrado, ante el rostro nuevo, ceniciento, horrible, que tenía Fidel. Cenizas. Tan sólo cenizas en todas partes, en derredor de los labios, bajo los pómulos, en la frente. La lágrima se había desprendido por fin del mentón hasta caer sobre la mesa. Con el dedo pulgar Fidel la limpió de la superficie dejando apenas una humedad opaca, como de saliva.

"Nunca creí que su amor fuera tan grande", se dijo Gregorio. Hizo esfuerzos por evocar la imagen de Julia, pero a medida en que ésta aparecía en su mente, menos relaciones y vínculos le encontraba con Fidel. Delgada, pequeña, frágil como el tallo de una planta, Julia tenía unos ojos oscuros, pero no solamente oscuros en la pupila, sino en derredor, bajo los párpados, como la sombra de una violeta, con esa cosa húmeda apenas mojada de la tierra negra en los rincones de un jardín al que no llega el sol y con una luz tibia inalterable que lanzaba sus destellos en una forma a la vez comprensiva y acusadora. En medio del labio superior de Julia cuando permanecía quieta sin hablar se erguía una puntita juguetona infantil y cándida.

El recuerdo hizo a Gregorio sentir una mayor pena. En el fondo Fidel era un hombre muy solo, pero lo grave estaba en que era incapaz de comprender su soledad, una soledad de la que apenas a partir de ahora comenzaría a darse cuenta, pero sin amarla en absoluto.

—A veces se me ocurre —le había dicho Julia a Gregorio en cierta ocasión, primero reticente, con una trémula dubitativa pausa intermedia—, a veces se me ocurre que Fidel es un ser odioso. No es que no lo ame —aquí un cierto énfasis intenso, la mirada grave, la punta del labio severamente adulta, ya no infantil—, porque en verdad lo quiero —Gregorio sonrió a causa de que dicha insistencia podía indicar tal vez lo contrario de las palabras—, pero hay algo en él sencillamente para dar miedo . . . algo terrible.

Aquello fue una tarde, en la "oficina ilegal". Gregorio tuvo una sospecha increíble, que ni siquiera se atrevió a formular. Algo en la actitud de Fidel, un cierto aire de confuso aturdimiento, de indecisión —pero en particular una mirada hacia Julia, fugaz, dura, suplicante, antes de despedirse—, lo indujo a pensar que Fidel los dejaba a solas de intento. Inesperadamente las palabras de Julia acrecentaban la sospecha. Gregorio la tomó de las muñecas oprimiéndola con furia. —¡Él ha querido dejarnos solos! —le gritó descompuesto por la ira—. ¡Él ha querido someterte a esta prueba imbécil! ¿No es así?

Julia había bajado los párpados como única respuesta. Aquella especie de contrición duró un segundo. Mas de súbito Julia lo miró a los ojos con una expresión desvergonzada. —No veo por qué no... —quiso decir, pero Gregorio no le dio tiempo a que concluyera y abandonó el lugar inmediatamente. Más tarde supo que Fidel no había vuelto sino hasta después de la medianoche.

Desde entonces tuvo miedo y lástima de Fidel por el sufrimiento infinito a que se condenaba sin saberlo. Porque en aquello, en verdad, no había nada sucio ni indigno, sino un simple juego escalofriante, un atroz deseo de comprobación, donde Fidel pretendía ajustar las piezas de su esquema teórico de la vida a las piezas reales que la vida, muy lejos de cualquier esquema, le mostraba; ajuste que de todos modos obtenía cuando no por coincidencia de unas piezas con otras —lo cual casi era imposible—, sí por medio de la distorsión de la realidad para adecuarla a sus preformaciones. Un proceso misterioso y trágico —tan clandestino y secreto como la afición a las drogas heroicas— que lo impulsaba a defenderse, con miedo, de ciertas amenazas que parecía olfatear en el aire, a defenderse de la vida tal como es, oponiéndole la vida tal como no es, y lo inaudito, tal como no será.

A partir de aquella tarde en la "oficina ilegal" Gregorio comprendió que Fidel buscaba en el amor una entrega sin precedentes, total y sobrehumana —en tanto, desde luego, que él mismo por su parte era capaz de corresponder a esa entrega en igual magnitud—, pero sin percibir que jamás encontraría mujer alguna que consumara, o cuando menos comprendiera, la necesidad de ese sacrificio, del sacrificio de amarlo verdaderamente. Es decir, de disolverse dentro de él, de no esperar nada; amarlo como a una idea; en suma, todo aquello de que la mujer puede dar una apariencia con los visos más simuladoramente verdaderos, pero de lo que nunca dará la verdad auténtica e imposible.

Pues en efecto —al pensarlo Gregorio no podía menos que estremecerse—, Fidel parecía propiciar, mediante los recursos más hábiles e ingeniosos, las ocasiones de que Julia lo engañase con otro hombre, ya que al no hacerlo Fidel se sentía fortalecido en su descomunal idea del amor y —lo más terrible e inexacto— en la creencia de que Julia le era de tal modo fiel, únicamente porque también lo amaba en su yo impersonal, como idea, como destino, como parte de la causa. Aunque si ella no consumó traición alguna —"lo que no le quita ser una basura", se decía Gregorio—, debíase a causas muy diferentes cuando no a consideraciones de cálculo.

En el patio se extendía un silencio grande, de plomo. Fidel dibujaba con la uña del índice, sobre la superficie de la mesa, invisibles y obstinadas figuras.

—Tú sabes cuán duro me resulta hablar en la forma en que lo hago —balbuceó sin apartar la mirada de los dibujos de su índice, que parecían una especie de ochos. Gregorio seguía sus movimientos. No, no eran ochos. Fidel dibujaba terca y obsesivamente una jota mayúscula: Julia.

—Pero, en fin —las palabras brotaron desde muy hondo del pecho de Fidel al mismo tiempo que un lamentable suspiro— ...la ruptura con Julia me resulta algo espantoso —había dejado de trazar las figuras sobre la mesa y clavaba la vista sobre Gregorio.

Un músculo rebelde se movía en su mejilla como si por debajo de la epidermis algún gusano colérico horadara los tejidos.

—¡Espera! —añadió con un ademán infundado, pues Gregorio lo escuchaba sin moverse—. ¡Espera, no lo he dicho todo! Con Julia, es cierto, pierdo una imagen del amor, algo que sin duda vale más que Julia misma...

Miró a Gregorio largamente, en silencio, los labios tensos como un cuchillo. Algo iba a decir que le costaba sangre. Sus ojos parecieron agrandarse.

—Pero lo terrible es otra cosa —continuó con gran lentitud, la voz desconocida—; lo que no puedo soportar, lo que me enloquece, es la idea de que ella pueda pertenecer a otro. Y esto, esto es mi principal tortura.

Un hombre de carne y hueso, pero que se negaba a resistir su condición sucia. Gregorio no acertaba a responder. Aquel juego diabólico parecía hechizarlo, enervarlo como un estupefaciente. Comenzaba a darse cuenta de cuál era el punto exacto donde radicaban sus diferencias con Fidel. El problema de la soledad. Sus respectivas actitudes. Porque mientras Fidel trataba de engañarse respecto a la soledad, inventándose mentiras acerca de los seres humanos y su ilusoria categoría superior, Gregorio la aceptaba como un hecho entrañable e iba hacia ella, sin dejarse vencer.

Dejarse vencer era transigir, corromperse, dejar de ser solo, asociarse en la complicidad de los hombres, en sus vicios, en sus mentiras, en sus vergüenzas; o sea, también hacerse cómplice en las vergüenzas, mentiras y vicios de uno mismo como parte que es de los demás hombres. El miedo o el amor a la soledad; el querer o el no querer soportarla.

"He aquí la lucha —pensaba—, aprender a vivir en la soledad de espíritu, amarla a pesar o sobre todo porque de ella se derivan todos los sufrimientos y todas las angustias que son lo único real y verdadero." Gregorio trataba de mirar la vida con una valentía desesperada, sin hacerse ilusiones, con una auténtica desesperanza del espíritu. No esperaba ninguna transformación sustancial en el hombre, ni menos aún creía en la causalidad infantil —propia de esos alquimistas del materialismo del siglo XVIII y de entre ellos los más románticos— que presupone un hombre nuevo en un mundo nuevo. "No quiero incurrir en ese poético y risible pecado de los soñadores sociales —se decía—, en esa falta ingenua de pensar en el hombre futuro como un ser bueno, sin mancha, libre del mal (ese lacrimeo rousseauniano que hemos heredado los comunistas), sino pensar, mucho mejor, en el único hombre que existe, en el hombre contemporáneo, real, esencialmente sucio, esencialmente innoble, ruin, despreciable. Ahora bien, el pensar en este hombre significa no pensarlo como un ser exterior a uno mismo, sino precisamente como una unidad moral indivisible a la cual cada uno de nosotros pertenecemos y de la cual somos solidarios y responsables en lo individual, *en lo individual*.

Me pueden horrorizar todas las inauditas crueldades de los nazis en Alemania o de los japoneses en China, pero yo, Gregorio Saldívar, soy culpable de ellas porque esas crueldades las han consumado *hombres como yo*. Me avergüenzo *por mí mismo* de que las guerras existan; me avergüenzo *por mí mismo*, y no tengo exculpante que me valga, a causa de todos los crímenes, las bajezas, las ruindades, los pecados que se cometan en no importa qué parte de la tierra por los hombres, por mis semejantes. Y nada de buscar consuelo en la idea de que, en cambio, *yo* soy un ser moral, noble, recto y demás. ¡Nada de eso! Soy responsable por los otros tanto como por mí mismo."

Se detuvo por un instante para fijar con orden los elementos de una idea general en que se resumían sus pensamientos anteriores. A través del rojizo aislamiento oscuro con el que sus párpados lo encerraban, sentía la presencia inquieta de Fidel, ahí enfrente, como una sombra. Un insólito lugar común le vino inesperadamente al pensamiento: "Proletarios de todos los países, uníos", se le ocurrió con gran seriedad a propósito de esta clase de frases concretas y accesibles que a Fidel le gustaban tanto y tanto lo satisfacían. "Bien, no hay nada que objetar —añadió—. ¡Uníos! En esa solidaridad proletaria que excluye a los demás individuos, a los burgueses y a los explotadores, está presupuesta, sin embargo, una solidaridad humana general que podrá expresarse plenamente cuando no existan ni burgueses, ni explotadores, ni proletarios. Seres humanos, uníos. Perfecto. Pero la solidaridad no basta por sí misma, no es una característica del hombre, no es una facultad típicamente humana, sino apenas un instinto del que también participan los animales. La cuestión es encontrar esa cosa específica que puede distinguir al hombre como hombre, que lo defina moralmente como una especie concreta diferente a las demás. La tarea, si alguna existe para el hombre, es llegar a serlo, separarse del reino animal. El problema radica en adquirir, *desde ahora*, la conciencia, dentro de uno mismo, dentro de su individuo, de lo que es el hombre en total en su condición de ser palpable y contingente, siempre contemporáneo, con sus vicios y sus virtudes. La solidaridad es un instinto simple y mecánico que se practica en todas las especies animales a guisa de autodefensa del individuo; así que es imperioso buscar algo parecido a una forma, digamos, de solidaridad inversa, que nos destruya, que nos anule, que nos liquide, que nos despersonalice como individuos, y esa forma no puede ser sino la responsabilidad común en lo malo y en lo bueno, pero al grado, al extremo de que esa responsabilidad tenga nuestro mismo nombre y apellido. Ésa sí puede ser la característica que distinga al hombre, pero a condición de tomarla no como un medio ni como un fin, sino como algo naturalmente implícito en las leyes que rigen el desenvolvimiento y el devenir del hombre, hasta su consumación más acabada."

Gregorio, ya en plan de dejarse llevar por sus pensamientos, imaginó por un instante el mundo del futuro, con su sociedad nueva y sus hombres libres de toda explotación. ¿Iban a ser esos hombres de la sociedad futura mejores que los contemporáneos? Absolutamente no. Serían iguales dentro de normas distintas, en relación a normas distintas; es decir, iguales respecto a una moral nueva donde el mal y el bien tendrían nombres distintos a los que tienen dentro del mundo contemporáneo, pero nada más. Cuestión de traducir las cosas, de trasladarlas a la escala de que se trate.

El mundo nuevo sobrevendría, sin duda alguna, y a su advenimiento Gregorio consagraba todas las fuerzas de su existencia. Pero la humanidad en su conjunto nunca aceptaría las que son las verdaderas tareas del hombre, más bien, la absoluta falta de tareas del hombre, su ninguna finalidad, su condición definidora que es el sufrimiento de ser, el sufrimiento de saberse infinito en el tiempo y finito en el espacio limitado de su vida y de su historia. Gregorio pensaba que de no destruirse los hombres a sí mismos —posibilidad no tan remota ni hipotética, por otra parte—, mediante el capitalismo, el fascismo y las guerras, la sociedad del porvenir en todo caso iba a ser insuficiente para borrar una distinción capital entre los individuos del género humano: la distinción que consiste en que una mayoría de los hombres carecerá siempre de inquietudes y preocupaciones metafísicas, en el mejor sentido de la palabra, en tanto una minoría —que es la que los representa— vivirá siempre torturada en el potro de la incertidumbre, de la duda, de los por qué y los para qué. No era improbable —Gregorio sonrió ante tal idea— que la última revolución de la humanidad, una revolución de los hombres sin clases, dentro de un mundo comunista, fuese la revolución contra el remordimiento. Las grandes masas idiotamente felices, ebrias de la dicha conquistada, ajusticiarían a los filósofos, a los poetas, a los artistas, para que de una vez las dejaran en paz, tranquilas, prósperas, entregadas al deporte o algún otro tóxico análogo. Se cerraría así el ciclo de la historia para recomenzar una fantástica prehistoria de mamuts técnicos y brontosauros civilizados.

Gregorio volvió a sonreír. No, no era esa revolución de los hombres dichosos la que lo preocupaba. Sentía una dolorosa y ardiente inquietud al no ser comprendido por sus felices camaradas. Todos ellos estaban inficionados de Orrison Sweet Marden o Henry Ford y creían en el deber del Optimismo —del optimismo con mayúscula—, a la manera dogmática como otras gentes creían en Dios. Ahí estaba Fidel, con su trágico, risible optimismo. Fidel se inventaba a Julia, una mujer que no existía, una mujer abstracta del todo —una bestia de amor, una doble de su propio fuego frío y de su propia capacidad para el sacrificio y la muerte—, pero, lo curioso, sin engañarse respecto a la inexistencia de tal mujer. En el fondo no podía ignorar que Julia no era sino un ser humano, con todas las relatividades de un ser humano a quien si se coloca en determinadas condiciones y circunstancias reaccionará de acuerdo a dichas condiciones y circunstancias, ya cual una amante esposa, fiel y abnegada, o ya como todo lo opuesto. Mas lo fantástico en la actitud de Fidel era que, no obstante, se conducía justamente en el sentido contrario a lo que le indicaba la razón, primero como si la mujer que había inventado tuviese una existencia real, y segundo, como si Julia fuese en lo ético un ser constante e invariable, a despecho de no importa qué eventualidades. Un juego diabólico, en verdad, pensó Gregorio, pero que fascinaba por su audacia dolorosa, por sus riesgos escalofriantes, por su insensata intrepidez... y por el género angustioso de su cobardía.

Con este procedimiento, con esta piedra filosofal que hacía de la mentira una verdad de la experiencia, Fidel se arrojaba en el laberinto de las comprobaciones para verificar su esquema amoroso, y aun cuando las comprobaciones resultaban falsas —es decir, falsas *a favor* de su esquema, lo cual, entonces, hacíalas verdaderas—, esto salvaguardaba su moral, lo hacía fuerte y animoso, fortalecía su fe. Su fe. Él necesitaba una fe. "Mientras existan una mujer y un amor de tales proporciones —parecía decirse Fidel—, tan absolutos, tan grandes, yo podré conservar, por reflejo, mi pureza y mi rectitud."

Gregorio se detuvo, desconcertado. ¿Para vivir sin corromperse era preciso, entonces, estar sujetos a un continuo engaño moral, así se tratara de un engaño de tipo superior? Gregorio se respondió furiosamente que no. La vida, cierto, propende a volvernos cínicos y bajos. Entonces, para poder vivir, y vivir de la única manera posible, con dignidad, necesitamos vivir la vida como es, pero conducirnos individualmente ante ella como debiera ser en una vida distinta y más noble; en consecuencia, igual que locos, que iluminados, que idiotas, pero sin ninguna ilusión, sin la defensa ni el consuelo de ningún engaño —a la manera de ese engaño que Fidel se había buscado en Julia—, antes desnudos, solitarios, sin armas. "Sin embargo, ¿no soy yo también una parte —se preguntó Gregorio— de toda esa inmundicia de la vida?"

Hubo un largo instante de silencio y de súbito la atmósfera se llenó de recelo y confusión.

Fidel se sentía al descubierto, claramente al descubierto. En adelante le iba a ser imposible ocultar sus trampas ante aquella penetración inhumana, violenta y desnuda de Gre-

201

gorio.

—Mira —dijo con gran esfuerzo—, me gustaría poderte decir que ya no la quiero...

Gregorio apretó los labios.

—Cierto, lo comprendo —silbó sordamente—. Afirmar *ya no la quiero* respecto a una mujer, no se puede sino hasta ese momento en que tal mujer es algo que ya no existe para uno, algo muerto en definitiva. Pero antes de ese momento habrá una cadena de vacilaciones, de dudas, de temores, de agudo y doloroso deseo de volver... Lo terrible es que tú nunca renunciarás a que Julia deje de existir *dentro de ti*, como dentro de ti la has creado sin que jamás existiera. Esto es lo más románticamente imbécil que pueda imaginarse.

Fidel sintió que una distancia insalvable se establecía para siempre con Gregorio. Éste dejó caer la mano, igual que un peso inerte, sobre la mesa. Sus palabras se hicieron misteriosas, como si se tratara de un lenguaje convenido y secreto.

—Es que todavía somos muy pobres... —dijo en voz débil y enigmática.

Se puso en pie con una expresión negligente y llena de fatiga. Pensaba en su enfermedad con disgusto y una repugnancia que era al mismo tiempo dolorosa, irónica y triste. "He aquí una enfermedad contraída por razones éticas", pensó con sarcasmo. Era asombroso cómo había progresado el mal en tan breve tiempo, hasta volverse insoportable. "Pero lo peor de todo —se dijo— es esa sensación de invalidez, de sentirme distinto, inferior a todos, separado por un muro de los demás."

Caminó unos pasos hacia el patio hasta pisar el límite de la sombra, una raya vertical, recta, que terminaba, de un extremo a otro, en la pared opuesta. Fidel lo seguía con los ojos, odiándolo ligeramente.

Un hombre alto, flaco, con los brazos colgantes, que parecían no pertenecerle, un poco autónomos del resto, semejantes a brazos de marioneta, los pantalones de mezclilla

202

muy cortos y estrechos, la cabeza pequeña, esférica, con orejas desproporcionadas, tristes, y los negros ojos redondos, de mico, vino directamente hacia ellos, desde la puerta, después de que por un segundo buscó en su derredor en cuanto hubo penetrado al edificio. Sonreía. Fidel se levantó a encontrarse con el hombre. Éste saludó a ambos con un afecto admirativo, lleno de consideración respetuosa y atenta. Era el presidente del Consejo de Desocupados.

—Dentro de una hora se reunirán los camaraditas —informó respecto a la asamblea del Consejo en que debería acordarse la "marcha de hambre" a la ciudad de México, usando el diminutivo a la manera de Puebla, a la vez como una locución vagamente paternal y en cierto modo humilde, por tratarse de las gentes de quienes era jefe, gentes de casa a las cuales era necesario, por fórmula de cortesía, menospreciar un poco ante el visitante, y a la vez como expresión cariñosa y servil—. Ya todos están avisados. La fracción del Partido anoche tomó el acuerdo de la marcha de hambre, así que no habrá dificultades en el Consejo —se refería al procedimiento en uso de que los comunistas de cualquier organización "sin partido" se reunieran previamente para defender sus puntos de vista y proposiciones en las asambleas de masas.

Animado, esperanzadamente volvió el rostro hacia Fidel:

—¿El camaradita Fidel nos dará algunas orientaciones en la reunión. . .? —interrogó con suavidad. El diminutivo resultaba escalofriante.

Fidel había recobrado su continente práctico, objetivo, firme, de dirigente comunista.

—No, camarada Cabaña —era el apellido del presidente del Consejo—, aquí el compañero Saldívar es el encargado de estar con ustedes a nombre del Comité Central. Yo debo regresar a México dentro de algunos minutos, en el próximo camión. Sólo me entretuve para comer.

Cabaña se acarició una de sus orejas de elefante con la palma de la mano. Era un tic que no podía reprimir incluso en público, cuando pronunciaba discursos.

—¡Qué lástima —dijo—, pero ni modo!

De elefante, pero al mismo tiempo con algo de las extremidades de un palmípedo, membranosas, anchas, muy tristes en la cabeza de un ser humano, hasta causar pena. Algo añadió entonces, con aire de disculpa, acerca del local de la asamblea y en seguida retiróse por donde llegó, con unos pasos largos que lo hacían subir y bajar los hombros, tan deshumanizado y asimétrico como esas perchas de los vendedores ambulantes de ropa que emergen entre la multitud por las calles, en un sube y baja monstruoso.

El cielo, limpio inopinadamente de nubes, derramaba en el espacio una claridad plural, unánime, cuya transparencia se sentía en todos los rincones.

—¡Me iba a olvidar de decírtelo! —exclamó de pronto Fidel, golpeándose la frente con la palma de la mano— Bautista Zamora... ¿te acuerdas de él? —Gregorio tuvo una reacción de extrañeza. ¿Por qué no se iba a acordar de Bautista? Las mejillas de Fidel enrojecieron. Él mismo no sabía por qué hizo esa pregunta tonta—. Bien —prosiguió—. Hace una semana Bautista está en Atlixco. Tiene órdenes de venir a Puebla para ayudarte en la organización de la marcha. Llegará mañana o pasado. Bueno —se detuvo un momento a reflexionar—, creo que ya es tiempo de que me vaya. ¿Quieres acompañarme al camión?

Ambos salieron entonces del Consejo, uno junto al otro, sin cambiar palabra, con la convicción mutua de que algo definitivo los había separado para siempre.

Después de despedir a Fidel en la terminal de los camiones, Gregorio se dirigió rápidamente al dispensario que había visto, diez minutos antes, al pasar, en una de las calles próximas.

Sobre el amplio zaguán unas letras blancas sobre fondo azul descolorido indicaban que aquello era el "Dispensario Público Número Dos". Se trataba de una vieja casona en cuyo cuerpo se habían acondicionado los departamentos para cada servicio, las puertas cerradas de los cuales caían hacia el cuadrángulo de un pobre jardincillo interior, pero todo en una forma antinatural, extraña, sea por no estar originalmente destinado el inmueble a esos fines, sea porque el color blanco de los vidrios hacía aparecer las puertas como amordazadas.

Gregorio cruzó el jardincillo hacia una pequeña entrada sobre la cual leíase la palabra Informes, negra y fea sobre el revocado de la pared y con ese dibujo torpe, sin oficio, de los letreros que se ven en el interior de los cuarteles, lo cual daba a todo aquello un aspecto deprimente y la sensación de haber penetrado en una cárcel.

A su paso tres espantosas palomas, horriblemente bien cebadas, igual que gallinas, se apartaron con calma, sin deseos de volar, satisfechas, el aire casi equívoco, obsceno. Gregorio entró en la oficina con una inesperada timidez, lleno de sobresalto.

La mujer áspera, un poco masculina, con una bata blanca de bolsas abultadas donde eran visibles pañuelos sucios, un manojo de llaves y una caja de cigarrillos baratos, inmóvil sobre su silla detrás de un escritorio ridículamente pequeño para sus proporciones, no demostró asombrarse al oír de labios de Gregorio el nombre de la enfermedad, y por toda respuesta tendió a éste una mugrosa ficha de cartón con un número, señalando hacia una puerta en el fondo del estrecho vestíbulo.

Gregorio, a pesar del gesto de la mujer, no se movía, perplejo, en una lamentable actitud de desamparo, de impotente soledad. La mujer le dirigió una mirada burlona, hondamente despreciativa, pero también turbia y cómplice.

—¿Ahora le da pena . . . verdad? —aquí su voz aún tenía un tono nada más sarcástico, pero en seguida se hizo aviesa, sorda, resentida—. ¿Pero qué tal cuando estaba cogiendo?

Gregorio entrecerró los ojos. Aquello era un latigazo. La mataría. Mataría ahí, verdaderamente, sin piedad a esa alimaña sucia. "Para ella no soy un hombre, un ser humano", pensó con una sensación de orfandad. Sentía desconsoladoramente que aquella mujer profanaba lo más puro y bello de la existencia, todo lo fecundo y hermoso que el sexo tiene, todo lo sagrado, su condición espléndida de acto afirmativo, digno, jubiloso y libre. "Peor, peor que la última de las prostitutas", se dijo mientras se dirigía a la puerta con un nudo de lágrimas en la garganta. "Y no fui para responderle, sino que tan sólo sonreí como un imbécil", añadió. La idea de que esa sonrisa tonta hubiera sido interpretada por la mujer en calidad de aquiescencia y reconocimiento de alguna culpa de su propia parte por haber adquirido la enfermedad, lo hería en lo más vivo. Casi sentía impulsos de prorrumpir en llanto.

De pronto se miró en la sala de espera, entre veinte gentes más, sentado al extremo de una banca gris, junto a un bote blanco, pringoso, a través del intersticio de cuya tapadera sobresalía un algodón con manchas amarillas. En la atmósfera flotaba una pequeña peste turbia de ácido fénico, de yodoformo, de orines, de mugre, de saliva, de vinagre, que más bien parecía provenir de las gentes ahí reunidas como si cada una la llevase consigo, con su triste humanidad, entre las ropas íntimas, pero a la vez apercibiéndose de ello con una suerte de vergüenza melancólica, humillada y suplicante.

Sin proponérselo, quizá a causa de ser tan sólo una forma de los recursos subconscientes con los que su enfermedad adquiría noción de sí misma, noción de encontrarse alojada dentro de él, indudable y sin disimulo ante aquellos otros colegas del mismo virus que aguardaban ahí con su respectiva ficha de cartón entre las manos, Gregorio aspiró el aire para percatarse de ese olor confuso, cual si quisiera medirlo, analizarlo, separarlo en cada uno de sus componentes. Lo sentía casi menos con el olfato que con el gusto, hasta experimentar náuseas, indeciblemente dulce, entre olor a cadáver y a golosinas.

Los ojos de los pacientes siguieron con una intensa expresión interrogativa el paso de una enfermera rechoncha, de rostro indígena y piernas cortas, quien atravesó el lugar con una prisa inútil pero que parecía dar la dosis justa de confianza y de superioridad que necesitaba, dirigiéndose a la puerta de uno de los consultorios que tenían comunicación con la sala, sin mirar a nadie, muy dueña de esa jerarquía que, por contraste, le daban los enfermos, con su invalidez y apocamiento, pero al mismo tiempo sin que evitara un ligero énfasis artificial de ademanes en el que traicionaba el placer de aquella efímera superioridad, a causa de cuya falta de costumbre u ocasiones de ejercerla dicho énfasis era síntoma indudable de cuán distinta, cuán insignificante y servil sería frente a sus superiores.

En cuanto hubo desaparecido todos volvieron a su antigua indiferencia triste y llena de resignación. La esperanza que abrigaran por un instante de que aquella mujer, quién sabe por qué, solucionaría algún conflicto de sus existencias, de su salud, de su porvenir, de su dicha, se desvaneció por completo.

Gregorio examinaba a los presentes con un miedo rencoroso. En su mayor parte eran obreros pobremente vestidos, la mirada, aun en los de aspecto menos inteligente, reflexiva a fuerza de preocupación, a fuerza de la presencia de una única idea, la enfermedad, que no los dejaría en ningún momento. Sintió con amargura que así como a él mismo no le era posible vencer una sorda reserva, una desconfianza hacia ellos, en virtud de estar enterado del género de su padecimiento, recíprocamente otras personas, no ellos, que no importaban, sino otras personas, las personas saludables, hombres y mujeres con quienes mantenía relación en ese otro mundo tan distante que no era el de la enfermedad, pese al afecto exterior que le demostrasen, cuando lo supieran víctima de ese mal indecible iban a convertirse respecto a él —y lo eran ya, de todos modos— en extraños, en cautelosos desconocidos llenos de disimulada reticencia, de oculta doblez. Todos, hombres y mujeres. Particularmente las mujeres. Advirtió de súbito que no había apartado la mirada, sin que se lo propusiera, de un muchacho estudiante, a quien esto hizo enrojecer, entre aprensivo, incómodo y avergonzado, desde el rincón donde se encontraba. Gregorio sintió pena y una oscura piedad, un deseo angustioso de pedirle disculpas, pero antes de que pudiese intentarlo, el estudiante, abrumado por la clarividencia con que había leído los pensamientos de Gregorio, deformándolos apenas con la trasposición indispensable para imaginarse que estaban dirigidos a él, fingió enfrascarse en la lectura de un libro, a pesar de que, entretanto, su rostro enrojecía en forma alarmante.

Gregorio giró la vista en otra dirección hacia algo que, no comprendido dentro de su ángulo visual mientras veía al estudiante, adivinara sin embargo con una especie de implícita memoria de los ojos en cuyo fondo aquello se habría conservado en latencia cuando por primera vez lo miró antes, en algún momento, sin darse cuenta, y que había sido como un color vivo, agudo. Era una mujer con una falda roja de artisela sin planchar, manchada, y una blusa negra sin mangas, de cuello abierto, cuyos ojos obstinadamente no se apartaban del suelo, con un estupor de idiota, parpadeando a grandes intervalos. Junto a ella, sin quitarle la vista de encima, un hombre bisbiseaba a su oído algunas palabras, la actitud codiciosa, sin recato, mientras con la punta del pie le movía el tacón de la zapatilla de ceniciento raso azul. La mujer no daba muestras de escuchar, pero de súbito se sacudió con una risita trémula, desnuda, sin que por ello sus ojos se apartaran del suelo. Su voz de clown era ronca: "¿Pero qué tal ora que nos alívienos?", dijo con una enorme claridad, con una claridad espantosa y bárbara. Gregorio sintió que una materia helada, seca, le golpeaba el cerebro y descendía por su columna vertebral esparciéndose por su cuerpo, paralizándolo de sufrimiento. "¿Pero qué tal ora que nos alívienos?" El mismo descaro sucio, escatológico, de la hembra del vestíbulo, la misma bajeza ruin. "Dios, Dios, Dios", murmuró Gregorio sin poderse contener. ¿Era esto, esto, Dios mío, el ser humano?

Sus ojos ascendieron por encima de la cabeza de la prostituta, por sobre el muro, hasta un cartel de propaganda higiénica que al principio no pudo comprender. Poco a poco la imagen de ese niño sin pupilas igual que una estatua horrible, con su traje de mezclilla, atravesando la calle mientras un automóvil se arrojaba contra él, apareció en su mente con toda la crueldad sádica que tenía. "¡Ciego porque sus padres no se curaron a tiempo!", leyó Gregorio la leyenda del cartel. Los ojos de una estatua, blancos, de leche, y la boca contraída por una sonrisa sin rumbo. Sólo un espíritu lleno de maldad, de rencor, de resentimiento, sólo alguien muy infeliz, muy solitario, podía haber concebido esa propaganda ineficaz y torturante. Gregorio se puso en pie de un salto, listo para huir de ese infierno.

—Quince, dieciséis, diecisiete, dieciocho, diecinueve... —se escuchó en la sala una odiosa voz tipluda, una pausa breve, seca y vacía entre cada palabra.

La enfermera-ayudante, un ser deforme, asimétrico, una lagartija angulosa, en verdad con ojos de saurio, la cabeza pequeña, maligna, las sienes hundidas como por la presión de un dedo, formaba en orden progresivo el turno de enfermos que debían entrar en el consultorio regañándolos, zarandeándolos con el aplomo de un sargento.

Los pacientes no se oponían a tal violencia ofensiva, antes atropellábanse en su afán de hacer las cosas lo mejor posible, sumisos, con muestras de un agradecimiento apresurado y servil.

Mas de pronto la lagartija pareció sorprenderse, llena de incredulidad ante un fenómeno que juzgaría fuera de toda lógica. El largo cuello envejecido buscaba en su derredor con el aire exacto y tenso, colérico, de un áspid.

—¡El diecinueve! —chilló—. ¡El diecinueve! ¿Qué pasa con la ficha diecinueve?

Gregorio sintió un calosfrío y una especie de vértigo en que los objetos que miraba parecieron agrandarse. "Soy yo", se dijo dolorosamente, y entonces, sin ningún signo de protesta, igualmente sumiso que los demás, tomó su puesto en la fila.

Dentro del consultorio lo volvió a asaltar esa sensación de amargo desamparo que experimentara ante la mujer del vestíbulo, esa desazonante sensación de indignidad y ofensa. Aquella cosa colectiva. Ese aplastamiento. Miró a los hombres en fila, sentados, que estaban ahí del turno anterior. No. La desnudez absoluta no resultaría horrible. Hasta quizá pudiera haber en ella cierto orgullo, cierta belleza de algo directo y claro. Lo que resultaba horrible era esa semidesnudez de aquellos seres tranquilamente sentados, igual que en las bancas de un jardín, sólo que muy atentos de su propio cuerpo, con los pantalones caídos, casi diríase que satisfechos de su enfermedad, los ojos en un solo punto como si meditasen honda y obstinadamente en algo muy grave y difícil de comprender. En un solo punto, entre sus piernas, la bárbara sonda de metal, del grueso de un dedo, con exactitud otro órgano más del cuerpo, la penetración de otro sexo no humano dentro del sexo del hombre, al que deshumanizaba emergiendo semejante a una llave, a un abrelatas monstruoso.

Ninguno pareció sorprenderse o siquiera interesarse por la presencia de los cinco enfermos entre quienes iba Gregorio. Su atención estaba puesta ahí, en el espectáculo de sí mismos, en el espectáculo asombroso de sentir la materia intrusa, hostil, alojada en el oscuro recinto genital.

El enfermo que precedía a Gregorio en la fila se volvió hacia éste muy pálido, cual si demandase su apoyo, su auxilio. Se trataba del estudiante de la sala.

—¿Aquí . . . delante de ellas? —dijo quedísimamente señalando con la cabeza a la ayudante y a otra enfermera, junto a la mesa de operaciones. Sobre ésta se veía un dispositivo de hule mugroso —desinfectado, no obstante—, que amarilleaba, y cuyo extremo inferior caía sobre una cubeta, ya casi llena del líquido de los lavados que resbalaba hasta caer ahí, con un chorrito insistente, sonoro, discontinuo.

Después de sus palabras el estudiante esbozó una sonrisa torpe, avergonzada, una mueca de disculpa.

—¡Qué tontería! —añadió—. En realidad no tiene nada que ver. Es perfectamente lógico.

Los ojos de Gregorio tenían algo obsesivo, pero lejano.

210

"De ninguna manera es lógico", respondió mentalmente al comentario del estudiante.

El primer enfermo ya estaba encima de la mesa, temblándole las piernas flacas y desnudas, mientras el líquido morado del irrigador descendía bajo la quieta vigilancia de la segunda enfermera, en tanto el médico aplicaba la cánula al paciente haciendo que las manos de éste se contrajeran de dolor, se crisparan semejantes a una rana de laboratorio. Gregorio sintió el reflejo de un alfilerazo en el esfínter, un a modo de imprevista simpatía orgánica.

Al contemplar estas cosas su angustia se resumía en la garganta, una sombra, un ruido, un pequeño animal en la garganta.

En el otro extremo del cuarto la ayudante iba de un lado a otro, entre los hombres sometidos a sonda, con la actitud hierática de un severo guardián. Aquél era su reino, su dominio inalienable. Algo había en ella de conmovedora, asquerosamente digno y solemne. De pronto se detuvo con la expresión maligna y calculadora, y después de mirar su reloj, se inclinó, con la minuciosa impertinencia de los miopes, hacia el sexo de uno de los enfermos a quien la inopinada actitud lo hizo enrojecer hasta el martirio. La ayudante estaba en su reino. No iba a renunciar a esa suerte de protocolo de la humillación con el que se encarnizaba sobre los pacientes. El abrelatas emergía tenso, torturante. La mujer prolongó su examen durante minutos interminables, pero de pronto, sin previo aviso, a mansalva, en una forma cruelmente inesperada, tiró de la sonda haciendo que el enfermo se sacudiera en tanto ahogaba una sorda exclamación.

La segunda enfermera tenía el aire impasible y esotérico de la oficiante de algún culto lleno de severa religiosidad. Sus ojos miraban al sexo de cada enfermo, entretanto se le hacía la curación, con la fijeza blanca y ausente de quien no piensa, o cuyo pensamiento está a gran distancia de lo que ve. Se diría enamorada de algún príncipe de cuento oriental. Se diría fuera del mundo. Pero el médico concluyó con el enfermo y entonces la mujer reaccionó con una efi-

211

cacia tan pronta, exacta, desenvuelta y precisa, al interrumpir con la presión de sus dedos el paso del líquido a través del conducto del irrigador, que aquello parecía increíble dado su aire absorto. Una sacerdotisa. Una ayudante de Torquemada. Sus ojos eran calientes como dos brasas, y tal vez hechos tan sólo para acariciar con ellos a su príncipe azul.

Gregorio avanzó dos pasos mientras se desabrochaba el cinturón y sostenía los pantalones entre las manos para que no se le cayeran. Entraba en turno el estudiante, quien subió a la mesa de operaciones con movimientos de inválido, torpes, aturdidos y confusos. Gregorio sentía temblar sus propias rodillas. Unos minutos más e iba a encontrarse también ahí, recostado sobre el hule sucio de la mesa, solo, solo en el mundo.

Miró de frente a los ojos de la segunda enfermera, sin ningún propósito, casi nada más por timidez. Los ojos de la sacerdotisa parecieron aceptar el reto y se clavaron desafiantemente sobre Gregorio, llenos de inconcebible desprecio, dos llamas de hielo. Gregorio apretó los dientes. "La estúpida se imaginará que la deseo", se dijo, y este pensamiento le hizo ya no apartar la mirada, impelido por un odio animal. Las pupilas de la mujer resplandecían de cólera.

—¡Y todavía tienen el descaro de mirarla a una...! —dijo en un silbido frío, los ojos fijos, muertos, sobre Gregorio.

El médico giró la cabeza ligeramente hacia ella, igual que un pájaro.

—¿Decía usted? —preguntó, y al no obtener respuesta, su mirada sin afectos se volvió otra vez a su sitio—. ¡El enfermo que sigue! —dijo, cansado y triste de súbito.

Del otro lado de la mesa, con los pantalones entre las manos, el estudiante saltó en forma ridícula, como un renacuajo.

Gregorio escuchaba las preguntas del médico con la irrealidad de las palabras que se escuchan en un sueño.

—¿Primera vez que vienes, no es así? —el tuteo no era

sino otra forma más de todo aquel rebajamiento, de todo aquel desprecio sin medida. La mano del doctor, casi ortopédica dentro del negro guante de hule, oprimió con dureza mientras auscultaba. Gregorio no pudo impedir un encogimiento de dolor.

La voz del médico se hizo cavernosa, recriminatoria:

—Son peores que los animales —dijo en tono de desconsuelo, más bien dirigiéndose a la enfermera—; este *amigo* debió presentarse hace dos semanas cuando menos. Mire usted nada más —y señalaba. Los labios de la enfermera se contrajeron de repugnancia.

Gregorio sentía dentro del pecho, sólido hasta lo corporal, un sollozo. ¿Qué sabía ese médico del diablo siquiera cómo contrajo la maldita, la estúpida, la miserable enfermedad?

Un acto de amor, de agradecimiento, de desesperación. Tal vez, sin embargo, algo muy próximo al suicidio también. Con ese contagio consciente y deliberado, Gregorio se limpiaba, hacía un sacrifico de su sexo, un acto afirmativo de renuncia, con el cual reintegraba a su ser la noción de pureza, de aislamiento, de soledad esenciales que le servirían para adquirir el indicio, experimentando en cabeza propia, acerca del destino de sus semejantes, pues si él era capaz de desprenderse de uno de esos bienes supremos inalienables —así se trate de la salud, del amor a una mujer u otra cosa semejante, el hecho en sí mismo no importaba— que son tan queridos por uno y gracias a ello, precisamente, pueden llegar a convertirse en el obstáculo, supremo en igual medida, que nos impedirá resistir la verdadera desesperanza, la verdadera soledad a que debe aspirar el hombre, entonces esto indicaba que otros hombres, otros seres humanos como él —y el ser humano en general—, podrían consumar también, en el orden de cosas que fuese, los desprendimientos absolutos, las renuncias absolutas, que harían del hombre el ser humano por excelencia, el ser más orgulloso, doloroso y desesperadamente consciente de su humanidad. Los vehículos para llegar a ello no tenían importancia; siem-

213

pre serían un simple accidente.

Epifania, la prostituta de Acayucan, se había resistido hasta el último momento, sin que, por supuesto, Gregorio hubiese hecho valer razón alguna para convencerla. Terminó por consentir, sin embargo, sin argumentos, sin palabras, únicamente por sumisión amorosa, igual que una bestia simple y oscura.

Para Gregorio aquello fue una visita, un viaje a cierta atmósfera no terrestre. De súbito, la semejanza, la identidad del acto sexual con la muerte, se le hicieron claras e indudables. ¿Cómo describirlo? La mujer palpitaba bajo sus brazos y él sobre ella. Un solo cuerpo ambos, uno dentro del otro. Era una cesación. Exactamente una cesación de nada, una negrura informulable, una voluntad hacia el ser, hacia el existir, pero también hacia el No-ser. El retorno a un punto neutro en el que aún no se es, pero se está a punto de ser, o a la inversa. Mucho más que goce —en rigor, nada de goce—, un estado transitivo, un desintegrarse, un intentar. El paso por ese sitio anterior al pensamiento, donde la materia vibra en el segundo en que adquirirá una forma nueva o adquirirá la antigua. Antes del habla. La Muerte. Sin duda alguna la muerte. Gregorio recordaba la imagen de Epifania, el cuerpo desnudo sobre el jergón, tranquila y suave después del acto mortuorio de haberla poseído.

Sabía que ella lo amaba tal vez como jamás mujer alguna. Recordó las palabras del Tuerto Ventura, junto al río, la noche en que fue descubierto el cuerpo de Macario Mendoza. "Si alguien que te quiere no le madruga, tú no tardarías ni tantito en estar estacando la zalea." Si alguien que te quiere. Ahora era bien clara la actitud de Ventura, su misterio, la malicia profética de su ojo único.

Gregorio había ido con Epifania, en esa ocasión, nada más con el deseo de enterarse de las circunstancias en que ella mató a Macario Mendoza, pero todo resultó diferente.

La mujer aguardaba, atemorizada, en un rincón de su jacal, los grandes ojos redondos abiertos con un miedo cándido.

—¡No me vayas a pegar, por favor! —pidió con una voz

desfalleciente, recogiéndose más sobre sí misma.

A través de los varejones de la choza la luz de la madrugada parecía el agua sucia de jabón que sale de los lavaderos. —No, no te voy a pegar —dijo Gregorio. La mujer miraba hacia su propio pecho, los ojos bajos—. ¿Entonces? —preguntó elevando la barbilla hacia Gregorio—. Sólo quiero que me enseñes cómo lo mataste.

La mujer hizo un movimiento imperceptiblemente feliz y luego salió de la choza, encaminándose hacia el estero. Éste era un brazo muerto del río, convertido en lodoso pantano, sobre el cual, a guisa de puente, veíase un tronco de árbol. La mujer contó los pormenores señalando el viejo tronco por donde había resbalado Macario: —No más lo menié pallacito; el estero traga todo.

Gregorio recordaba haber escuchado el relato en silencio, impasible. Después ambos regresaron a la choza. Gregorio la ciñó por la cintura pero ella reaccionó con una actitud llena de alarma. —Ahi sí que no —había dicho con la voz temblorosa— se vaya usted a arrepentir —le hablaba de usted como para darle más seriedad a su negativa—. Estoy mala de una enfermedad muy fea —había agregado quedamente, con humildad. Ésa era toda la historia.

Gregorio escuchó la voz del médico con su doliente aire cansado. "El enfermo que sigue." Durante algunos segundos no pudo comprender, pero luego saltó hacia el otro lado de la mesa de operaciones, semidesnudo. Sintió entonces que sus movimientos debían ser, sin duda, tan cómicos y lamentables como los que sorprendiera anteriormente en el muchacho estudiante. Igual, igual que un ridículo renacuajo.

IX

...y no conoces que tú eres un cuitado y
miserable y pobre y ciego y desnudo.

Juan, *Apocalipsis*, 3, 17.

Eran las mismas sensaciones de aquella noche desmesura-
damente oscura, en Acayucan, a las orillas del Ozuluapan,
pero ahora más hondas y claras a causa de la soledad en
que se producían. Ignoraba cuánto tiempo estuvo alerta, los
músculos en tensión, inmóvil. Quizá una media hora, desde
que lo arrojaron ahí. Del tiempo era imposible decir nada.
Simplemente no existía. Ni aun siquiera como en el caso
de los ciegos, que de alguna manera lo advierten con algunos ojos. No; al no ver en absoluto, el transcurrir del tiempo perdía su realidad, mas lo extraño, justamente porque
él, Gregorio, no era ciego sino alguien en pleno goce de
la vista. Tampoco, por el contrario de lo que siempre ocurre después de algunos minutos, la oscuridad se volvía acce-
sible —ese confuso y gradual irse mostrando de sus formas, en este sitio un relieve, en este otro un volumen más
denso, allá el perfil de un ángulo—, antes se conservaba
sin límite, sin referencia ni dimensión, hueca.

Tal vez media hora, pero también probablemente dos
horas. O cuatro, los músculos en tensión, inmóvil, atento
hasta la ferocidad. Aun el ruido, cuando la puerta se cerró
de golpe tras él, no era ya sino la nostalgia, sino el dolor,
el vacío de ya no creer en la existencia de ese ruido. Igual
que una frontera auditiva, que una línea en el aire a cuyo
otro lado él se encontraba en otro país, en un territorio sin
contornos, en la zona donde no hay superficie. Un ruido
que sin duda existió, pero del que ya no se podía estar se-

guro. La memoria imprecisa de un sueño.

Por fin acertó a moverse con la misma, con la ansiosa lentitud adivinatoria de quien articula los primeros vocablos de su vida. Las espaldas contra el muro, las palmas vueltas hacia atrás, se aventuró seis medios pasos a su costado, en un deslizarse infinito, hasta el rincón donde terminaba este primer muro. Un puerto. El arribo a un muelle de las tinieblas donde era posible darse cuenta que aquello no era un espacio sin fin.

—Casi dos metros —murmuró. Sentía sobre su hombro la perpendicularidad del otro muro, una presión viva, consistente, que iba formando en su cerebro, de modo mágico, cierta noción difícil y primitiva del cubo, la forma de cuya idea, igual que si se tratase por vez primera en la historia de experimentarla, pero menos como idea que como un conjunto de emociones innominadas y originales, era la sensación súbita de una caída a través del interminable vacío en que el cuerpo había flotado sin sitio; era el asegurarse en la pertenencia a algo, el recobrar o adquirir una patria, un territorio de lo concreto, y al mismo tiempo también la sensual complacencia, el asombro gozoso de ser, y de ser como en virtud de un acto de la propia voluntad, por autoconcepción, por autoengendramiento, exactamente el parirse, el salir uno mismo de su propio vientre igual que los dioses antiguos.

Caminó tres pasos más en el nuevo sentido, pero de pronto, debajo de las rodillas, algo, una cosa fría, dura, obstinada, se le interpuso. Aquel objeto inesperado era un segundo ser, casi el segundo yo, el primer semejante con que tropezaba en mitad del tránsito de su inteligencia hacia el conocimiento del cubo, algo tan fraternal y opuesto como una esposa, su Eva adánica, el solemne terror de encontrar un contorno nuevo en aquel sitio del cosmos donde ya no se creería encontrar sino el número limitado de dimensiones presupuestas, de elementales límites previamente construidos dentro de la mente, igual a ese astrónomo a quien, al margen de sus cálculos, le sorprende de súbito —no por casualidad sino por carencia de la suficiente ceguera para orientarse en lo negro del espacio— un planeta secreto que a la postre tal vez sea el único verdadero y existente entre todos.

En el principio fue el Caos, no el desorden, el Caos, simplemente una etapa anterior a la experiencia, en donde nada ni nadie se había comprobado a sí mismo. Después la luz se hizo y tal vez entonces —como ahora en Gregorio— hubiese comenzado una especie de lenguaje mudo con el que las Formas —en el principio fueron las Formas y Gregorio no era también, no comenzaba también sino como Forma— se comunicaran entre sí a través de roces furtivos, de caricias balbuceantes. Desde este momento Gregorio estaba menos solo —su idea del cubo no iba a ser idea del cubo únicamente, sino a la vez idea de otra cosa, idea de *eso* que estaba ahí entre sus rodillas—, menos solo así fuese su acompañamiento el de una materia inanimada, pues era suficiente que a causa de su anterior y absoluto no existir esa materia tuviese vida, ya que la mente no le habría dado preexistencia alguna, y hoy, al sorprenderla, le otorgaba de golpe una condición de ser proporcionalmente absoluta de igual manera.

Gregorio vivía en esos instantes un aprendizaje extraordinario en que las cosas apenas comenzaban a dársele una por una, inéditas, saliendo de la nada. Un mago, un hechicero, un prestidigitador que extrae de su negra chistera objetos increíbles y escalofriantes, las alas de un murciélago, los ojos de un caballo, un gemido, o más aún, objetos abrumadores que serían más bien cifras, jeroglíficos para representar los estados primarios del alma; por ejemplo, una larga cinta oscura, infinita, sin solución de continuidad, a guisa de símbolo de esa angustia extraña y ambigua que es el comienzo de la conciencia del yo, de la conciencia de un estar en cierto punto; o una especie de labios, de lengua, de secreción salivar, para representarse lo que será sin duda el percibir, el connotar que se es animal vivo únicamente por el tacto. La desesperación de los demás sentidos, inútiles. El tacto como la primera manifestación de la vida, antes de la inteligencia, igual que en las medusas o los infusorios, en medio de estas largas tinieblas.

Un ciego podría caminar de un punto a otro, podría medir, establecer. Mas para Gregorio aquello era el proceso de la nada, el minuto en que la conciencia, en trance de existir, adquiere los datos elementales, infraorgánicos aún, del conocimiento, pero todavía no puede darle nombre ni sitio ni medida. Un primer aprendizaje de las cosas, el día Número Uno del hombre, pero al mismo tiempo también otro fenómeno opuesto, pues entrar en la existencia equivale asimismo a salirse de ella e idéntico es el proceso, en la mente del hombre, de adquirir las nociones al de perderlas, transición soberana que no es sino el impulso petrificado —igualmente podía decirse crucificado, el impulso que redime en la cruz a todos los demás— donde como única realidad sólo queda el deseo en su más cruda y desolada naturaleza antónima: desear y lo contrario de desear.

Se daba cuenta de todo aquello a través de una adivinación, un anuncio, un presentimiento nebuloso. Era la muerte, el otro extremo de la facultad de conocer, el trance no de salir de la nada hacia el existir, sino de éste hacia la nada; el minuto en que los datos de la conciencia comienzan a tomar otros nombres y otras formas hasta volverse innominados. La agonía, un extraño, jubiloso tránsito de abandono y trasmutación, de distorsión alucinante de las percepciones. Cierto aspecto del sueño, el nombrar las cosas en un idioma secreta y desconocidamente personal, en ningún tiempo escuchado ni siquiera por uno mismo y por ello sin posible traducción. La imagen de alguien que nos besa o alguien que nos hiere con un cuchillo —cualquier cosa, hasta la más simple de las imágenes, el vaso junto a la cama, el techo de una alcoba, la perspectiva de la ciudad, cualquier cosa de la que nos acordemos—, y luego, su trasmutación, su ir construyendo dentro de nosotros un indecible minotauro, una cabeza de Medusa, y el beso se vuelve lodo, la herida se hace cisne o perro o caimán o nube o torre o barco, hasta la fuga de todas las palabras para no quedarnos ya sino con el patrimonio único e inasible del deseo, del deseo de pronunciar palabras que no existen. Una pérdida de la memoria a través de las más extrañas hibrideces del pensamiento, mirar paisajes nuevos, pavorosamente familiares y de los que nos acordamos un poco con otra memoria celeste, con una lógica negra y tartamuda.

"Supongamos que se piensa en el color", se le ocurrió a Gregorio, "que la última imagen, en el momento en que agonizamos, sea, por ejemplo, el color rojo y que esta imagen se exprese, primero, en sus manifestaciones más simples". Una bandera, un chorro de sangre, el pañuelo con que una mujer se cubre. Mas de súbito todo se disipa. El rojo es rojo nada más, en abstracto, tan sólo la sensibilidad de lo rojo, una bóveda que nos aprisiona, la sensación de ser el centro de algo de lo cual nosotros mismos somos también el derredor y la circunferencia; luego, en seguida, ni aun esto, sino una disfasia de lo rojo, que ahora se vuelve el deseo de recordar algo que no sabemos qué es, que ahora se vuelve impulso de encontrarnos en otro sitio que ignoramos donde está.

Un estremecimiento de asombro sacudió a Gregorio al advertir la recurrencia, en condiciones y por motivos tan diversos, de este lenguaje con el cual prefiguraba el conocimiento sensorial de la muerte. Tal fue lo que en la noche de los pescadores, en Acayucan, trató de revelársele, pero entonces hizo falta la soledad del momento que hoy vivía, esta favorable disposición de las tinieblas para la simbiosis profunda por cuyo medio Gregorio convertiríase en anunciador y Mesías de su propio ser.

Estaba dentro del vientre de su madre, mas no en embrión, sino con toda su edad, varonil y desnudo. Las paredes cálidas de su madre, sus tejidos inmensos. Ella era el infinito y la muerte. Hermosamente la muerte. Iba por dentro de ella como un habitante alucinado, recorriéndola sin que pudiese imaginar sus límites. Extraña red, patria inaudita, espeso estanque atmosférico donde en un ayuntarse con la muerte, saboreándola con todo el cuerpo, se impregnaba del Caos, de los elementos que aún no se descubren. Un acto sexual antes de la preformación del sexo, antes de tenerlo. Sagrada, sagradamente un acto sexual, el primer pie sobre la tierra. Todo volvía a ese punto de origen, a esa puerta cuyo dintel es la frontera entre la vida y la muerte y al propio tiempo la muerte y la vida mismas. Ocurrió con Epifania. Aquella prostituta había sido por un instante, en virtud de una cálida y misteriosa transfiguración, en el momento de poseerla, su propia madre. Su propia madre en el momento de alojarse él dentro de sus conductos en un ímpetu sobrehumano por volver al vientre, igual a un hijo pródigo del morir, que es el amar verdadero. Con ninguna otra mujer le sucedió jamás cosa semejante, porque con ninguna otra, tampoco, consumó la posesión como un acto moral y esencialmente religioso, destinado al reencuentro de la estirpe primigenia y en el que debe resumirse y enaltecerse la condición, el destino, la historia de todos los seres humanos. Pensó que el hombre ha sufrido el sexo como una vergüenza, a causa de que también piensa en la muerte sin ninguna dignidad. "El desamor a la muerte —se dijo— implica a su vez un desamor y falta de respeto al sexo; es decir, lo que puede conducirnos a las peores perversidades."

La muerte se transmite de padres a hijos; no es otra cosa que ese indecible, doloroso, estrujante placer de cuando los sexos se enlazan. La muerte somos nosotros, dentro de nuestros padres, y nuestros hijos dentro de nosotros, que expresamos —hijos y padres a su turno— por medio de ese deleite con el que nuestros padres mueren un segundo y con el que todos morimos en el bárbaro y oscuro ayuntamiento, la voluntad, el anhelo de nacer.

Epifania le había hecho recobrar, con su entrega, la increíble memoria de aquella primera y remotísima sensación de cuando Gregorio no era sino una entidad mutilada, un óvulo y un espermatozoide que sentían cada uno por su parte, sin correspondencia ni comunicación, hasta que su identidad y su encuentro construyeron ese autónomo cosmos cuyo nacimiento hizo que el amor de sus padres pudiese sufrir entonces el lóbrego, el profundo, el fáustico goce de la agonía.

En esos últimos instantes daba gracias a Epifanía, desde aquí, por esta humilde verdad.

Se conservó inmóvil unos minutos en el sitio donde se encontraba junto a ese objeto que sentía en las rodillas, próximo e incognoscible, pero que era, de igual manera que Gregorio mismo, una adición a la idea del cubo, una fraternal excrecencia dentro de la rigidez y despotismo inhumanos del cubo. El anhelante tacto de su pie se adelantó con angustia a descifrar aquello. Parecía un pequeño engendro, un pequeño planeta pertinaz, sordo, obstinadamente resuelto a no nacer, a quedarse ahí en sus sombras, poderoso y hostil. Un monstruo. Habría sin duda algún lenguaje para conocerlo, alguna escala de signos de relación. Por lo pronto sólo era posible aplicarle definiciones negativas, no es un pájaro, no es una iglesia, no es el mar, no es un ángel, no es una mujer, no es un altar, no es un arco, no es una entrada, no es una gota de sangre, no es una estrella. Sin embargo, existía el consuelo de saberlo aparte del cubo, enemigo del cubo, insolentemente solidario de todo aquello que no era el cubo y dándole a éste esa imprevista y vulnerable relatividad que Gregorio por sí mismo, sin la ayuda de una referencia, no podría descubrir. Teseo frente al Minotauro, Teseo sin el hilo de Ariadna. Porque el objeto ése no se le daría a Gregorio como referencia válida en tanto lo desconociera, en tanto ignorara su ser, sus atributos, sus límites o su falta de límites. Tal vez fuese una campana, en virtud de su redondez, o la estatua de un breve dios, encogido en el fondo de su tumba. La desgracia de no estar ciego para verlo, de que la vista no sirviera para mirarlo. A un ciego nada podría escapársele, ni la más pequeña de las hendiduras. Pero no, no a Gregorio, hecho, construido, dispuesto para la luz.

Su espíritu se movía en el ámbito de la magia, en la edad de lo mitológico, sujeto, esclavizado a ese ídolo ahí presen-

222

te, a ese demonio, a ese dios que todo lo explicaría. A ese
Dios. Vishnú, Ahriman, Brahma, Jehová, Shiva, Huitzilo-
pochtli. No sabía si dios del mal o del bien. O de ambas
cosas. No iba a dársele, de ninguna manera. Se le iba a
negar en tanto no pagase un precio a cambio no ya de conocerlo, sino apenas de nombrarlo. Pues dar un nombre a
lo desconocido equivale a ponerle un límite —y he aquí el
espejismo, el escamoteo enloquecedor—, trasladando a eso
desconocido todos los atributos del infinito, haciendo de él,
a lo sumo, nada más un infinito con nombre. Ahora comprendía que el Minotauro no era el cubo, sino aquel objeto,
aquel dios. Que el cubo era inocente, que el cubo no era
sino un esclavo también. Era preciso, entonces, aplacar al
dios, reverenciarlo, tenerlo complacido, inventar una religión y un culto para rendirle pleitesía. Porque el Minotauro
era también el refugio y la salvación, el consuelo y la
esperanza.

Caminó hasta el tercer muro y ahí un extraño ruido, proveniente del monstruo, lo hizo detenerse con alegría, en
espera de la revelación. La Esfinge iba a descifrar sus enigmas. Ahora hablaba. Era un miserable ser humano que se
expresaba en el lenguaje de los hombres, un estertor, una
tos ronca, animal. Algo extraordinariamente grave y solemne, digno de risa, pero ante lo cual Gregorio sintió la
necesidad de mostrarse humilde y lleno de consternación,
como ante un milagro. Debía arrodillarse y rezar frente al
prodigio de aquellas expectoraciones del negro drenaje, pues
con ese ruido mágico el monstruo se daba nombre a sí mismo y surgía de las tinieblas redondo y nítido, claro, perfecto, en su condición egregia de W. C. "Heme aquí que
entre todos los mortales a ti te elijo para decirte quién soy
y comunicarte mi esencia y mis atributos." Porque el milagro no era que el monstruo se hubiese convertido en un
aparato higiénico, sino en que hubiera hablado con este lenguaje que lo traicionaba. "Monstrum Dei qui tollis pecata
Mundi."

Siempre de espaldas a la pared, Gregorio se deslizó seis

medios pasos más hasta encontrar la puerta de hierro y finalmente otra vez el punto de partida. Respiró. Había recorrido los cuatro muros de la celda y esto era en cierto modo adueñarse de la oscuridad, hacerla suya. "Aproximadamente dos metros de largo por uno y medio de ancho", calculó entonces los límites.

Fantástica oscuridad, amadas tinieblas. Eran la memoria del ser, la más remota memoria zoológica. El hombre había nacido de las tinieblas y comenzó a existir a causa de su estar dentro de ellas, recibiéndolas como su primera percepción, su primera idea: todo es oscuro, todo es solitario, los eslabones de una cadena de infinita soledad. Primero se descubrió un millar de estrellas; más tarde otro millar, luego la galaxia en la que nuestra tierra se mueve y otras galaxias y otras y con esto la interrogante de no saber para qué o por qué. Se traspone la primera colina y atrás se muestra la que sigue y siempre, eternamente, una más, un siglo más, el hombre solo, envuelto en sus tinieblas, una centuria y el espejo de otra centuria, un milenio y otra vez, sin término posible, el espejo de ese milenio. El círculo inacabable de la noche humana, desde la del vientre materno hasta la del cosmos; la incertidumbre, la desazón, la tristeza, la desesperanza del hombre, como fruto de ese origen terrible de tinieblas, de ese dardo primero con que lo hirió la vida consciente, y, después, esa insensata y torpe lucha, ese loco combate contra algo de que el hombre no podrá despojarse jamás, pues lo lleva dentro de sí como su signo y su definición: la muerte. ¿Por qué entonces no reconocerla, no amarla como parte que es nuestra, en lugar de engañarnos y mentirnos acerca de ella? ¿Por qué no aceptar la incertidumbre, el desasosiego eterno y sin fin como la verdadera e inalienable condición humana, la única heroica y valiente? ¿La única capaz de darnos la auténtica dignidad?

Gregorio se disponía, se preparaba. Aquello era su modo de oración y recogimiento laicos. Quiso recordar los sucesos que lo habían llevado a su encarcelamiento, y todo aquello espantoso que le ocurriera dentro de la cárcel, pero a peşar de la claridad con que llegaban a su mente ya no le pertenecían, no se relacionaban ya con su vida, eran extraños e impersonales. Un soldado vuelve de la guerra y al mirar su antigua casa, el rostro de su mujer y de sus hijos, al advertir todo aquello que tuvo o ha tenido alguna significación en su vida, siente que alguna de las dos experiencias, o el hogar o la guerra, ha dejado de pertenecerle, ya no se ensamblan, ya no se ajustan a lo que actualmente es él. Para él ya no existirá sino una de dos cosas, o aquello que fue en la guerra —ese hombre desconocido, inesperado y atroz que perdió el derecho de acariciar a sus hijos o besar a su esposa—, o aquello —si la guerra no propició las situaciones para que aflorase ese otro hombre que llevaba dentro— que había sido antes en su hogar, en su trabajo, con su familia y todas sus demás relaciones.

Igualmente, lo que había ocurrido con Gregorio en la cárcel lo distanciaba en definitiva, transformándolo en un ser aparte, dolorosamente sabio y desnudo. Guardaba por ello una inmensa gratitud a su destino, que le permitía morir en paz, de mano de los hombres. Ahora ya no podía comprender su pasado en los mismos términos, pues ese pasado era algo nuevo y ajeno, sin vínculos con él, referido a un individuo diferente y extraño.

Aun el dolor físico, las coyunturas tumefactas de sus dedos, ese agudo malestar que flotaba dentro de su torso y en los riñones, la vibración lacerante de su mandíbula, parecían no pertenecerle, no ser suyos de manera alguna.

Habíase asomado a un abismo en el fondo del cual contempló por primera vez el rostro de sus semejantes, real y bárbaro, y este hecho le daba una naturaleza nueva, sin precedente, sin huella ni data de otro tiempo anterior suyo.

Era preciso recordar los hechos, repasarlos, asimilarlos. Ninguna otra forma que ésa para disponerse con dignidad para la muerte. Era lo mismo que si a un creyente se le presentase, en el último momento, la figura de Dios vivo. Esto era su Dios vivo. Y temible cosa es estar en manos del Dios vivo.

Los esbirros lo habían golpeado estúpida y salvajemente, pero eso no bastaba a decirlo todo; había algo más, indeciblemente algo más. Por mucho que quisiera describir los acontecimientos, aun con las mayores prolijidad y exactitud, iba a serle imposible formularse con palabras cierta cosa sin nombre, más allá de cualquier lenguaje, que había visto, que había sentido. Primero una especie de amabilidad en los cuatro hombres que lo llevaban a través de un estrecho corredor de cemento, una especie de sonrisa espantosa, como de amantes. Mirábanlo como a un ser que, en forma rara, les perteneciera. Amables, los ojos llenos de brillo. Entraron con Gregorio en un ascensor, el cual bajó para detenerse entre el sótano y la planta baja del edificio. Así no se podría escuchar nada. Todo comenzó igual a un entretenimiento inocente, risueño y divertido. Aquellos hombres tenían algo de infantil y despreocupado, como colegiales que jugasen a un deporte apenas brusco. La misma operación de despojar a Gregorio de sus ropas fue igual a un juego de estrado, en medio de grandes risas joviales. Lo rodeaban los cuatro, Gregorio en el centro, aturdido de pavor. El primero, a sus espaldas, tiró de él por un brazo. —No tengas miedo, si no te vamos a hacer nada, nomás una calentadita. ¿No que eras muy hombrecito? —en la voz, al pronunciar esta frase, había un silbido lleno de excitación, que se confundía muy extrañamente con el tono de broma de las palabras. Gregorio sintió el crujir de los huesos de su hombro cuando uno de los verdugos, con un rápido, inesperado y hábil movimiento hacia arriba, le levantó el brazo por la espalda mientras le quitaba la camisa para arrojarlo después al verdugo de enfrente. Éste, por su parte, tirándolo de las piernas, lo despojó de los pantalones en tanto Gregorio golpeaba el piso con el cráneo, al caer. Después se lo echaban del uno al otro, igual que un guiñapo, para que cada quien pudiese asestarle un puñetazo o un puntapié. Gregorio no olvidaría jamás —y esto había sido lo terrible— el rostro de uno de ellos, con un diente de oro asomándole a través de los labios. Un rostro descompuesto, alarmado, de ojos iracundos, y al mismo tiempo un rostro de hombre, de ninguna otra cosa que de hombre, reveladora, alucinantemente puro y justo, descompuesto por la idea de la justicia y el bien. El rostro de aquel que se encuentra frente al asesino de su madre y siente el deber de castigarlo sin piedad. Un rostro fanático, extraordinario, lleno de asombro y de santo furor.

—¡Qué! ¡Hijo de la chingada! ¿No te gusta? ¿Nos crees unos cabrones? —el hombre se había vuelto hacia sus compañeros—. ¡Mírenlo! ¡No le gusta al desgraciado!

En medio de lo brutal, de lo salvaje, aquello tenía algo de sencillamente portentoso. "¡No le gusta al desgraciado! ¡Nos cree unos cabrones!" Ahora Gregorio se transformaba, de ofendido, en ofensor. Aquella frase había sido como un botón mágico al que se oprimiera para absolver de toda culpa, para limpiar de todo pecado a los verdugos. "Sed tengo." Entonces le dieron a beber vinagre: nada más lógicamente humano. Los esbirros tenían ahora una bandera. "Nos cree unos cabrones." No eran ya unas bestias sino seres humanos justicieros, santos. Y lo eran en realidad, sí, con su hermoso rostro de hombre endurecido por el odio, por el crimen, por el bien.

Entre dos de ellos habían sujetado a Gregorio por piernas y brazos, y entonces los demás comenzaron a golpearlo gozosa, furiosamente, hasta que perdió el conocimiento. Lo demás lo hizo su enfermedad.

El recuerdo de esta escena estremeció a Gregorio. No, no habían sido los golpes ni las torturas. Eran aquellos rostros. El rostro del hombre que ninguna bestia puede tener. El rostro del héroe mientras en un combate aniquila con saña a su enemigo. El rostro del aviador que deja caer una bomba sobre una ciudad abierta. El rostro del lascivo en el instante de la posesión. El rostro de Savonarola al execrar a los pecadores. El rostro de un náufrago al apoderarse del sitio que correspondía a un niño en el bote salvavidas. El rostro, el rostro de Dios, porque el hombre está hecho a su imagen y semejanza. De aquí en adelante —hasta el próximo final— Gregorio lo descubriría en todas las circunstancias de su pasado, a través de las sonrisas de sus camaradas, en el amor de las mujeres, en la expresión de los agonizantes. Ya los hombres no podrían ocultarle la verdad secreta de ese rostro oculto y verdadero. Nadie, nadie podría ocultárselo jamás.

A partir de esta imagen todas las imágenes retrospectivas de los acontecimientos cobraban otro relieve, aparecían diferentes y singulares dentro de una atmósfera turbia y enrarecida.

Trató de reconstruir ese mundo de recuerdos tan próximos en el tiempo, pero de los cuales ahora estaba tan distante. En su mente apareció la garita de San Lázaro bajo un cielo gris, lleno de nubes pesadas y antiguas. Luego, por la carretera, aquel grupo de hombres, mujeres y niños, con una esperanza atroz en el alma, una esperanza criminal, los rostros estremecidos de cosas eternas, sin relación alguna con la vida, sin ningún lazo con lo terrestre.

A la cabeza de la "marcha de hambre" iban Bautista y Gregorio, y luego, un poco atrás, Ventura y Epifania, que se incorporaran en Puebla, adonde habían llegado desde Acayucan en busca de Gregorio.

La luz del crepúsculo era polvorienta, asfixiante. Los gendarmes azules se destacaban contra ella, unos demonios con el sable en alto, las caras cobrizas intensamente pálidas. A eso de las seis de la tarde habían irrumpido los desocupados y la lucha se prolongó hasta cerca de las ocho. Aquella expresión de los gendarmes con su palidez definitiva hasta el martirio. Estaban locos, locos a pesar de sus hijos, a pesar de sus mujeres, a pesar de sus hogares.

Recordaba Gregorio el perfil de Bautista, bañado de una hermosa sangre reluciente a causa de un golpe de sable que recibió. Una sangre pura, una llamarada, igual que en un santo, los ojos luminosos y la voz desconocida. Lo singular de esa voz inamorosa, hueca, profunda, colérica, no de hombre: —¡Cabrones!

Arriba, contra el cielo, los cables de energía eléctrica, enmarañados en lo alto de los postes, iguales a culebras en su nido; las paralelas de los rieles que salían de la estación y luego el fogonero que intencionalmente hizo más lento el paso de su locomotora por la garita e inclinado sobre el ténder ofreció a Gregorio su auxilio, que éste no aceptó, para que escapase a bordo de la máquina. "Súbase aquí, camarada." El rostro del ferrocarrilero, sí, y pese a su sinceridad atrás de sus facciones el rostro del verdugo, plenamente convencido de la justicia de su causa, alterados sus rasgos por la empavorecida convicción de esa justicia.

Todas las cosas se mostraban increíbles y trastornadas. El rostro del verdugo. Se había operado en el interior de las gentes algún divorcio esencial, alguna grave ruptura que de pronto les arrebataba cualquier semejanza con algo, transformándolas, haciéndolas asombrosamente incomparables. No se trataba siquiera del terror ni del odio de unos y otros, sino de un elemento mucho más oscuro y primitivo, y en todos por igual, perseguidos y perseguidores, como si su alma hubiese dejado de existir. Con exactitud, eso. Seres ya nada más sin alma. Ecuaciones horribles.

La Sociedad de la Escuela de Ciegos ofrecía un espectáculo aterrador. Había acudido a la garita, junto con algunos sindicatos de trabajadores, para recibir a la "marcha de hambre". Aquellos hombres sin ojos eran de otro planeta, pertenecían a un horrible mundo submarino. Enlazados en una cadena, cada uno con las palmas sobre los hombros del compañero siguiente, hacían girar el vacío de sus máscaras en dirección del tumulto, idénticos a peces fuera del agua, tan sólo bronquios desesperados con su inacabable abrir y cerrar de párpados. El oficial de gendarmería cargó en su contra, junto con seis o siete policías más de a caballo. Lo fabuloso resultaban entonces las manos de los ciegos, huérfanas, crispándose en el aire igual que las frenéticas garas de medio centenar de aves de rapiña, ansiosas de sujetarse a cualquier punto del espacio. Caían en el polvo, entre las patas de los caballos, arrastrándose después para huir con su peculiar terror venenoso.

Uno de los ciegos, de pie sobre la base de una columna, el rostro lastimosa e implorantemente vuelto hacia el cielo, la cabeza inclinada hacia una de sus orejas, increpaba con acento patético a los gendarmes, mas, por desdicha, en la dirección opuesta. —¡Camaradas! ¡Hermanos! ¡Todos somos hermanos! ¡Todos somos camaradas! —quería resumir en su grito un absurdo mensaje de fraternidad, el semblante distorsionado por una atroz mueca de fe, igual también que en el rostro del verdugo, hacia el vacío, un mensaje hacia la nada. Pero el motín se desplazó a otro punto de la garita y entonces todos abandonaron al ciego. Este prosiguió su perorata, mas de pronto se detuvo, herido por alguna cosa tremenda. Estaba solo en el universo. Descendió de su tribuna y se encaminó luego con aire inconsciente a lo largo de la calle, triste, sin saber lo que hacía.

Al otro lado de la garita la masa de ciegos se repuso como por milagro. Cierto poder aglutinante de atracción, casi sucio, un secreto instinto, los hizo agruparse en un solo núcleo entre los arcos de un viejo portal que pertenecía a la antigua aduana. Entonaban La Internacional con unas voces sobresaltadas, desde el fondo mismo del infierno. "Arriba los pobres del Mundo, de pie los esclavos sin pan." Los músculos del cuello, en cada uno, parecían a punto de romperse mientras las miradas sin ojos se volvían en todos sentidos, verdes, sin control, lo mismo que si tuvieran vista y miraran todas las cosas hasta dentro, hasta donde ya no es posible. Trastornado por la ira un sargento se arrojó sobre ellos, el sable en alto. Parecía un endemoniado, los labios secos, las mejillas de cuero sin una gota de sangre. Quién sabe quién ni cómo logró derribarlo y entonces los ciegos cayeron sobre él con un odio sobrenatural. El sargento hizo un movimiento vago, tal vez de súplica, y aún pudo caminar de rodillas dos o tres pasos, en una actitud grotesca. Lo golpeaban de todas partes, a puntapiés, con piedras, tratando de alcanzarle los ojos. Sobre todo los ojos. El sargento pareció sonreír con incredulidad confiada, indulgente, casi se diría amable, con el rictus equí-

230

voco de quien no se piensa acreedor de un agravio, pero esa mueca no era ya sino una expresión engañosa de desamparo y pavor.

Gregorio había logrado reagrupar una de las porciones dispersas de los desocupados con el propósito de conducirla hacia el centro de la ciudad. Las miradas se clavaban en él con una suerte de fe amarga y rabiosa, pero al mismo tiempo con el aire entontecido.

Una mujer levantaba a su pequeñuelo, un niño indígena redondito, con cara de kirguís, mostrándolo, poseída, loca, como una bandera, el cabello suelto, muda y con los ojos fuera de las órbitas, los labios en movimiento sin decir palabra. Gregorio no prestó atención en tanto que, encima de un bote, dirigía la palabra a los desocupados. Pero la mujer avanzó entre la multitud, negro navío con la rostra triunfante en lo más alto de las olas, siempre con el niño arriba, hasta que para todos fue visible, en el cuerpo de la criatura, un machetazo que le había hendido los frágiles huesecitos del hombro. El niño se veía tranquilo, del color de la ceniza, sin sufrimiento, los pequeños ojos inmóviles y sin luz, los fríos ojos de un pescado. También el rostro del verdugo. También el rostro de los hombres retratado en el niño.

Gregorio no tuvo tiempo de averiguar si la criatura estaba muerta. En esos momentos una nueva carga de caballería replegó a la multitud contra un muro y de pronto, casi sin que pudiera percibirlo, se sintió sujeto por dos agentes que inmediatamente lo subieron a un camión policiaco.

Sus recuerdos se eclipsaron de súbito. Volvió a examinar su celda. Ya podía ver ciertas cosas, ciertas adivinaciones, una especie de adivinación, una especie de ordenación que le daba confianza. Pensó que todo esto no era sino la forma de su destino. Un destino que estaba llamado a consumar de un momento a otro. Pronto llegaría el momento.

"El destino no significa —se dijo— sino la consumación de la propia vida de acuerdo con algo a lo que uno desea llegar, aunque las formas de esa consumación resulten inesperadas y sorprendentes no sólo para los otros, sino para uno mismo en primer término." Abrigaba una curiosidad enorme por saber cómo iba a producirse tal consumación y al mismo tiempo esto le causaba pena, una especie de vergüenza, como si fuera el goce de un bien inmerecido. Pensó en sus camaradas. A su tiempo ellos también obtendrían este privilegio de consumarse conforme a la índole de aquello a lo que aspiraban. Conforme a la índole de aquello, sí, porque esa ambición no tiene la misma esencia en todos. En cierta forma es un asunto privado, personal, de temperamento, y cada quien debe encontrarlo. Porque el problema consiste en soportar, resistir la verdad interna de uno mismo, aunque esa verdad sea mentira. "Resistir la verdad —pensó Gregorio— es el planteamiento justo de la cuestión, porque la verdad es el sufrimiento de la verdad, la comprobación no tanto de si esa verdad es verdadera, cuanto si uno es capaz de llevarla a cuestas y consumar su vida conforme a lo que ella exige."

Construía en su imaginación el atormentado y torturante mundo de los hombres, y a medida en que aquello cobraba consistencia y límites dentro de su espíritu, se iba sintiendo más y más conturbado, pero en cierto sentido con placidez, con algo semejante a un gozoso sufrimiento y también con ciertos deseos confusos, ciertas nostalgias y una especie de necesidad dolorosa de que se le protegiera y se le amara como a un niño sin amparo.

"Soportar la verdad —se le ocurrió de pronto— pero también la carencia de cualquier verdad."

En esos momentos el ruido de la cerradura, en la puerta de hierro, lo hizo volverse. La puerta se abrió con estrépito y una ráfaga de luz hirió el interior de la celda. Ahí estaban otra vez los verdugos. Gregorio no se movió.

Lo conducirían a otro sitio, sin duda, para torturarlo nuevamente. Para crucificarlo.

Ésa era su verdad. Estaba bien.

Impresión:
Programas Educativos, S. A. de C. V.
Calz. Chabacano 65-A, 06850 México, D. F. Empresa certificada por el Instituto Mexicano de
Normalización y Certificación, A. C., bajo la norma ISO-9002: 1994/NMX-CC-04: 1995 con
el número de registro RSC-048, e ISO-14001: 1996/NMX-SAA-001: 1998 IMNC con el número
de registro RSAA-003.
10-I-2004

Obras Completas
de José Revueltas

Obra literaria

Obra teórica y política

Obra varia

José Revueltas

La palabra sagrada. Antología

Prólogo y selección de José Agustín

La presente antología de relatos, prologada y compilada por José Agustín, quiere poner al alcance de los lectores en un solo volumen los mejores cuentos de José Revueltas publicados en *Dios en la tierra, Domir en tierra* y *Material de los sueños,* así como su célebre novela corta *El apando.*

José Revueltas (1914-1976), novelista, cuentista, pensador, periodista, hombre de cine y dramaturgo, luchador y preso político, ha sido considerado unánimemente como uno de los narradores más importantes en el siglo xx mexicano.

José Agustín, que ya fue compilador de la obra literaria de Revueltas en su primera edición completa, en 1967, y también guionista de la película *El apando* de Felipe Cazals, dice en su prólogo que Revueltas "narraba desde profundidades insondables y era oscuro y poético, pero no se perdía en sus propios códigos porque era muy apto para sacarse de la manga excelentes historias, a veces insólitas y casi siempre notablemente bien armadas, que ocurrían en el campo, en la guerra, en barcos, en cárceles, en hogares de provincia o de clase media urbana [...] De finales noqueadores, tocaba el fondo de las situaciones y los personajes, a los que trataba sin el menor asomo de sentimentalismo y muchas veces sin piedad". *El apando,* que Revueltas publicó en 1969 desde la cárcel, es "una de las obras más altas de la literatura mexicana, en la que llevó su estilo a su máxima depuración y conjuntó lo mejor de sus cuentos y de sus novelas" [...] "un texto increíblemente intenso y perfecto, que logra la palabra justa y se abre en múltiples significados filosóficos, políticos y estéticos".